在海的尽头
LE GRAND MARIN
遇见你

〔法〕卡特琳·普兰 著

孟 婕 译

著作权合同登记号：图字 01-2018-1628

Le grand marin
© Éditions de l'Olivier, 2016
Simplified Chinese edition arranged through Dakai Agency Limited

图书在版编目(CIP)数据

在海的尽头遇见你/(法)卡特琳·普兰著；孟婕译. —北京：人民文学出版社，2018
ISBN 978-7-02-014091-6

Ⅰ.①在… Ⅱ.①卡… ②孟… Ⅲ.①自传体小说-法国-现代 Ⅳ.①I565.44

中国版本图书馆 CIP 数据核字(2018)第 062759 号

责任编辑　朱卫净　潘丽萍
封面设计　钱　珺

出版发行　人民文学出版社
社　　址　北京市朝内大街 166 号
邮政编码　100705
网　　址　http://www.rw-cn.com
印　　刷　山东德州新华印务有限责任公司
经　　销　全国新华书店等
字　　数　227 千字
开　　本　889 毫米×1194 毫米　1/32
印　　张　11.25
插　　页　2
版　　次　2018 年 6 月北京第 1 版
印　　次　2018 年 6 月第 1 次印刷
书　　号　978-7-02-014091-6
定　　价　49.00 元

如有印装质量问题，请与本社图书销售中心调换。电话：010-

哦，你呀，孤独的歌者，独自吟唱，护佑着我，
哦，我呀，孤独的听众，再也不要停止，永久地拥有你，
再也不要逃避，愿余音缭绕，
失意爱情的哀号，再也不要从我心上消逝，
再不是那一夜之前，心境安宁的孩童，
那一夜的大海，下陷的黄色月亮，
使者升腾我的心火，教我坠入甜蜜的地狱，
未知的热望，我的命运。[1]

沃尔特·惠特曼

---

[1] 引自《草叶集》中《来自无尽摆动的摇篮》一诗第九节前两段。

你该永远在奔赴阿拉斯加的路上。可真到了那儿，又有什么好处呢？是夜，我打点了自己的包。一天，我离开托盘般的马诺斯克①、小刀般的马诺斯克，正值二月，酒吧并没有日渐空荡，依然充斥着烟雾与啤酒。我启程，前往世界尽头的蔚蓝海域，向着晶莹之地、险恶之地，我启程。我不想死于无聊、啤酒抑或一颗流弹。死于不幸。我启程。你疯了，他们嘲笑道。他们老爱嘲笑。孤零零在船上，和一帮大老爷们一块儿，你疯了……他们大笑。

笑吧。喝吧。醉吧。想死就去死吧。我可不要。我要动身去阿拉斯加捕鱼了。再见。

我出发了。

我将穿越那个辽阔的国家。在纽约我想哭。我的泪滴在牛奶咖啡里，随后我走出去。还非常早，我沿着大街行走，一路冷清。夹在疯长的高楼之间的天空很高，看着很清晰，空气干燥。一些小型的零售大篷车卖着咖啡和点心。我坐在一张长椅上，正对一栋亮闪闪且被升起的太阳晒得发烫的大楼，喝着一大杯乏味的咖啡，就着一块硕大的松饼，像是一块海绵，说甜不甜。慢慢

---

① 法国普罗旺斯地区城镇。

地,快乐复现,腿上泛起一股轻盈感、想要重新起身的欲望、去街角看看的好奇心,转到背面,然后下一个街角……我起身,走着,城市苏醒,人们现身,晕眩也来了。我深陷于晕眩,直至精疲力竭。

我乘上巴士。那是一辆印有猎兔狗的"灰狗巴士①"。我付了一百美元,从一个大洋取道前往另一个大洋。我们驶离纽约城。我买了些饼干和苹果。窝在座位里的我注视着复式高速公路,眼见环城大道上的人流相互交错、分离、重聚、纠缠而后相弃。这令我反胃,我便吃了一块饼干。

我的行李仅有一个军用小包。出发前,我给它覆上一层珍贵的布料,完全缝好。别人给我一件羽绒服,是一种褪了色的天空蓝。整个旅途期间,我把它缝缝补补,羽毛围着我飘荡,仿佛一片片云。

"您去哪儿?"别人问我。

"去阿拉斯加。"

"做什么呢?"

"我要捕鱼。"

"您捕过鱼吗?"

"没有。"

"您认识什么人吗?"

"不认识。"

---

① 美国一种长途商营巴士,往返于美国与加拿大之间。

"上帝保佑您！①"

上帝保佑您。上帝保佑您。上帝保佑您……"谢谢，"我答道，"非常感谢。"我很高兴。我启程前往阿拉斯加捕鱼。

我们穿越沙漠。巴士已空落落。有两个座位归我，我可以伸展一半的身子，脸颊紧贴寒冷的玻璃窗。怀俄明州在大雪之下。内华达州也是。随着麦当劳及公路上歇脚处的节拍，我吃了些浸泡在淡咖啡里的饼干。我遁入羽绒服的云海。随后，再次入夜。我睡不着。公路两边的赌场十分耀眼，氖管灯闪烁不定，光鲜的牛仔挥舞着手枪……亮起，熄灭……在此之上，可见一弯纤细的月牙。我们经过拉斯维加斯。一棵树也没有，唯有碎石、寒冬浸染的灌木丛。很快，西边的天空亮堂起来。稍一催促，白日便至。我们身前的道路笔直，远处的群山笼罩在云雾之中，而在荒芜的高原之上，一条孤零零的铁路伸向天际，奔向清晨。或者说，茫茫无际。几头无精打采的母牛看着我们开过。它们也许觉得冷。我们来到一个服务点，停下吃午饭，听着镀铬的卡车轰隆作响。一面美国国旗迎风飘荡，抵着一个酒吧的巨型啤酒杯。

路上，我开始跛脚。上下巴士都一瘸一拐。"上帝保佑您。"别人对我说，带着更多的关切。一个上了年纪的男人也跛脚。我们彼此注视，生出一种隐约的熟悉感。一个夜晚，在公路的某一歇脚处，一些流浪者聚集在我身旁。

"你是芝加哥人吗？你看着像个芝加哥人，你看着像我女儿。"

---

① 原文为英语。以下用楷体表示。

其中一个说。

我们再度启程。我是一个脸颊红扑扑的芝加哥人,面色绯红,跛着脚,窝在羽绒服的云海里吃饼干,看着荒芜之地的夜色。要去阿拉斯加捕鱼的人。

我与西雅图的一个渔夫朋友重逢。他把我带到船上。数年来,他一直等着我。墙上有我的照片,船也以我为名。过了一会儿,他哭了。这个胖胖的男人朝我背过身去,在船铺上啜泣。外头已入夜,下着雨。也许我该离开,我想。

"也许我得走了……"我低语。

"就是这样,"他说,"现在就走。"

外面如此昏暗、寒冷。他还在哭泣,我也是。随后,他忧伤地说:

"也许我该勒死你……"

我有些害怕。我注视着他的一双大手,我看到他盯着我的脖子。

"但你不会那么干的吧?"我很小声地问道。

不会,他或许不会那么干……我缓慢地把包塞满。他对我说还是留下吧,这一夜还是留宿。

我们乘上渡船,他发红的双眼直勾勾地看着大海,一言不发,我注视海水,他的脸色令人费解,我的手不停地抚摸着这张脸的轮廓。随后,我们走在马路上。他陪伴我至机场。他走在我身前,为赶上他,我走得气喘吁吁。他在哭。而我,在他身后落泪。

/　　大比目鱼之心　　/

安克雷奇①的天气晴好。我在车窗后等待。一个印第安人围着我转。我到达世界的末端。我害怕。我重新登上一架非常小的飞机。空姐给我们一杯咖啡、一块饼干,之后我们便陷入雾里,隐没在一片白色之中,不见一物,这便是你要的,我的女孩,你的世界尽头。岛屿于两片大雾之间显现——正是科迪亚克岛②。一些深暗的森林,群山,随后是褐色、阴晦的大地,显露于融雪之下。我想哭。现在便该去捕鱼。

在小型机场的门厅,对着一头面露憎恶之情的大褐熊,我喝了一杯咖啡。一些人经过,肩头扛着包裹。宽阔的肩膀,引人注目的棕褐色面庞。他们似乎没有看见我。外面是白色的天空,灰色的山丘,到处都是海鸥,不断飞过,一边飞一边悲鸣。

我打电话。我说:"喂,我是西雅图渔夫的朋友。他告诉我您已收到消息,我可以在您那儿睡上几晚。随后,我会找一艘船上路。"

一个男人的嗓音,感觉是中立的——他说了一些词。"见鬼!"我听到一个女人应道,"欢迎,莉莉,"我想那男人说的是,"欢迎

---

① 美国阿拉斯加州中南部城市。
② 位于阿拉斯加湾的一座岛屿。

来科迪亚克。""见鬼。"她则说。

一个瘦弱的小个子女人从一辆小型载重汽车里走出来,头发为黄色,十分细薄,面庞狭长,嘴唇薄而苍白,不露一丝笑容,眼睛似蓝色的瓷器。由她开车。她一句话也不说。我们行驶于一条非常狭窄的公路上,穿梭于两边幕布般的树木间,随后风景完全暴露。我们沿着大海开车,穿越细小的支流,水面已结冰,紧巴巴的。

你就睡那儿。他们指着客厅的一张长沙发对我说。

"哦!谢谢。"我说。

"我们为渔民制作渔网。一些地曳网①。我们认识科迪亚克所有人。我们会为你找工作。"

"哦!谢谢。"

"坐下吧,就当在自己家,这儿是厕所,那儿是浴室,这儿是厨房。你饿的时候,从冰箱里弄点吃的。"

"哦!谢谢。"

他们很快忘了我。我坐在一个角落里。我刻着一段木头。随后我走出门,想给自己找个窝棚。可是天太冷了。大地呈褐色,雪迹斑斑。山体暴露,上头是开阔的灰色天空,如此之近。我返回时,他们正在吃饭。我坐在长沙发上,等着这一阵过去,等着夜里,等他们消失,或可放松,或可入睡。

他们把我放在城里。坐在一张长凳上,面朝港口,我吃着爆

---

① 一种巨大的渔网,用于圈住鱼群,在一艘小船的帮助下,包围一定水域,在岸边或船上曳行并收拢网具,迫使鱼类进入网囊,达到捕捞目的。

米花。我数着自己的钱，纸币和小硬币。我得赶紧找到活儿。一个男人在码头上喊我。白色天空之下，他英俊得像一尊古代雕像，灰色的海水衬出他的轮廓。他身上的刺青爬到头颈处，顶着深暗色的头盔，桀骜不逊的头发呈拳曲状。

"我是尼基弗洛斯，"他说，"你呢，你来自哪儿？"

"来自远方，"我回道，"我是来捕鱼的。"

他看着讶异。他祝我好运。

"没准儿，不久之后见？"穿过街道前，他冒出来一句。

我看着他走上对面的人行道，踩着光秃秃的水泥地，大跨三步，推开一栋简朴的四方形木质建筑的大门——上面写着"B and B"酒吧①。在两扇镶玻璃的窗户之间，其中一扇已龟裂。

我起身，走下栈桥。一个胖胖的男人从一艘船的甲板上喊住了我：

"你在找什么吗？"

"找工作……"

"那就上船吧！"

我们在机械室喝了一杯啤酒。我不敢讲话。他很友善，教我打了三个结。

"现在你可以去捕鱼了……"他对我说，"但是找活儿干时，讲话尤其要镇定，要让你身边的那些男人想跟你打交道。"

他递给我又一杯啤酒，令我想起烟雾腾腾的酒吧。

---

① 意为提供啤酒及烈性酒的酒吧。

"我得走了。"我吐出一句。

"想来的时候就来,"他说,"如果你看到这船在码头,不要犹豫。"

我沿着船坞重新出发,一艘艘船问过去。

"你们船上不需要人吗?"

没人听我说,断断续续的话语随风飘逝。我得重复很久,直到有人回应:

"你捕过鱼吗?"

"没有……"我吞吞吐吐。

"你有证件吗?绿卡……捕鱼许可证?"

"没有。"

别人用奇怪的眼光打量我。

"去远处看看,你肯定能找到……"他们对我说,依然和善。

我没找到。我回到我的长沙发上睡觉,肚子因为爆米花而膨胀,几近炸裂。别人建议我做保姆的活儿——照看那些外出捕鱼人家的小孩。这是一种可怕的耻辱。我拒绝了,带着一种温柔的执拗,头低着,从左晃到右。我询问哪儿有渔棚。人们用一种含糊的语气搪塞我。看来,我得帮着让我留宿的人编织渔网。

然后,我终于找到了。同一天内,别人向我提供了两份水手职位:沿着海岸线,用地曳网捕鲱鱼;或是登上一艘延绳[①]钓鱼船,在公海捕黑鳕鱼。我选择后者,因为听上去更美,延绳,这

[①] 一种捕鱼方式,须在一根干线上系结等距离的支线,利用浮沉装置,将钓具沉降至需要的水层。

得多么艰险,船员势必皆为饱经风霜的水手。招我进去的男人高大且瘦,朝我投来惊讶而又温柔的目光。当他瞧见我那花里胡哨的包,还有站在他跟前的我,他仅仅说了句:"有激情,很美啊。"说完,他的目光更为坚定。

"从现在开始,你得证明自己。我们有三周时间准备船只,把钓鱼线恢复原状,给延绳钓挂上诱饵。如今,你人生唯一的目标,便是为'叛逆者'工作,夜以继日。"

我想要一艘船接收我,在起风的静默夜晚,我低语。我们已工作一段时日,在当地一处潮湿的场所,马口铁的大桶牵着延绳钩。我们修补钓鱼线,更换脱落的细短绳①和歪斜的钓鱼钩。我学着铰接渔线。在我身旁,一个男人沉默地劳作着。他到得晚了,眼神空洞。船长大声训斥。他身上飘出啤酒味。他还嗜烟。他时不时地啐唾沫,啐在他跟前永远不干不净的杯子里。正对着我,则是向我微笑的耶稣。耶稣是墨西哥人。他矮小粗壮,脸庞浑圆,闪着金光,脸颊为杏黄色。一个小伙子从昏暗的小间里走出来,后头跟着一个十分年轻、胖乎乎的姑娘。她是印第安人。走过我们面前时,小伙子低着头,神情困惑。

"瞧,史蒂夫昨天晚上可走运了⋯⋯"船长讪笑。

"如果你把这叫走运。"我旁边那位答道。随后,他同我讲,双眼依旧盯着他的铁桶,眼皮都不眨一下:"谢谢你的雕像。"

我看着他,没有听懂。他的脸色阴沉,漆黑的眼睛却似乎

---

① 连接钓鱼钩和绳索底座的尼龙绳。

在笑。

"我想说这是一座美丽的雕像……自由女神像。你们法国人给我们带礼物,太棒了,不是吗?"

电波里传出一些乡村歌曲。某人做着咖啡,用衣服的下摆马虎地擦拭杯子,倒入咖啡让人喝。

"得想想用油桶装点水来。"约翰说,他是一个苍白的高大金发男子。

"我的名字叫沃尔夫,跟狼一样①。"我身旁那位轻声说着。

他还跟我说,他已打鱼十五年,沉船三次,总有一天会有他自己的船,甚至也许就在这个渔季末,等着瞧吧,如果收成好,如果不是把整座城市染成红色。我不太明白。

"城市?染红?"

他大笑,耶稣和他一起笑。

"意思就是喝醉。"

我也很想那么干,染红整座城市,他懂的。他答应带我去,等我们捕鱼回来以后。随后,他给了我一团烟草。

"拿着,你得那么塞……抵着你的牙龈。"

我很高兴,不敢吐出来,于是吞咽下去。这使我的胃灼烧。不付出便一无所获,我想着。

入夜,耶稣领我走走。"我害怕大海,"他说,"但是我得出去打鱼,因为我的妻子快生产了。我们在罐头食品厂挣不了多少钱。

---

① 英语里"沃尔夫"即为狼。

我真的想离开活动住房，现在那儿住着不少人。买一栋公寓，只有我俩住，还有宝宝。"

"我的话，我不怕死在海上。"我回道。

"闭嘴，不可以这么说，永远都不要讲这种话。"

大概我吓到他了。

高高瘦瘦的男人叫亚。他让我上他家，那是一栋城市末端的房子，隐没在昏暗的林子里。别人做着鬼脸。他们觉得船长今晚会走运。他的妻子已不住在这儿，受够了阿拉斯加，和孩子们生活在阳光明媚的俄克拉荷马州。打完鱼，他与他们会合，房子则卖掉。现在已经空落落：只剩下些水手住在僻静的房间里，一张红色扶手椅摆在电视机前——他的扶手椅，一个炉灶，一个冰箱，他从中取出硕大的牛排。

"吃吧，瞧你这小身板！你再也尝不到……"

我留下四分之三的肉。他把我领到性能良好的冰箱那儿，我发现好多冰激凌。我躺在地板上，望着窗户。这是阿拉斯加之夜，室内的我想着，伴随着风，伴随着树上的鸟儿，真希望这一切延续，希望移民局永远不要找上我。

每天晚上，船长都会租来一部电影，我们边吃边看，他吃他的牛排，我吃我的冷饮。他端坐于美丽的红色扶手椅上，我坐在床垫上，周围都是靠垫。亚讲述着。他讲到喘不上气来，为叙述所裹挟，他的脸庞颤抖，一张长长的脸，有种受骗的青少年般的忧伤，想起一幅图景或一个举动时，脸上会生动起来，闪现光彩。

于是他笑起来。他跟我讲起他指挥过的美丽船只，一艘那么漂亮的船，"自由"号，二月的一天，遭遇恶劣天气，在白令海普里比洛夫群岛①所在的公海沉没了，讲起如何做到不损一人，沉没是由于负载的螃蟹过重（可究竟是螃蟹装得太多，还是可卡因装得太多，城里依然说法不一）。他嘲笑着自己和他那二十年，那会儿他还没有加入"匿名者戒酒协会"，直至醉到被人拖出酒吧——没准儿是用脚踢的。

过了些时日。其间我们不间断地劳作。有时，与沃尔夫一起，我们去大型社区超市"西夫韦"吃午饭。回去的路上，他又与我谈起他某一天会拥有的船。他脸色凝重，不再微笑。他请我登上他的船。

"好的，或许吧，如果这个打鱼的季节结束，你还没恨我的话。"我回应。

他还讲起他曾爱过的一个女性朋友，以及她如何在某天离开了他。是在他患上失眠症之后，他忧伤地补上一句。

"所有这些失落的时光……"他还说。

"是的。"我回道。

"上船的话，你得需要捕鱼证。"他吐掉口香糖，又提起这一茬，"这是法律规定，经常有检查，那帮人可不会给你好脸色看……"

这一晚，我们沿着城市的道路往下走，直至狩猎店。售货员

---

① 白令海中的一个群岛，属于美国阿拉斯加州。

递给我一张卡片。沃尔夫用脚和拇指示意我应该报出的尺码,在我耳边低语,告知我他当即杜撰的一个社会身份号码,售货员似乎什么也没听见。我在代表"常住"的箱子里放下一个十字架。售货员把我的证件递来:

"拿着,你合法了……三十美元。"

我们重至港口,沿着码头走到"B and B"酒吧。无遮盖的大块窗玻璃反射着港口的天空。其中一块永远是开裂的。一个男人站在台阶高处,他巨大的手臂环成一圈,抱着上身,胸脯宽阔,腹部隆起,短裤翻折到腿肚处,毛毡帽则盖住红棕色的发绺。他的皮带扣发亮。他向我们点头,微笑示意,香烟叼在嘴上,站远一些,让我们经过。

"这儿的名字意思是啤酒和烈性酒。"沃尔夫推开门时对我说。

一些男人朝我们转过身来,倚在木头吧台上面,头颈缩在肩膀里。我们给自己找了张凳子。我们进门时,女服务员正在唱歌,清亮、有力的声音从烟雾中升起。她厚重的长发垂至腰身。她转过身,拂了拂披在背后的乌黑头发。随后,她以平稳的步伐向我们走来。

"你好,乔伊,"沃尔夫说,"我们要两杯啤酒。"

一个肥胖的男人走近沃尔夫。他拿着一杯烈酒,或许是伏特加。"这位是卡尔,丹麦人。"沃尔夫告诉我。

"我向你介绍莉莉……"他朝卡尔转过身去。

卡尔一头黄发,松散地扎着一个挑高的小马尾辫。脸庞宽大、通红,仿佛刻着大理石纹,眼睑滞重,眼睛透出维京人的那种眼神,幽蓝、多水。

"我们明天再出发。如果一切安好,"他的舌头两次发出"嗒嗒"的声响,其间他说道,杯子举到嘴唇边,"我们准备好了。捕鱼应该会顺利,如果神明乐意的话。"

沃尔夫也赞同。我的啤酒喝完了。酒吧的一片昏暗之中,深红头发的女子喝干她的杯子。她起身,从吧台的另一边穿过,朝我们走来。黑发女服务生去了她的位置。

"谢谢,乔伊,"沃尔夫说,"我们再来一轮,伴上一杯德国烧酒……"

"她们都叫乔伊?"她走开时,我压低声音问道。

沃尔夫大笑。

"不,不是所有……第一个是印第安的乔伊,她是红头发的乔伊,还有一个,高个儿乔伊,她呢,很胖。"

"啊。"我说。

"三个乔伊一块儿在酒吧时,这儿的墙壁都要被男人们夷为平地了……这情形得持续五天,直到她们出去喝酒。她们对男人们可不客气。"

卡尔累了。他喝完一杯,又点一杯。重新兜一圈。红发乔伊在我还满着的杯子前放了块木牌。

"今天晚上我遇到一个男人,"卡尔拖着嗓音说道,"从南太平洋回来,他捕虾……在那儿身着T恤衫和短裤捕虾……穿短裤,你听到我说的了吗?而他回来是为了打鳕鱼!他们什么也不知道,这些小杂种……在边缘劳动[①]，他们懂什么，在剃刀的锋刃上干活，是我们啊，不是别的任何什么，就是我们，北太平洋的冬天，船上结的冰得用板球板一块块敲下来，船开得又特别深……只有我们清楚这回事！"

他爆发出一阵雷鸣般的笑声，一时喘不过气，随后平息下来。他的脸庞露出傻呵呵的微笑，镌上笑纹。他的双眼陷入空洞。他想起我：

"这小姑娘是谁？"

"我们一块儿干活，"沃尔夫说，"她上了'叛逆者'，为了打黑鳕鱼，现在是这个季节。她很结实，虽然看着不那么明显。"

卡尔踉跄着起身，两条硕大的手臂围住我的肩膀。

"欢迎来科迪亚克。"他说。

沃尔夫客气地推开他。

"我们现在出发。别忘了你的牌子，莉莉，把它留在你的口袋里，拿着它你就能喝上一杯。这世上没有比这更好的男人了。"沃尔夫一边走出去，一边同我说，"但我不希望你害怕。别让任何人碰你，这是尊重。"

夜幕降临。我们换了酒吧。"船舶"酒吧的光线更暗。光秃秃的方形内室里，一些男人在破落的桌上玩着台球，老旧的氖管灯射出白光。有人进入时，一个胖女孩拉起一根牵连钟形罩的开门绳。男人们吼叫着。

[①] 指工作不稳定。

"我们来得正是时候,"沃尔夫说,"通常会有人请客……"

我们在人群里找到座位。沃尔夫变得清醒。他的目光生动,他的下颌硬邦邦,他的牙齿在半明半暗处发亮,两颗尖牙特别白。

"最远的边境①,便是这儿。"他低语。

女服务生给我们两小杯色泽暗淡的液体。

"这个算我的。"她说。

她嘴上的红色已漫过上唇的细纹,皱巴巴的眼睑涂成蓝色,仿佛两道光束,照着她宽而苍白的脸,线条滞重,神态疲倦。

"我叫维姬……这儿是个难熬的地方。"沃尔夫介绍我时,她补充道,"只有天使在此逗留。你自己留心……如果遇上问题,来找我。"

我们喝了三杯。随后,我们离开昏暗的酒吧,友善的女服务生,暴躁的男人们,桌球台上方的裸女画,她们滚圆而光滑的屁股,突显于肮脏的墙壁之上,年老的印第安女人们喝得酩酊大醉,成行坐在吧台尽头,堵在那儿,她们的嘴上生有傲慢的褶皱,不时地浮现一丝勉强的笑意。"拍浪"酒吧内,有人要我出示身份证。我拿出捕鱼证。女服务生做了个鬼脸。

"得要一张照片……"

我找出我的护照。

"你现在有权喝醉了……"沃尔夫说。

---

① 原文为英语"The Last Frontier",意指阿拉斯加。

"你知道,如果我们倒霉的话,船会沉没。"有天晚上,我对瘦高个儿说,"你们所有人都会脱险,除了我。"

我整天整夜想着小刀般的马诺斯克,我不想造成损失。

"你不需要死。留在阿拉斯加,就这么着。"

"那边有人在等我。"

"不要回去,"他继续说,"今年冬天,我想再开一回'叛逆者',在白令海捕蟹,我还没敲定人手。如果你证明了自己,我可以雇你。"

"你要带我去捕蟹?"

"会很艰难。严寒,缺觉,经常每天要干二十小时的活儿……也很危险。极端天气下,海浪高达二三十米,大雾能令雷达失灵,那样便会有撞上一块岩礁、一大块冰或另一艘船的危险……但我觉得你能做到。甚至于你会疯狂爱上这种情况,爱到可以接受遭遇死亡的风险。"

"哦,是的。"我低语。

高大的黑色松木在外头唉声叹气。亚睡在夹层。我睡在地板上,风声呼啸,从海上吹来,拂过我们。我总是头一个醒来。树上的天空依旧昏暗。我醒来,卷起睡袋。我准备咖啡,装满一个红色的暖瓶。我踮起脚尖,走上楼梯,推开亚睡着的房间门,里头空荡荡,他睡在床垫上,甚至可以说睡在地板上。我不愿意叫醒他,就把暖瓶放在他的枕边。他睁开一只黑色的眼睛。我隐匿了。

"我要给你看一样东西,你会喜欢的,是一个水手忘在船上的一部老电影。当他在'美洲狮'号上捕蟹时,他自己拍的。影片质量不算顶尖,但总归可以给你一个印象,知道恶劣天气下捕蟹是怎么回事。毕竟,恶劣天气……"

房屋寂静。风压下来。亚从一个纸板盒内取出一张陈旧的DVD,放入光驱。树枝不时地摩挲着墙壁,发出类似机翼的声响,迷路的鸟儿静悄悄地划过。亚关了灯,坐回红色的扶手椅,我则膝盖弯曲抵着胸口,抱膝而坐。我们在黑暗中盯着屏幕。一开始出现些白色条纹,令眼睛不适,随后是流动的黑色海洋,波涛缓缓前行。水平线大幅震荡,水花溅在栏杆与甲板上,闪闪发光。水滴停在镜头上。入夜。看不见面孔的男人们点着钠灯前行,他们的外形暗淡,唯一的亮色便是身上的橙色防水衣。一个铅丝笼涌现于海浪之上,仿佛冒出一个深海怪物。因为,将船与人包围的正是令人生畏的黑暗海渊。深海大张,又闭拢,好似一张贪婪的大嘴。海天颠倒,铅丝笼浮起,挂在缆绳上,沉重地摇晃着。粗放的人群似乎在犹豫要不要下船,摇摆不定于甲板与水之间。栏杆旁有两个男人,瘦弱而灵活,把笼子往一具方才升起的钢铁支架的方向引。一个水手推上窗扇,将大半的螃蟹赶到一个铁丝鱼篓里,螃蟹好似从大张的嘴巴里喷射而出,乱窜一气。他拿着一盒诱饵,摘下先前的那盒,从甲板上扔下,挂上新的,后退,撤回船上,关上百叶窗,栏杆上的两个男人重新绑上系留带,支架上升,令船舷上的铅丝笼摇摆不定。发生的一切不超过一分钟。

昏暗、寂静，几乎无常的行动之中，自有一种韵律，一种捉摸不透的节奏。因为男人们在海浪拍打的甲板上跳舞。每个人清楚自己的位置和角色。一个男人进行着灵活的击脚跳，避开铅丝笼，另一个便蹦起来，他们的小腿像弹簧，身体本能地懂得调整姿态，驾驭蛮力，亦即这个威胁着他们的铅丝笼，波涛之中涌现的黑暗力量，重达四百公斤，在昏暗的天空中盲目而生硬地摇摆着。他们四周，大洋的"熔岩"不停地涌动。

背景有变，我似乎松了一口气。现在进入白天，大海平静。船停在纯净的光线之中。蔚蓝。天际放出光芒。船首在冰面的断片之间前行。亚开口讲话，我吓了一跳。"这个天气比之前的更危险，"他说，"'美洲狮'这一天已丢下十个笼子，在冰冻的海洋里再回收。""是的，"我边呼气边说，"是的。"然后，天气变冷，非常冷，结霜的浪花覆盖船面、笼子、栏杆、船员舱，盖得越来越厚。因结冰而浮肿的"美洲狮"令人难以辨认。我隐约看见一张充血的脸庞，仿佛熊熊燃烧，胡子蓬乱，水蒸气或鼻涕在上头都结为冰晶。电影结束于昏暗的海浪，它们在黑色的基底之上流动。或可认为故事将重启，甲板上的男人们，铁质怪物还会大张下颌，吞噬蠢动的螃蟹，海洋……然而，屏幕忽然一空。

我们保持静默。亚起身，打开电灯。他打着呵欠，伸着懒腰。"你喜欢这个吗？"

"假如我冒充死人呢？"第二天晚上，我问他，"你给法国写信，跟他们说我淹死了。"

他皱起眉头,不再欣赏我的故事:

"你难道想不到他们会难受吗?"

"当然,会有点难受。他们会哭。他们会觉得沉下去的时候非常冷,然后有一天,情形好转。他们会告诉自己,这可以算是我自找的……我对他们而言死于冒险,至少我能被安顿好,他们再也不必为我担心。最终,再也没有人会等我。"

他甚至不愿再听我讲话。他把我当作懦夫,他要睡觉了。我大笑着,躺在地板上。移民局或许不会找我。

年轻的海狼沃尔夫走了。他把一只手放在我的肩膀上,我低垂双眼。我在荷兰港①上疾走,要给自己重新找一艘船。在别处。他朝我友好地微笑。

"你在一条好船上。"他的脸色变得阴沉,"我不喜欢船长在我测量钓鱼线时说的关于我的话。说什么我的臂展不够格……他那么做是故意的,在他人面前贬低我。我不会原谅他的那些话。我是一个好渔夫,我在延绳钓鱼船上的经验比他还足。我得走了。"

他咬紧下颌,带着狂怒讲出最后几句话。

"对。"我回应。

他声音的调子缓和下来,短促而忧伤地笑着,双眼投向远方,仿佛他业已离开大地。

"一天在这儿,一天在那儿……你永远不知道明天在哪儿。出发并不要紧,你懂的,生活所需。永远得动身。当你得去的时候,

---

① 阿拉斯加州阿马克纳克岛上的小镇。

就得上那儿去……但重逢的那天，我们要喝个大醉。三个月后，十个月后，或是两年后，一回事。就是要留心……留心你自己。"

最后一次拥抱。他拉起横过肩膀的包。我望着他消失在公路上，轻雾吞没他不寻常的外形。

房屋售出。瘦高个儿外出寻找他的"叛逆者"，它正在邻岛上某一工地接受检修。

"它是最美的，你看着吧，"前一天晚上，他对我说，"我两天后回来。你睡在'蓝美人'上。这是安迪最喜欢的船，他是我们的船东，也是他在鳕鱼季准备驾驶的船。明天，我开车送你去那儿，再乘坐渡船去荷马港[①]。"

港口空无一人。青灰色的鸟儿划过天际。一艘拖轮穿过最前头的浮筒。还远着呢，我们刚能听见它轰隆隆的马达声。我有一双好看的长筒靴，是在"救世军"[②]发现的。黑色老式长筒靴。正品是绿的，且昂贵。我的脚步声在木质浮桥上响起。

"当心，你脚上穿了这个脏东西，要滑倒的。"

我抗议着，差一点摔倒。他正好接住我。

"你会赚一大堆钱，你会给自己买所有看中的靴子……"

"哦，我啊……有足够钱买一个好的睡袋、一双行军鞋，剩下三个子儿在路上，撑到巴罗角[③]……"

"巴罗角？这又是哪出？"

[①] 阿拉斯加州著名渔港。
[②] 一个创建于英国的国际组织，旨在宣扬耶稣的福音，普度众生。
[③] 阿拉斯加州最北端的沙嘴，邻近北冰洋。

"捕鱼季过后,我要去巴罗角。"

"去那儿干啥?"

我没回答。一只年幼的海鸥注视着我们从一艘地曳网捕鱼船的舷墙经过。

"你觉得我会成为一个好捕手吗?"我问道。

"每一天,从阿拉斯加州的最深处,只见树林、大草原和山的地方,我们都看到有人放弃一切来到这里。作为典型的男人或女人,卡车司机或农民。或许还有应召女。我算不算清楚呢……他们上船。当他们还是新手,对所有一无所知的时候,被当作废物,可有一天,他们会有自己的船。"

"那我需要一个真正的水手包咯,就像其他人一样……"

"当然……我已看到你有潜质,你肩上的行李袋,大步走遍从科迪亚克到荷兰港的码头,为了找一个上船的机会。"

我们的左边是一艘天空蓝的船,"蓝美人"号。甲板上没有人,工地上还有些铝板,用来建造挡雨板,还有船侧的金属梯脚。我们上船。闻上去像是受潮的橡胶和瓦斯油。亚把我的包放在一张铺位上,在一间昏暗的内室,船员的卧舱。我们又走出去。码头上,当我跨过舷墙时,亚想要帮忙接住我。我一肘子挣脱开。我马上将成为一名真正的水手。我已有自己的卧铺。我嚼着烟。

"叛逆者"驶入港口。确为最美的船,瘦高个儿有他的道理。船身为黑色钢铁,倾侧为黄色,衬托得十分夺目。船员舱为白色。我是船上人手中头一个拜访的,之前还有已回自己船上的机修工热斯,以及金发的西蒙,一个来自加利福尼亚州的年轻大学生,他希望在荷马港的码头上船。船长坐在操舵室深处的扶手椅上，面朝各式刻度盘。窗玻璃的排列呈半圆形，令我们悬于港口之上。

"从今天起，这便是我的座位。"亚说，"但是你们轮到自己班次的时候，也可以分享这个位置。"

马达转动，未来数周内不会停歇。我望着港口被点亮。我把行李放入水手舱内狭窄的空间，四个叠在一块的卧铺中的头一个。

"先到先得。"瘦高个儿建议我睡在他的卧铺上，因为他有自己的舱室。

我并不情愿。

人们给了我一辆蓝色自行车。这是一辆生锈的旧自行车，对我来说太小。上头写着"自由精神"。我穿过城市，脸颊绯红，披着一件比橙色还红的防水衣，比一切真正的海上防水衣更鲜艳的橙色。人们大笑着看我经过。我骑车从船上回到住所，又从住所骑回船上。雨水淌在我脸上，流到脖子，我终于跑上船，四格四格地下舷梯，攀上舷墙，底部的海水是灰绿色的，船长受惊，伸出一只手臂，却没抓住我，他咽了下口水，再次伸手抓我。我大笑。我还没跌倒。当我这么瞧他时，他飞速地垂下双眼。"我坚不可摧。"我对他说。他耸了耸肩膀。

"你会像所有人那样死的。"

"是的。坚不可摧，直到我死。"

我在晨曦中起床，从卧铺跳入船底。这一切召唤着我。往外，藻类和贝壳的气味，甲板上的乌鸦，桅杆上的鹰，港口平滑的水面上海鸥的叫声。我为两个男人准备咖啡。我出去。我在码头上奔跑。路上空荡荡的。我邂逅崭新的一天。我与昨日之世界重逢。后者被夜晚隐藏，又被奉还。我气喘吁吁地回到船上，热斯和亚刚起床。即将成为船上一员的人也不会迟到。我同他们一起喝咖啡。可是他们真够慢的。我的脚在桌下晃动。我不耐烦得要哭了。

等待是一种痛苦。

整个港口投入工作。电波在阻塞的甲板上全力运转,可以听见蒂娜·特纳[1]的嘶哑嗓音,还有一些乡村歌曲。我们开始往钓鱼线上套诱饵。船坞上来来往往,并不停歇。人们在船上用绳缆扯起一个个放置枪乌贼或冰鲱鱼的箱子,作为诱饵。一些大学生从远方来,自愿花上一天干这活儿,希望找份船上的工作。

"我们已满员。"瘦高个儿说。大学生西蒙冷冷地看着我们,可他一听船长谩骂,便惊慌失措。耶稣的堂兄也会来。路易。还有大卫,一个捕蟹的渔夫,以一米九的身高俯视我们,他宽阔的肩膀舒展着,微笑时露出全排牙齿,整齐而洁白。

整整几天,我们都在挂诱饵,站直身子,靠着一张桌子,在甲板的后部。耶稣和我会因为一切而大笑。

"你们不要再这么孩子气了……"约翰感到不快。

狮子般的男人到了。一天早上,在瘦高个儿的陪伴下,他登上船。他把脸埋在脏脏的浓密长发下。船长为这个他的人而骄傲。

"这是瑞德,"他说,"一个富有经验的延绳钓鱼船夫。"

或许也是一个嗜酒之人,他走过我面前时,我寻思。这头疲惫的狮子也挺腼腆。他埋首于工作,不发一言。他点起一支烟,呛得猛然咳嗽了一阵,身子晃动。他往地上啐唾沫。我隐约瞧见他被胡子吞噬的脸庞。一种金光闪闪且有穿透力的目光。我避开

---

[1] 非洲裔美国女歌手,史称"摇滚女王"。

他黄色的眼睛。我不再与耶稣说笑。我自觉卑微。他在这儿适得其所。而我不是。

入夜,晚些时候,男人们回自己家。瑞德留下。甲板上只剩下我们仨。我们得把挂了诱饵的延绳钓鱼钩带到工厂的冷藏室。我们往平板车的后部塞满小木桶,用绳索紧固。瑞德一靠近,我便走开。他蹙起眉头。在夜晚的微风中,我们将车推至罐头食品厂。坐在两个男人之间,我望着笔直的公路,两边是光秃秃的山丘与大海。船长略微加速,以免令我擦伤,我愈加紧靠右边。我感觉到狮子般男人的大腿贴着我的。我的喉咙打结。

我们将钓鱼钩卸载。挂着的小木桶已结冰,十分沉重。

"强壮的女孩。"瑞德说。

"是的,她身板不厚,但很结实。"亚回道。

我挺直身子。我们发起一连串行动,将小木桶码齐在冰室里。我的手指粘在金属上。当我们重新出发时,已经很晚。夜色里,平板车向前滚动,山丘消失于阴影中。剩下的唯有大海。两个男人谈论着启程事宜。我不发一言。我感到身体疼痛,我的饥饿,瑞德大腿的热量,他的烟草味,枪乌贼的碎屑还粘在我们潮湿的衣服上,散发着气味。

我们沿着大海前行,某些拖网渔船抵着船坞沉睡,船体通过碳化燃料运行。我们经过他们幽深的睡眠。我们面前是染上浅黄褐色光环的天际线,光圈于阴暗的天空闪烁。

"这是北极光吗?"我问道。

他们没明白。我重复了几遍。狮子男低声笑着,好似一阵嘶哑、沉闷的轰隆声。

"她说'北极光'。"

轮到船长笑了。

"不。这是天空,仅此而已。"

我的脸比这些从不知其名的微光更红。我希望这一幕永存,在夜色中前进,在瘦高个儿与燃烧的狮子男之间。

"让我待在希利柯福[①]。"当我们抵达城市时,瑞德说。

他已然离开我们,走入酒馆。亚对他并不管束。他向我转身:"我认为他喝得不少,但他是我们需要的人。"

我们回到船上。那儿很冷。热斯在机械室里抽着大麻卷烟。

亚当是"蓝美人"上的水手,缆绳系在我们这一边。我听见他与达福说笑:

"是的……当你的手让你不舒服到一定程度,以至于给你的三小时里都睡不着……而等你轮班时,发现到处都是浮筒……你徒劳地揉眼睛,浮筒依然不断闪现。"

他们大笑。

"你觉得我会做到吗?"我问亚当。

"继续像你现在这么干活,就会做到。"

然而,又一次,他提醒我提防危险。

"但我究竟应该注意什么呢?"

[①] 阿拉斯加州西南面海峡。

"一切。注意投入水中的绳缆,一不留神就可能被这股力量带下去,胳膊卷在里面。也要注意回收的绳缆,一旦断裂,可能会要你的命,或者让你毁容……当心转动装置卡住的钓鱼钩,它们可能被投入任何地方,恶劣天气下,可能撞上你无法计算的暗礁,当心值班时睡觉的人,当心海啸、打上船的波浪,以及致命的严寒……"

他停下了。他仿佛褪了色的双眸悲伤而疲惫。他的线条已遭侵蚀,凹陷下去:

"上船,就好比你嫁给这条船,其间为他干活。你不再有生活,不再有属于自己的任何东西。你得服从船长。哪怕他是头蠢驴——"他叹气道。"我不知道我为什么来这儿,"他一边说,一边依旧摇着头,"我不知道是什么让人乐意如此遭难,说到底什么都不为。缺乏一切,缺觉,缺热量,也缺爱,"他压低声音说,"直至精疲力竭,直至憎恶这份职业,尽管如此,我们还是再次需要出航,因为除此以外,世界上的一切对你而言平淡无味,让你无聊得要发疯。最终,你无法摆脱这码事,这份沉迷,这种危险,这种疯狂,没错!"他几乎吼起来,随后归于平静:"有越来越多的宣传,不鼓励年轻人捕鱼,你知道的……"

"因为他们无法脱身吗?"

"因为这尤其危险。"

他别过头,望着远方,稀疏的头发在微风中飘动。他嘴角下垂,呈辛酸之态。他继续开口时,脸上掠过一丝胡思乱想的快活,眼神空落落的。

"但这一次结束了……真正结束了。我在基奈半岛① 有一栋小房子,在森林里,靠近苏厄德②。这个打黑鳕鱼的季节,我挣够钱才能回去。这一次就留在那儿。冬天前我会在那儿。我要给自己造第二间木板房。我再也不会踏入这里。我的人生已奉献得足够多。"

他转向我。

"哪天你累了,到林子里来看我。"

他返回给钓鱼钩上诱饵。达福同我交换了一个眼神。达福摇着脑袋。

"他老爱那么说。可他总回来。"

"他为什么回来?"

"孤零零在树林里,一段时间之后,就显得漫长……亚当,他需要一个女人。"

"这儿女人也不多啊。"

"不多,多不了几个。"他大笑,"但他捕鱼时,没有时间想这些。在这儿孤单的人太多,情形各不相同。"

"他上岸的时候,去这儿的酒吧?"

"他清楚自己酗酒的一面……两年前,他就不喝了。他现在是'匿名者戒酒协会'成员。就像亚,我们的船长。"

"这倒是让人悲伤。"我低语。

"很快他们都会来追求你,这些寂寞的男人……他们争相狩

---

① 阿拉斯加州南岸的一个半岛。
② 基奈半岛东南部城市。

猎……"他眨了一下眼睛,"除了我。我做不到。我有个女伴,我不想失去她。"

瘦高个儿开着车,讲话像个过分兴奋的小孩。我听着。我说:"是的。是的。"当他停在船坞前,在"B and B"酒吧旁,我们下了平板车,向船走去,我这么跟他说:"让我们一醉方休,伙计。"我美式英语学得很快。他转过身,有些发窘,一副认不出我的模样。

"没事,我说笑呢。"我耸着肩膀,立马回应。

一天,他说他爱上了我,给了我一块猛犸象的长牙碎片,那是他珍藏许久的物件。

"哦,谢谢。"我说。

我们将"叛逆者"移至工厂的船坞。在船上,我们用绳缆扯起钓鱼钩和储藏的冰冻枪乌贼。我们加满水与冰。我睁大双眼,盯着巨幅窗玻璃,"西夫韦"超市释出的十几只纸箱,直至浮桥。男人们把他们的包搬上船。

"但只有六张床铺啊?我们有九个人……"我对船长说。

"船足够大了,对所有人来说。"

我不再坚持。他现在不断地叫嚷。

一个周五,我们离开科迪亚克。"永远不要周五出发。"他们说。但瘦高个儿冷笑着,他可不迷信。机修工热斯也对此嘲笑:

"这就像绿色的旅游包船……很蠢。"

但是亚当在站台上提醒我。

"迷信是很蠢，我同意，但是我见过太多像这样绿色的船在海岸线上偏航，没人知道为什么，然后撞上一块岩石，全体船员一起沉入海底……你懂的，绿色是树和草的颜色，这会吸引你的船去往陆地。在一个周五出发，也不吉利。我们要等到半夜十二点零一分。"

男人们呼叫着解开绳缆。我喉咙发紧。尤其因为不在他们之列。我自觉卑微，只能在甲板上装载木桶。西蒙奔跑着，脑门上的两只眼睛要弹出来似的，他也什么都不懂。他撞上我，并没有蜷缩在甲板上，而是费力地攀爬舷梯，肩上绕着直径相当于他一拳的绳索。我盘绕着达福从船首解下的绳缆。船长吼叫着。我尽力撑着身子，拖曳绳缆，却不知往哪儿走，也许拖到上层甲板的隔离舱……绳缆过重。亚还在咆哮。

"我办不到，我不明白。"我嘟哝着。

他缓和下来。

"那就在舱室后头系绳子！"

我想大笑，想哭。我们终于离开陆地，我已清楚自己再也不会回来。船往十分靠南的海角开。转向西面前，它沿着海岸行驶。

狮子男躺下了，已睡着。耶苏也轮到平躺的机会。

"他们做得有道理，"从操舵室回来的达福说，"能睡时尽量睡足，以后的情形就不知道了。"

但当我进入舱室时，四张床铺已满。我的睡袋被扔在地上。约翰在我的铺上打鼾。我走到甲板上。西蒙望着大海。他转向我，露出一张闪亮的脸庞。

"我现在可是在大洋上……"他低语。

"他们睡了我的床铺。"我说。

"我也没有床铺了。"

我回去，收起睡袋，蹲在通道的墙角。狮子男醒来。他挺直身体，将三根手指伸入已然僵直的环形鬈发。他的视线停留在我身上。

"我睡哪儿？"我以一种微弱的声音问道，放卧具的包还在我的手臂间。

他非常友善地望着我。

"我不知道。"他缓缓答道。

我站起身，上去看看船长，正对刻度盘的瘦高个儿。睡袋始终夹在臂弯里，压得很紧实。

"我睡哪儿？你跟我说'先到先得'而我正是头一个到的，这是船上的规矩，你说的……"

随后，我再也不发一言。他望着远处，表情空洞。科奇坎[①]高山上的天空西侧变得阴暗。

"我不清楚你能睡哪儿。"他终于说，压低声音，"我向你建议过我的舱室……你不要。但是船上还有空间。想睡的话总有地方……把你的睡袋放到我的座位后，如果你愿意。"

我放下睡袋，从操舵室的楼梯走下。路易横躺在休息室的软垫长椅上。我在甲板上找到西蒙。他给我一支烟。我们注视大海，

---

① 阿拉斯加州最南端的城市。

缄默不语。随着陆地远去，风渐起。海岸已不过是一条颜色深暗的带子，一直缩小。"叛逆者"侧倾，动了一点。西蒙脸色苍白。我们返回休息室。路易给我们在长椅上腾出一个位置。夜幕降临。我们在氖管灯下等候。

男人们醒来，我们得试试未来的生存手段。瑞德准备饭菜。他给船长端来一盘丰盛的面条，后者就没离过席位。他们一起走下来。

"坐一会儿我的座位，达福。"

他喝着咖啡。他的话语斩钉截铁。

"伙计们，今晚就睡觉，你们需要力气。明天五点起床。"

他转向瑞德。

"达福先轮班。你两小时后接班。每一班永远不要超过两小时，我们人数足够。你之后是耶稣。再是热斯。其他人睡觉。之后值班的人会有时间……有什么事的话叫醒我……我们保持自动导航，除非出现事故。永远记得，离海岸至少两千米远。你们每一班值到最后，别忘了去机械室转一圈，确认备用马达运转良好，给机轴上个油。船身可能会越来越颠簸，不时朝甲板上看一眼，检查钓鱼钩的悬挂情况，安全前提下……"

"好的。"

瑞德垂下眼睛。他收拾着残羹，不发一言。耶稣起身，感谢他，卷起袖子，在锌质小水槽里忙活。我也加入。我腿力配不上水手。做这个可以。

"谢谢你做的饭，味道很棒。"经过瑞德时，我向他低语。

"嗯。"他回答。

约翰也站起身。

"谢谢,瑞德。"

我帮着耶苏洗碗碟。

"做饭的人往往最后一个吃饭,这是规矩。"他悄声对我说,"但他不需要洗碗,从来不需要,别人也总感谢他。至少,通常是这样。也有些时候,你轮班,给还睡着的人做饭,然后回到操舵室,等你再下去,却发现没人给你留任何东西,你只能溜到甲板上……"

"别人睡了我的床铺。"我回道。

"这样不好,约翰这么做是不对的。你应该反击。但现在,你是新手。"

男人们回去睡觉。达福借给我他的床铺。两小时后,他客气地叫醒我。

"轮到我了……"

我起身,差点跌倒。我半睡半醒。舱室塞满了衣服和靴子。马达轰鸣,船身正猛烈摇晃。我踉跄着走在过道上,手臂夹着睡袋。暗淡的氖管灯一直照着休息室。路易在软垫长椅上睡觉。我睡在另一端,我把自己蜷进睡袋,我的蚕茧,我的巢穴,在这艘号叫的船上。早上,我们发现彼此抵着对方的身子,睡在操舵室的地板上,路易、西蒙和我,在热斯冷淡的注视下,他值班。

终于,我们捕鱼……那一天,早上五点不到。那是一个灰蒙蒙的清晨,青灰色的天空悬在我们头顶上。太阳的微光在薄雾之中划出一个浅淡的缺口。我们四周是一望无垠的大海。很冷。西蒙从上层甲板投掷信标,再是浮筒。绳缆伸展。我们分散开。达福抛下锚。超速运行的马达发出隆隆声,第一批延绳钓鱼钩沉入水下,海鸥盘旋,想要抓住我们挂上的诱饵,随后消失于波浪之上。我带木桶给瑞德。他将绳缆的末端一把把系紧。风在我们耳边呼啸。他把空木桶扔在甲板上,手势迅捷而又猛烈。我立即清理它们。我的心怦怦直跳。喧哗声如同一场灾难,男人们吼叫着。瑞德立在翻腾的浪头前,健壮的大腿发力,腰部线条犀利,整副身躯处于待命状态,下颌结实,牙关紧咬,目光盯着延展的钓鱼绳,仿佛一头疯狂的野兽、一头水手怪,身上竖起数以千计的钓鱼钩。有时,漏下一个悬在甲板舷上。钓鱼绳的延展包含危险。片刻间,他抓住钓鱼竿,其末端固定着一把小刀。他还在喊:"你们让开!"他切开钓鱼钩与绳缆之间的连接处。

"最后一个延绳钩!"他大叫着通知船长。后者一直听着,除非别人或别的事情声响太大。浮筒索不再延伸,达福抛下一个锚,短绳缚上最后一个浮筒,方位标搞定。船速减慢。令我们神经紧绷的压力一下子松弛了。迸发一阵大笑。我喘上气来。瑞德点起一支烟。他似乎对我们另眼相待。他与达福说笑,后者转向我。

"还行吗?"

"嗯。"我低语。

我还没回过神来。喉咙堵塞,我将木桶排列整齐。我什么也不懂。男人们的叫喊令我惊惧。耶稣亮出一个微笑。

"会好的……"他对我说。

我去甲板晃了一圈。船长现身。

"现在,伙计们,我们可以捕鱼了。去喝一杯咖啡,出发!"

大家帮我在甲板上找到一双靴子。这一双算是真正的靴子。可是太大,脚踝的褶皱处已穿孔。我喝水。很冷。大家还帮我找到一套捕鱼的防水衣——一条罩裤和一件上衣,比我的搞笑防水衣宽大、结实。

我端着我的咖啡,登上操舵室。我经过热斯,遽然转向墙壁。他撞到我。瘦高个儿懒散地背靠船长椅。

"还好吗,小麻雀?"

"是的。我什么时候像其他人一样轮班?"

"那得跟热斯商量。"

"什么时候?"

"等你搞定他。"

天空昏暗。雾将我们笼罩。男人们铺开船身每一侧横摇的稳定器,如同两副仅剩骨架的铁翅膀。"叛逆者"离奇地摇摆,仿佛一只过于沉重的鸟儿,掠过海面,却飞不起来。滞重的波浪形成壁垒,想要穿越其间的船有一刻悬于克里特岛,随后重新落入暗绿色的海渊。一阵细薄却紧密的雨下在倾斜的帘子上。我们又走入冷风。静默之中,我们缝补防水衣和橡胶手套,扣上皮带。亚很紧张,达福不再微笑,热斯和路易看起来也挺阴郁,脸色苍白。热斯磨尖他的刀锋。我看到他们的目光避开我。西蒙紧紧捆住放置铅丝笼的支架,男人们的叫声一发出,他便会弹起来。我的胃仿佛打了结，他的眼中也有一样的焦虑。

船长位于船员舱的加固处，抵着舷墙。他把手放在外操纵杆上，看到浮筒时，加快船前进的速度，船身摇晃时，则放缓，寻找最适宜的航向，以免偏航。瑞德挥起一根钓竿，撑住他在船上升起的信标。

"接着！"

大家都挂在浮筒索上。张力达到极致。亚还在减速，轻微前行。他来到钓鱼钩的前端，钓鱼绳已放开。达福将绳索扯到转动装置的滑轮凹颈。男人们吼叫着。船长喊道："解开信标和浮筒！快点！"液压马达启动。我们喘上气。绳缆的主体规律地爬升。亚加快动作。瑞德盘绕绳索。每当一个钓鱼钩完全升上船体，我便给瑞德一个空木桶。再迅速着手下一个钓鱼钩。船身猛烈横向摇摆，我摆放着木桶。木桶太重，满载水与陈腐的诱饵。耶苏和路易在船身的后部切着枪乌贼。马达和海浪的轰鸣震耳欲聋。风在我们耳边呼啸。男人们缄默不语。亚的脸色阴沉。回到我们这里的钓鱼钩悲伤地下垂。一条小黑鳕鱼在钓鱼钩的末端跳动，蹦得越来越远，滑在切割板上。热斯用他极为锋利的小刀划开它的肚皮。他带着怒火，取出鱼儿的内脏，再将它扔到桌子一端，那儿有个开口，直通底舱。就这么过了数小时。终于，浮筒显现，船长情绪激动，扔了手套，脱下工作服，离开甲板，未对我们讲一句话。

我们干着活，将一切复归原处。船重新增速，发力迅猛。瑞德点上一支烟。达福朝我微笑。

"不可怕吧?"

我们重新摆上诱饵,耗时很长,非常长,再把钓鱼钩投入海里,继续上诱饵,直至钓鱼钩被收回船上,如此循环往复。

再无日夜,唯有一段接一段的时辰,天空渐趋阴郁,黑暗重又笼罩海面,得打开甲板上的灯。睡觉……有时,我们也吃点。下午四点的早饭,晚上十一点的中饭。我狼吞虎咽。浸在油里的腊肠、过甜的红豆,还有糯米,我觉得每一口都能救下我的命。男人们大笑。

"她吃成什么样了呀!"

第三个晚上,我们倒在放黑鳕鱼的长凳上。海面并不平静。西蒙与我依然无法保持平衡,拼尽全力也不行,撞在铅丝笼的四角上,别人则用余光瞥着我们。我们站起身,不发一言,像是做了坏事一般。但这天晚上,大家顾不上别的。第一个钓鱼钩上船了,鱼儿像是一阵波涛涌入,几乎连续不断的"海浪"直扑向我们。男人们高兴地吼起来。

"看,莉莉,一堆美元啊,这些全是美元!"热斯抓着我的肩头叫道。

才不是呢,不是美元……是一些活生生的鱼儿……一些十分美丽的生物,嘴巴由于惊愕而大张,吸着空气,在白色铝质闪光灯下疯狂转圈,被霓虹射晕,还相互撞击,待在这个生硬的环境里,此处,任何物件的轮廓都很分明,任何感觉都带刺激性。不,还轮不到美元。

动作得快,桌已满。别人递给我一把小刀。西蒙插在约翰与我之间。热斯跑回来，挥起他磨尖的小刀，冲着船上惊跳的鱼儿，指着前端。我与瑞德目光交错：这个失去理智的矮个儿男人脸上片刻闪过一丝冷冷的怒火，眉头不易察觉地抬了抬。鲜血溅射，黑鳕鱼的尸身微颤着，扭动着。

夜色更深。我们的劳累消失于急迫所激起的兴奋之中。瑞德与维克割下活鳕鱼的脑袋，再将其开膛。西蒙与我将它们的身子清空。当我们用匙钩刮去肚腹的内壁时，它们跃动着，挣扎着，发出刺耳的响声。声音穿透进我的骨髓里。鱼儿被投入底舱，投掷的节奏并不减缓。热斯狂放地笑着。美元，美元……他总是像个傻子一般嘟囔着。约翰不在，他感到猛烈的恶心。瑞德劳作着，下颌紧咬，额头保持着低垂，忽略热斯的独语。他动作最快。他强壮的双手切割、砍杀、拔扯。这让我害怕。我的目光滑走，避开，从他滞重的双手转至厚实、镇静的脸庞。我不那么害怕了。我的肌肉麻木，肩膀火辣辣的。随后，我对此再无知觉。

船长吼叫着，我跳来跳去，目光游走在不同的人之间，别人向我喊着某些我不明白的事。西蒙站在前端，急匆匆地收回满载的木桶，递一个空的给达福，后者正盘绕钓鱼钩。

"你脑袋后应该生眼睛！"

我抑住泪水。狮子男朝我身上看过来，眼神包含怒火，这一尖锐的眼神令我动弹不得。西蒙干起我这头的活儿。我感觉到他暗自骄傲。他将匙扣探入大张的鱼肚，狠狠刮着，某种狂怒的情绪似乎上了他的身，令人惶恐。他露出机械的微笑，线条走样。可他在报复什么呢？报复谁呢？我守着小木桶，及时更换。西蒙窥伺着。我跑在他前面,催促他,如果他来到我这条道上,他动作更快时,我把他的活儿卸下。这是我的工作,我自己的任务。我得自卫,如果我想保留船上的位置。

我的双脚结冰。血水浸透我的袖子。我们的防水衣上沾满了内脏。我饿了。我打开装有鱼白的网囊,偷吃一些。海洋的味道。十分柔嫩,融化在舌头上。我的便帽脱线,落到一个袖子的反面,再被我剥离。还有些细线粘在我的额头上。我又把另一只闪珠光的袖子举到嘴边。达福讶异于我的举动。他发出一种受惊的感叹。

"莉莉,你疯了吗?"

男人们抬起头。

"她在吃这个!"

我撇嘴以示不满,低下已染成红色的额头。

最后一个钓鱼钩上船。一阵冰冷的微风穿透我们。我摇晃着,立定睡觉。锚、浮筒、信号旗终于抵达……亚转向我们,随后登上操舵室。

"复归原样,伙计们……把水手们送回去!"

每个人回到岗位。我欲唤回全部力气与热望。我用更大的力气抓牢木桶,一种簇新而凶猛的力量。我身上某种东西觉醒了,抵抗的强烈意欲,想要多奋斗一些,抗击严寒与疲惫,战胜这具小小身躯的极限。往上超越。钓鱼钩排列在底部的桌子上,天空泛白。最后一枚信标被掷出。白日将至。天际线染成一条长长的红带子。该上甲板透透气。

"休息吧。"船长说。

我们往自己身上浇冰水，冲刷油布衣。疲惫至极，我们自觉像是酒鬼。男人们估着价。

"六千公斤……七千五百公斤……"

达福向我嘟囔，带着善意。

"生鱼够你吃死了……"

"我饿了。"我无力地抗议，声音透出歉意。

"去吧，洗洗嘴，睡一会儿……"他大笑着回答。

"她疯疯癫癫，但是见鬼，她多好玩啊！"约翰还在笑我。

每个人都找到一个过夜的角落。西蒙睡在休息室的软垫长椅上。路易和热斯分享一张床铺。操舵室的地面则都属于我。谁值班，谁便要跨过我才能通行。我目光上抬，望见蒙上水汽的窗玻璃后头的天空。大海守夜者的警惕之眼令我自觉安全。当我跟男人们说我爱我的位子时，他们大笑，把我当成疯子。

我提前醒来。我从睡袋里脱身，将它卷成球状，放在一个角落。我坐在放置救生衣的沉箱上。我望着大海，望着前进的同行们。有时，狮子男来此，盯着板岩色的波浪，目光令人捉摸不透。我不愿打扰他。我望着我们穿越的波浪，深沉的海渊，翻滚的波涛，奔流至天际线的边缘。我希望有人向我解释杠杆运作的原理、雷达的涵义。我不敢发问。我梦想着今年冬天亚再将我们带到船上。我们不会离开大海。我们一起在严寒、海风、喘不过气来的波浪之中劳作，我在这两个男人当中，瘦高个儿和瑞德——狮子男，高大的水手，我要看着他活着，捕鱼，过程中尤其永远不要扯上我，静默地在一起，永远不指望更多，有时候，面对着前行的大洋。

夜里寒冷。已很晚。抑或过早。月光的反射从海面跃至天际线，仿佛一个闪烁的金色掩体。我们给钓鱼钩上诱饵，氖管灯猛烈投射在我们凹陷的身形上。亚从操舵室走出。某样相反的事物。他低声同热斯交谈。我听到"岗哨"和"移民局"这两个词。他离开甲板，返回操纵装置处。

我脱下手套，把我的防水衣扔到舱室门口，我四步四步地下舷梯，来到亚面前，喘着气，面颊火辣辣的。

"是因为我你才害怕吗？移民局的家伙会来检查？"

操舵室聚光灯的照射下，他的脸色灰白，嘴部的褶皱如同刀刻一般。

"一艘船绕到附近。我不清楚什么情况。我们问问热斯，这是不是海岸巡逻舰……"

"别担心，"我呼出一口气，说道，"尤其别为我担心，如果是移民局，我跳海。"

他的神色忽然警觉起来。

"你不能那么做，莉莉，海水已经太冰冷……你立马会死。"

"正好。他们不要我活着。他们永远不要！他们不要我回法国！"

此刻，尽管内心感到不安，他对我微笑。

"回甲板，现在回去工作……这肯定不是移民局。"他几乎温柔地说。

再无一丝陆地的印迹,尽管我们曾生活在大地上。还是有雾,一直有。夜幕降临。自从我们离开科迪亚克,海面再也不平静了。靴子未干,脚上很冷。指头冻僵,哆嗦着想要合上防水衣。瑞德吞下一小把阿司匹林。

"你的手不舒服吗?"我以蹩脚的美式英语问他。

他惊讶地抬眼,以一种失去把握、闪烁不定的空洞眼神看我,但很快恢复坚定。船长嘶吼着。热斯疲沓地消失于机械室。约翰未做好准备,一直没有,他晕海。耶稣与路易用墨西哥语交换了几句话,两人闷闷不乐。他们茶褐色的面容泛绿。亚神经紧绷地戴上手套,眼神要喷火。我注视着狂劲的海风拍打舷缘的列板,两腿发力立定——我的水手腿,终于有了。我身体的重量压在一条腿上,再换到另一条。随着船身侧倾的来回摇摆,我两手支在硬邦邦的腰上,感觉到腰身上的赘肉也在晃动。我的腰肢也经不起船侧的猛烈摇晃,起舞并与之互动。

达福推开门,风猛地灌入。我们跟他到甲板上。我想着我们没法子喝上的咖啡。船长加入我们,手中的杯子冒着气。我们拿出小刀、挠钩和铁耙,从转动装置上取下滑轮,越过甲板梁,扳动导向棍。亚将"叛逆者"驶向浮筒,后者消失于海渊之中。瑞德抓紧钓竿,将信标引至船上。液压马达开始运作。捕鱼重新开始。浮筒索升起。船长大声叫骂。如今,一切仅是常规行为。

奇迹般的捕鱼不会持久。有几次,达福的手置于浮筒索之上,为了感受其张力。"过于紧绷……"当我们目光交错时,他低语,神色忧虑。船长停下船和液压马达。某件事不对劲。绳缆歪斜着陷入水里。瑞德向水面俯身,进行检查,神情令人害怕。亚挂着糟糕日子才有的脸色。突然,一种生硬的咔嗒声,一阵叫声,一阵咒骂,绳缆断裂。一切都在片刻间发生。我没明白,我与他人的做法一致,冲向松开的绳子。我们没来得及收回它,它从我们的指尖滑走。

船长脸色铁青。他什么也没说。男人们沉默着。他们垂下脑袋,就是这样。我还什么都没明白,除了几百米长的延绳钓可能没了。亚将自己的手套扔在甲板上,连工作服都懒得脱下,便进了操舵室。船身猛烈加速。我们飞速赶上绳缆的另一端。船长重又现身。他的脸色恢复了几成。我望着他,我们目光交错,他微微一笑,做了一个稍纵即逝的拙劣鬼脸。我明白情况不妙。

瑞德抓住信标和浮筒,咒骂着,因为它们差点从他手里溜走。我们重新通过滑轮将浮筒索升起。液压马达重启。这一切并不持久。两根钓鱼钩递出以后,绳索再次断裂。

"这回完了。"约翰低语。

"如果我们只来得及在海底捕捞……"达福压低声音回答,"我们就得在这儿放下网囊。"

我们重新投入工作。船长收复了他的堡垒。也许他哭了,我有一秒这么认为。西蒙下到底舱,递给我装有冰枪乌贼的箱子。达福与瑞德低声交谈:过于倾斜的绳索,其异常的张力,亚的笨拙与不善操纵。我们失去了十五根延绳钓,这可值不少钱,安迪会要我们高价赔偿。

"他塞给我们的废物……我们耗费了几个星期,一切要从头再来。"

"是呀,但船长应该担责任,他本该盯着声呐,看看水深是不是不对。"

我用石块磨尖小刀。我把它递给耶稣。我们目光交错。他无力地微笑着,摆出独属于他的天真神情。我忍住笑。我打开诱饵盒子,冲着冰枪乌贼嗅了嗅,切割,摆成一堆,置于台子中央。达福不语。瑞德的烟挂在他的唇边,烟雾升腾至他的双眸,令他做了个鬼脸。路易和约翰嚷嚷着。几个小时以来,我们一直在上诱饵。

"嘿,西蒙,你是不是去给我们弄点吃的,该轮到这个了吧?"

一小时后,我们吃到烧焦的米饭、一些香肠、三盒玉米。无论如何,还不错。男人们静默地吃着。西蒙站在炉灶一隅,面色绯红,等着别人吃完,可以轮到他。船长从他的餐盘上抬起眼睛,想起西蒙的存在。他把后者打发回底舱,那儿满是新鲜的冰鱼。

"但他还没吃!"我说。

瑞德向我投来冰冷的一眼,达福似乎吃了一惊,皱了皱眉,耶稣神情困惑。别人毫不动弹。亚对我发出尖厉的声音:

"闭嘴,莉莉。这也是他的活儿,不是吗?"

我低下发烫的额头。我蜷缩在软垫长椅的一角。几行泪水从眼皮下流过。喉咙塞住，我发出神经质的大笑，笑到窒息，一阵怒火猛然上身。

男人们走出去。耶稣与我洗碗。他笑着。

"你永远不要跟船长讲任何话。你知道他会因为这个赶你走吗？船长总是有理的。"

"但是西蒙没吃东西！"

"做决定的是船长，莉莉，这种事情将不止一次落到你头上，如果你继续这份职业。死不了的，你清楚，下一趟他可以吃得更好，就是这么回事。"

约翰走过，带起一阵风。如同往常，他又迟到了。他打开抽屉，拿出两块夹心巧克力，再走出去。

"我也能拿吗？"

耶稣大笑。我加热剩余的巧克力，带给西蒙。我们与甲板上的男人们会合。

鲜红的鱼儿蹦上桌子。鱼体粗大，鱼鳍锋利，鱼眼惊愕地凸起，仿佛要从眼眶里弹出。

"为什么它们吐着舌头，耶稣？"

"它们没有吐舌头，这是它们的胃。"

"啊……"

"是降压造成的。我们把它们叫作蠢鱼。因为它们突出的眼珠，还有它们的舌头，就像你说的。"

鲜血横溢它们猩红色的躯体。我们有些反胃，把它们丢到桌子尽头,我再推至底舱的洞里。耶稣在我这边帮忙。他摇着脑袋,神色忧虑。

"西蒙没有再出来,"他说,"我希望他留心点。"

"留心啥?"

"留心蠢鱼。这些鱼很危险。你没见它们的鱼鳍?顶端有毒。甚至似乎是致命的,如果有人被戳到脖颈。"

船长望着我们。耶稣不语。我们等着西蒙。他终于从底舱出来,眼神不安,鬼鬼祟祟,面庞消瘦。风向已转。天气还算晴朗。

是夜,我们很晚才收工。我登上操舵室,看到西蒙在操纵装置旁,热斯详尽地向他解释这些刻度盘的意义。仿佛小刀插入我的心口。他被第一次赋予轮班的机会。

"我呢?"我低语,"那我呢?"

亚背叛了我。我忍住泪水,一个渔民不应流泪,他曾对我说,我是一个渔民,不久我便会成为一个真正的渔民……他同我讲话,仿佛我是一个小孩,让我大笑和做梦……我匆忙走下舷梯。男人们睡去了。亚和达福端着一杯咖啡,谈论配额之事。我打断他们,用一种颤抖的声音吼叫。亚都忘了发火这回事。

"你怎么了,小麻雀?"

"我不是小麻雀,西蒙已经值班了……"

我喘不过气来,捏紧拳头,调整呼吸。

"那我呢,什么时候?你跟我说过我行的,很快会轮到我。每天早上你们还睡着,我训练自己,我和掌握舵柄的人一起守船……我发誓我可以不睡觉!"

达福微笑。

"得懂得等待,莉莉。"

"你应该盯着的人是热斯,而不是我们。"亚说,"船就像他的孩子。去睡觉吧,小麻雀。去睡觉,你会轮到值班的。"

我不再逗留。如果他们看到我哭泣,他们永远也不会让我轮班了。我上到操舵室,找最昏暗的角落躺下。西蒙坐上船长的扶手椅。他不看我一眼。

早上,船长把我叫到一边。我想避开,他拉住我的袖子。

"我同热斯谈过了。今天晚上,你值第一趟班。"

"我们开着自动导航……一旦发现什么异常,叫醒我或船长。"

无尽的叮嘱之后,热斯睡去了。我在扶手椅上坐得笔直,往咖啡里浸入一块巧克力。大海很美。短促的微波掠过船首。雷达上,除了我们,没有其他显示,同心圆中央闪耀的一点,光芒转瞬即逝。我们离任何一边都有十几公里。我们底下有几百臂围的幽暗深度。一只苍白的海鸟突然出现在船首的白色波束中。它巨大的翅翼安静地拍打着空气。它转过身,缓慢地围着自己打转。它在睡觉,抑或这只是一个梦?电波噼啪作响,有时出来几句听得见的话。话语似乎来自夜幕,来自别的活人的信息,那些人也在穿越冷清的大海。天空与海洋融为一体。我们在夜色中前行。男人们睡着。我为他们值夜。

瘦高个儿,正对大海坐着,抽离了船长的身份。他舒展着修长却不灵活的四肢,懒洋洋地悬在扶手椅的每一边上。他的线条苍白,姿态疲惫,下颚细薄而有棱角,嘴巴微张,目光悲伤,投向非常遥远的地方。

"你难过了?"我问。

他褪色的双眸收回视线。他转向我。他微笑,甜中带苦,伸出一只手,覆上他的额头,手指的细长始终令我惊讶。

"你长了一双钢琴家的手。"

"哦,莉莉。"他叹气。

没有别的可说的。又到了白天。播报航海天气的佩吉并未告知风浪暂歇。狂风阵阵,白天加剧,警告着我们暴风雨的到来。暗绿色的海浪卷着泡沫升起,冲击着漩涡中的"叛逆者",水花飞溅。喝上一杯咖啡也危险,做饭几乎不可能。西蒙还试着煮米,可他把平底锅的握柄勾住了炉灶的拉杆,水打翻,煤气灭了。

"他能把我们都下油锅。"瑞德低声埋怨,正是他轮班。

约翰晕海,还是经常躺着。路易发着牢骚。

"他什么也没做。不是真的吧,兄弟?"

耶稣微笑。自打钓鱼线丢失的插曲发生后,热斯开始恶狠狠地斜睨瘦高个儿。

"不谐之音。"着凉的达福说。

他发着烧,咳嗽,吐痰,不再发一言。西蒙坚持着,忍受着男人们的叱责。耶稣依然保持平衡。夜色已晚,天气寒冷之时,我们时常越过桌面,交换友善的目光。

"你变厉害了,"有天,他对我说,"你开始明白一切。而且很快。"

船长很少再叫我。男人们喊得少了,兴许吧。我没时间怀念小刀般的马诺斯克。它或许已遭忘却。然而,全部危机皆未缓和,打鱼的暴烈程度亦未减。西蒙与我,我们身上迸发的恐慌情绪也没有,每当甲板上雷霆大作,依然害怕被狂怒的男人咒骂。

两天内,捕鱼的收成还不错,随后运势又转。钓鱼线两回缠上海底的礁石。绳缆的两端断裂。这一打击很重。亚的傲气一扫而空。他的眼神里,某样东西摇摇欲坠。男人们什么也没说。我们重新上诱饵,不发一言,在海浪冲刷的甲板上。

"这么可怕是为什么呢?"我压低声音,问耶苏。

"我们得把钓鱼绳赔给船东,一大笔钱,直接从我们这儿扣。还得加上陆地上的所有活儿,把绳缆恢复原状的工费……干了三个星期,不是吗?如果我们再丢家伙,就要欠钱给这艘船了。不过你呢,你只需承担一半。"

"我可是会再来捕鱼的!"我耸耸肩,说道。

操舵室传出船长的吼叫声。是时候转动绳缆了。这一回我们似乎挺顺利。绳缆上升,并无困难。男人们放松神经。他们发出短促的笑声,暴露了紧张的心理。俯身于波浪之上,手抓操纵杆,亚紧张地固定着钓鱼绳。再一回,我把小刀刺入白花花的鱼肚皮。光滑、柔嫩的鱼肉抵住刀面片刻,随后被压下。刀身一下嵌入,随着一道光亮,鲜血飞溅,浸透桌面。血流到甲板上,汇成猩红色的细流。我们是大海的杀手,我想着,大洋雇佣兵,我们被着了色。脸庞与头发皆沾上血迹,我切着青白色的鱼肉。有时带着鱼卵。我对着装扇贝卵的网囊咬下去。那是琥珀色的珠状物,散落于我的嘴里,也似一些透明的果实,满足我的渴望。

我没看到某条小鳕鱼穿透铁网,鱼钩本该将它们拿住。当鱼卷进转动装置的滑轮时,我大叫。我的声音埋没于马达的嘈杂、风的呼啸、海浪的翻滚之中。我徒劳地大喊。达福抬起头,大声叫骂着。船长仓促地向上拉操纵杆。液压马达停下。瑞德丢开鳕鱼的碎段。我被暴风雨压垮。

"莉莉,你他妈在干什么?为什么你什么也不说?"

"我说了!我叫了……没人听见!"

"但是从来没人听你说,你说的谁也听不懂!"

马达重启。我的喉头火烧火燎,我快疯了。我的双眼紧盯绳缆,如果涨潮时有鱼儿穿过,就重新扳动铁阀门。一根延绳钓上船时,我便以最快的速度更换木桶,将这个钓鱼钩与下一个解开,再将满载的木桶送至甲板另一端。我不再跌倒。我返回切割台,片刻也不浪费。

当我替换一只木桶时,一条鲜鳕鱼又避过看守。再一次,鱼被卷入滑轮。绳索嵌入钓鱼钩,缠绕在一起,又危险地延展,其他的钓鱼钩噼啪作响,被掷入甲板另一端。我大叫,瑞德叫得更响,亚停下一切。我匆忙赶去,解开绳索,碾碎的鱼体掉落。

"莉莉,我×,莉莉,你在睡觉吗?"

"我看不见,"我嘟囔,"我正在解下延绳钓……"

"如果你干不了,就什么也别干了!"他依然大声吼叫,随后重置船的运行速度。

我垂下脑袋。我视线模糊，拿起一条被我剖腹的鳕鱼。下唇颤抖着，我疯狂地吞下它。怒火与反抗的欲望将我淹没。我再也不要见到鱼的鲜血，不要见到这些霸占我卧铺的蠢男人。他们嘲笑我，他们大叫，于是我颤抖。我再也不要杀戮，不要害怕他们。我想要自由，再次在船坞上奔跑，去到巴罗角……我没看见鲜红的鱼儿掉到我身上，背部的带刺鱼鳍舒展开来，仿佛翅翼，刺入我的掌心。达福错过了底舱的开放。一阵迅猛的痛楚，似为惩罚我的造反之心。我的泪水真真切切地奔涌而出。我取下手套，已有尖锐的鱼鳞嵌入大拇指的底部。我拔下三颗颇深的刺，另有一根的一部分刺入肉里。我用牙齿将其连根拔起。美丽的鱼儿平躺着，喉咙大张。耶稣向船长示意。他们用手势对我指向休息室。

"给伤口消毒……我跟你讲过，这些鱼鳍有毒。"耶稣低语，似乎为我难过。

我羞愧地离开甲板。当我脱衣服时，手似已瘫痪。我坐在休息室的软垫长椅上。背靠椅子，双眼紧闭。疼痛遽然袭来，如汹涌的波涛一般从掌心升至肩膀。我的心脏搏动有异，我的视线模糊。我缓慢地摇晃着身子，像要跌倒。男人们在甲板上，或许还要待上数小时，我得去见他们。我起身。我欲冲洗伤口。一阵头晕。我害怕晕厥。于是，我通过操舵室，走到上甲板，不让任何人见到我。天空可见。一轮苍白的太阳令浪尖闪耀。我点起一支烟，花时间恢复镇定。与随行的轻舟对吹的风小了些。我稍许哭了会儿，几乎好了。男人们捕鱼。我得同他们一起。他们无须理解为什么我离开了。瑞德应该会暴怒。最坏的情况便是他对我产生误解。这就是个女人,他肯定会想。当然不应顺从于疼痛。我才不在乎疼痛。但毕竟……此外,我可能会死,因为鱼有毒。海洋无边无际。甲板的轰隆声传到我这儿来,小木桶与铝质舷梯碰触,相撞,会有人大叫,传出只字片言。我在太阳底下抽着烟。死亡的过程会持续很久吗?我用鼻子嗅着,又用两根手指擤鼻涕。令人难受。我望着天空和大海想着,死去真是令人遗憾。但或许这也是正常的,孤零零跑那么远,遥远至所谓"庞大的北方",人们称之为"最远的边境"的地方,最后一条国界,并且穿越它,越过这一国界,找回自己的船,带着喜悦来到大海上,日夜想着这茬儿,睡在肮脏的卧铺一角,但也睡不了多久。熟悉白日、夜晚、美丽的晨曦,抹掉自己的过去,出售自己的灵魂。是的,敢于穿越它,穿越国界,便只能迎来死亡,无穷尽地捕鱼,沾上一身红色、一身美丽,一条从大海与血水中游出的鱼儿,刺入我的手心,如同一支冒着火焰的箭。我回看我的始发地,乘坐大客车穿越沙漠,车上的操纵杆是蓝色的,滑雪衫的羽绒构成的云海,环绕着我……我便是这么出发的,这一力量赋予我全部的胆量,赌上我的性命。我回看小刀般的马诺斯克,终于,我不会死在那儿,囿于一个昏暗的房间。我不会哭。我下到休息舱里。我的手已无知觉。再一次,我自觉犯了过失,望着甲板上忙活的男人们。我蜷缩在走道上。那儿很暗,温热。我握紧手,抵住肚子。

　　船长在那儿找到我,我缩在阴影里。我没听到他靠近。也许我已昏昏欲睡。我惊得蹦起来。他没喊叫。

　　"你干什么呢?"

他跪下来。他的声音已无怒气。

"我……我马上回甲板,"我说,"我就休息一会儿。"

"很疼吗?"

"挺疼的。"

"等等……"

他进入卫生间,在药品橱里倒腾,给我带了一小把泰诺[①]。

"吞下去,再歇会儿,这一波[②]快结束了。我们都会歇一歇,喝杯咖啡。"

男人们回归。没有带着狂怒的神情,相反,连瑞德也对我微笑。达福不断地表示歉意。船长变回瘦高个儿。耶稣依旧忧虑:

"等我们回到陆地,你还是得去下医院。"

我已经忘了这一天我要死的。在他们当中,我感到幸福。我的手还是很痛。男人们起身,我同他们一块站起来。

"你不必马上返工。"亚说。

"我很好。"我说。

我们返回甲板。我想要永远与他们在一起,一起遭受寒冷、饥饿与困倦。我想成为一名真正的渔夫。我想要永远与他们在一起。

我不想回家。我不愿结束这一切。然而,靠近海岸时,陆地的气味令我惊讶。老妇人山区[③]的积雪已融化。山丘变绿了。树

[①] 一种药物,可用于减轻感冒引起的发热、头痛、四肢酸痛、流涕、咳嗽等症状。
[②] 原文为英语"set",指一次捕鱼行动。
[③] 美国加利福尼亚州的一个山区。

叶的气息、树根与淤泥的臭味掠过我，仿若陆地时光留下的遥远印象。再近一些，一只发声的鸟儿唱出的音符令我称奇，心荡神摇。我已忘却。我仅记得海鸥的粗粝叫声、信天翁拖长的抱怨，它们围绕延绳钓的盘旋与长吁短叹。我的胸膛涨满爱意，我全力呼吸着大地的气息。我很幸福，我们夜晚再动身。

男人们升起横摇的稳定臂。"叛逆者"穿越海鸭岛的浮筒。我们放出沉箱的绳索，把护舷物重新系上舷墙。罐头食品厂的船坞已不远。大海的上游。达福在船首，将球结[①]扔给码头上的一个工人，后者在岸边缆桩上转动绳缆。亚是操盘手，已到临界点，走在后头，"叛逆者"的侧面靠上码头。我移动着浮筒，以免它们被撞坏。瑞德在船尾，将绳缆丢给工人，后者在另一个缆桩上封住绳索。约翰催促着西蒙，帮他拔出亲自固定在码头上的缆绳。耶稣与路易已经取下底舱的发动机罩。

船长任由我们与当地工作人员接触。一名工人给我们送来一根巨大的管道，路易把它插入融化的冰面中，那儿漂浮着一些开膛剖腹的鱼儿。

"嘿，兄弟！"耶稣对那个男人说，"你可以送个……"

一阵吮吸声。我们的货载被缓慢地抽上来。

耶稣与我清洁底舱。达福用漂白粉来冲洗，递给我水桶。我们刮擦每一偏僻之处，手臂深处夹着刷子。泛白的泡沫流淌在我们脸上。双眼刺痛。我大笑。西蒙冲我晃着水管。

[①] 在绳缆的一端系成球状的结，须扔给码头工，助船停泊。

"当心！你会害惨我们！"

"莉莉！我们会去城里，如果你想搭平板车的话。"

我脱下防水衣，往靴子里藏了香烟和钱包。我大步大步地登上停靠处。我在平板车的尾部找到西蒙和瑞德，他们被夹在浮筒当中。

"你得去医院，"船长开车前向我建议，"让他们给你注射抗生素。"

我平躺在车后的板上，脑袋垫在一根缆绳上。空气甜美。处处萌芽。我闭上双眼。我全力地呼吸着工厂烟囱的怪味，还有阵阵袭来的浓重而猛烈的树木气味，可与粗粝的外海比起来，那几乎是温和的。我大笑。我直直地坐着，感受这刮着我们的脸孔、由崭新的空气形成的风。西蒙重又泰然自若。瑞德观察着我。当我们的目光相遇时，他的眼神闪避。他蜷缩在平板车的角落。他的身躯搁在这儿或许过于沉重，他不知如何摆放自己的身体，不知怎么办，也不知缘由。他抬起额头，目光越过群山，神情令人生畏。他再次让我害怕。我转过头，闭上眼睛。

亚把我们放在邮车前。一栋黄色的小房屋，建在一辆挂车的骨架上，正是在我们不在的时候，落成于这一空旷之地——"用来卖的"。我停下脚步。"哦……"我说。我跑着赶上男人们。邮车停步。西蒙有一封信。我们重又出发。瑞德离开我们，去了"托尼家"。

"两小时后这儿见……"

他推开酒吧门。西蒙与我,我们走上街道。我们为自己骄傲。我们从海上回来。我们的脚步蹒跚,有时袭来一阵头晕,地面似乎下陷。晕地?我们大笑。随后,西蒙留下我走开。

我沿着港口漫步。城市明净。我面朝码头,吃了一桶爆米花,坐在为海上遇难的水手而建的纪念碑下。一个男人停下脚步。幸存者。他卷起袖子。右前臂文了一个锚,左臂则是南方的星星。周围一圈是美人鱼与席卷的海浪。

"你总是吃爆米花吗?"他大笑,"你的船呢,找到了吗?"

"我在'叛逆者'上,我们刚卸货。我们今晚重新上路。"

他惊讶地吹口哨。

"'叛逆者'!你起步艰难啊。"他对我说。

他捧起我的手,长久地细看。

"男人的手。"他说。

我大笑。

"这双手一直很有力,现在更壮实了。"

他伸出一根手指指在我的伤口上,里头一直有盐末。

"爱护好它们,擦点霜,不要任由这样。在海上发炎很快,尤其是碰了腐烂的诱饵和盐。"

他还查看了我肿胀的拇指,皱起眉头。

"这个呢?"

我告诉他红鱼的事情。

"去医院。"

我未回应。

路易和耶稣未见人影。男人们解开缆绳时，我感到晕眩，觉得"叛逆者"的船身朝着远海摇晃，一阵带着恐慌感的风穿过我的身体。我深呼吸，脑袋转向外海。情绪平复。我明白了，我得对他们抱有信心，无论发生什么，对他们永远要有信心。我们启程。我盘绕绳缆，将它们放置在隔离舱。重新出海让瑞德似乎松了口气。他的胸膛鼓起。他挺直身子，此刻，他的下巴高抬，愈加紧实。他又成为狮子男，我在他的注视下双目低垂。他盯着很远很远的海面，越过世上一切大洲的海峡。随后，他吐着痰，吐了很久，用两根手指擤鼻涕。

又开始捕鱼。海浪粗鲁地对待我们。浪潮广而长，从我们目光所及的远方席卷而来。西蒙睡了耶稣的床铺，把我的还给了我。我整理床铺，这是我船上的窝儿，在多重的舷窗之下，透过窗子我总是可以望见天空。男人们睡着，身躯耷拉，四肢松弛，睡在船的温热脏腑之中，伴着马达喑哑的轰鸣声，他们尚未脱下的衣服散发着微湿而滞重的气味，袜子垂到地面，也发出呛人的怪味。

我的手肿胀着，发红。我们捕鱼。男人们静默地质询着波涛。鱼儿溜往别处。大海似乎是空的，我们徒劳无获。瑞德带了一只老旧的磁带录音机，系在一个钢铁梯脚上。一首温柔、忧伤的乡村歌曲抚慰着无休止的反复上诱饵的时间。某个晚上,天空变得澄明。狮子男面朝我,屈膝抱胸,右脚抬在桌面上,为了放松腰身。他耐心、投入地解开一个延绳钓,后者是大海还给我们的,已结成一团。一束光线逗留于他的额头上,照亮他脏脏的鬃毛,灼烧他已通红的面颊。眼睑上沾了一些盐巴,还在他的睫毛上挂着。我们沉浸在夜晚的光亮中,音乐随着波涛走远,海浪规律地来回于甲板之上,通过舱口流出,下一刻又流回来,当船体摇晃时,破浪声带来一阵缓和的微风,涨潮与退潮的均匀节律。永恒之歌。我将头转向大海,它被一日最后的余光染成铜红色。也许人们将永远那么动身,行到一切时光的尽头,在红棕色的大海上,朝向开放的天空,一次疯狂而非凡的行程,在任一处,在万物之中,心口燃烧,双脚冰冻,周围簇拥着一群嚎叫的海鸥,甲板上的一名高大水手,面庞平静,几乎温和。已经去过某处……一些城市,一些城郭,一些盲目的人……然而,对我们而言,什么也不再有。对于我们,什么也不再有。于巨大的荒芜之地前行,在总是移动的沙丘与天空之间。

我们上着诱饵,数小时过去,又是数小时,直至夜色很深,劈开浪花之路,暂时的航迹划破波浪,又几乎即刻消逝,留下纯洁、蔚蓝,随后转为黑色的庞大海洋。

我的手发红、肿胀。我想起自己不情愿上医院。为了吃爆米花,为了在城里游荡,和男人们喝上些啤酒……我倒空阿司匹灵的药瓶时,被瑞德撞见。

"你不舒服?"

"有点。"

随后在甲板上,我做了个鬼脸,松开一个钓鱼钩。他那双黄色的眸子观察着我。

"给我看你的手。"

他看着泛紫、绷紧的肌肤。

"我有些防感染的东西……"

晚些时候,他把我带到他的卧铺,抽出工作服下头的药包,他把这当枕头。他小心翼翼地拿出各种管子和盒子,从中挑选两种。

"拿着这个,青霉素,还有这个……头孢菌素。对抵抗海上碰到的任何脏污都有好处。"

他伸出关节粗大的手指,让我看白色疤痕。他告诉我,固定的钓鱼钩就像刀刺,这是海上作业带来的伤口。我注视着他的双手,令他如此痛苦的双手,他甚至回忆起受伤的那一夜。我并不自豪,我不过是个矮小瘦弱的女人,从一个灰蒙蒙的遥远村镇逃离。我把手藏在脏兮兮的袖子里。为了配得上站上甲板,站到瑞德身旁,我再也不要抱怨。为了他的尊重,情愿死亡。

"对了,莉莉,你的手好了吗?"

我把一条空闲的手臂摆到桌上。我们正吃着。

"好了。"我回答亚,他望着远方。

我希望某个人看到。可没人看到。除了拥有黄色双眸的人,他将青霉素的剂量翻倍。

狂风肆虐，寒冷袭来。我在甲板上，跪着解开一根延绳钓，手套早已穿孔，浸满冰冷的汁液，流自腐烂的枪乌贼与发咸的海水。我低下身子，以免跌倒。我因为怒火与痛苦而流泪。雨水遮蔽了泪水。终于，可以休息了。

"伙计们，暖暖身子。吃点东西。恢复力气。今天晚上，我们不收工。时间紧迫。"船长说。

那我要死了，我想着。我看到海风阵阵，吹得船缘列板噼啪作响，压到甲板上。倾斜的船角保住了船首舷。这只变形的手我甚至已看不见，皮肤欲崩裂。我喝完咖啡。得返工了。男人们站起身。我跟着他们。捕鱼重新开始。我们在一片阴沉中劳作，天空与波浪已不可辨。男人们也已吝于嘶吼，手势精确而机械，精神很快与身体一样麻木。雾越来越浓，直至昏暗。夜幕降临。我们未停手。船继续前行。

凌晨三点，亚让我们回去。

"今天够了。"

"你不是说……"

"继续啊，如果你乐意。"

男人们力气全无，只够大笑。他们一个个消失于舱室之中，陷入床铺，极度疲惫。我重回地板的末端，在达福的注视下，他的眼神有种善意的嘲讽。

"晚安，小法兰西……你知道吗，你越来越行了？"

"晚安。"我低语。

我正在输掉战役。某件事不久便要发生。我把脑袋埋入睡袋。

我想像孩子一样哭喊。这个拳头让我如此痛苦,我忍不住咬它。我想要扯掉它,一切从头开始,就像刚上船那会儿。久久无法入睡,困意时断时续。我是男人们的别样监督。半梦半醒的痛苦之中,查夜的样子交替出现。早上七点,船长重新掌舵。我们得回去了。我推开通往甲板的门。瑞德拉住我。

"伸出你的手……你不能继续工作了。你得把手让亚看看。"

"他会让我回岸上。"

我避开他的目光,盯着靴子的鞋顶。

我执拗地摇着头。

"如果你不跟他说,我来说。"

他们一起回来。亚皱着眉头。

"见鬼,你为什么隐瞒?"

"我觉得会好转的……瑞德给了我抗生素。"

"她说她不想回陆地。"瑞德低语。

男人们重新站上甲板。那儿已结冰,来势凶猛。达福借给我他的卧铺与随身听。而我很快也会回到他们中间,他们照料着我,我的手能痊愈。我坚持着。热斯曾说我"非常强壮",这一特点配得上真正的钓鱼靴。他们给了我一张床铺……我心中满溢感激。

厕所进水。我掏出不少破布,之前被人扔在里头,塞住了马桶。我坐在马桶上,被海水喷一身。我起身,屁股湿透。现下,船身沉重,每一波浪花盖过来,都造成海水倒涌。我看着镜子中的自己,在氖管灯苍白的光线下。眼睑的边角处,颊骨上方,细纹呈鳞片状。我的手放入发网与辫结之间,这些都因为盐化而变硬,上头沾着水沫和发干的血迹。我将手指伸入蓬松的鬃毛之时,才发现一条红色的脉络。它从手心出发,升至腋下。我记起来,这条线穿到心脏,人就会死。

我眼见鸟儿在船的前方打转,一团云悲鸣着,十分疲沓。硕大的生锈船锚似乎劈开云雾。有些危险的卷状物与我们一起前行,船长取下听筒。他试着各种波段,力图一时片刻能连上医院。随后,他呼叫四周的船。

"准备好你的东西,你的睡袋。最起码的装备。其他的以后再拿。'冒险者'号正往科迪亚克开,要卸货。我们会把东西运上船,跟他们碰头。一个机会。这一季,我们已经损失不少钱了。我们现在不能回家。"

瘦高个儿言简意赅。他缓和下来。

"你再睡会儿,我们还有两到三个小时。"

我低下头。我重获床铺。大海摇着我的身子。我失去了一切。远离船,远离男人们的热情,我会重新变成野兽孤女,在外头令人难以忍受的寒冷中飘零的落叶。我听到男人们在甲板上。我还没有失去他们。我考虑躲起来……这也不能改变任何事情,人们不需要我再待在船上。他们不会收留一个要死在壁橱里的无能者。但或许在此之前,我就要死。如果他们发动延绳钓之前,红线便已穿到心脏。

"冒险者"已不远。我重新登上操舵室。亚正指挥着。达福站在他那一边。我拿起睡袋和我的小裆裤。我的泪水淌满那只能用的手。船长温柔地望着我。

"你有钱吗?"

"有,"我哽咽着说,"我有五十美金。"

"把这另外五十拿上……听我说,"他慢慢地说,"如果两到三天后,伤好了,你可以重新加入我们。去工厂,你走到办公室,我们每天通过电台交流。你跟他们讲,你得找回'叛逆者',你属于这个团队。他们会为你找一艘船,返回海上作业。"

"好的。"我说。

我用一只脏袖子擦拭自己的脸庞。我抽着鼻子。

"我可以睡哪儿?"我又问道,如同来的第一天。

"去救济处,弗朗西修士的庇护所,要么算了,去他们系扣钓鱼线的地方。那儿已有个男人睡着,他叫史蒂夫,是安迪的机修工,一个不错的家伙。你应该已在那儿见过他……都记住了吗?"

"是的,我想。"

这两个男人带着一种悲伤的温柔看着我。

"我们会想你的。"达福说。

我没回答。我很清楚他在撒谎。一个不尽责的人怎么能令他们怀念呢?他把我当小孩子,而不是海上劳作者。坐在操舵室的一个角落里,如同从前一样,在船上的清晨,我盯着大海,一言不发。"冒险者"已现身。

我的目光移至灰色的海面。海面汹涌,波浪翻滚,卷起一片片稠密的泡沫。大船尽可能地靠近"叛逆者"。瑞德身子前倾,被狂劲的海风抽打着耳刮子,维持着两艘巨轮之间的浮筒,波涛凶猛,令这一操作愈加危险。船长给我一个拥抱,达福与我重重地顶了一记拳头,在甲板上作业从不脱救生衣的热斯,却给我套上他的救生衣,盖住我的整个胸膛。最后一次,我转头看着他们,随后望着因发力而充血的狮子男,我觉得再也不会见到他们,男人们把我投向"冒险者",仿佛船身将我吐出。对面有三个男人张开手臂,向纵桁倾斜,我若滑倒,也可拉起我。我没有滑倒。片刻之后,我们向科迪亚克直行。

"冒险者"上无人吼叫。布莱恩船长给我奉上一杯咖啡。高大的男人双眸为黄色,他以深思的目光注视着我。他给了我一块饼干。

"我刚干完活儿。"他说。

"我想回去捕鱼,"我说,"你们觉得他们会让我重新出发吗?"

他不清楚。我不应该为此担心,我现在得休息,一直会有船。但我想着"叛逆者"此刻正向哪一个方向行进。我吃着饼干。布莱恩朝我背过身,俯向炉灶。墙上挂着些漂亮照片:"冒险者"结满冰晶,一些男人正碎冰……海滩上有个小孩露出缺齿的微笑,一个女人在一把伞下大笑……一个男人走到桌旁坐下。他身材高大,一头金发。他的头发由一块印花方布巾系着。

"这是特瑞,监工[①],"布莱恩对我说,"他为政府工作,检查我们捕鱼。"

[①] 指政府所指派的监察捕鱼船的人,检查海上作业的配额与量度等。

"你得睡觉,"那男人继续说,"我把我的卧铺给你,如果你愿意。"

"我不会太脏吗?"

"不,你没有太脏。"他大笑。

他的床铺能闻到剃须味。甚至有一扇舷窗。我望着汹涌的海涛,一波波卷起,晦暗不明,海面上的天空也非常低。时而有人回来,再出去。我睁不开眼,害怕与某个从甲板回来的男人目光交错。外面应该很冷。船上的人挺友善。他们借给我一个卧铺。他们工作时便让我睡觉。还剩多久到科迪亚克,多少小时?多少天?红线直达心脏前,我们能抵达吗?我的前额发烫。他们给了我咖啡和一块饼干。

我醒来。夜幕降临。腋窝的阵阵剧痛变得愈加猛烈。我只看得见透过舷窗的昏暗,波涛的白色浪尖似乎正在急速前进。我站起身,双腿摇晃。男人们一直在捕鱼。监工站在纵向通道上。我问他:"红线会很快直达心脏吗?"

他友好地微笑。

"我算半个医生,"他说,"让我看看……去浴室,那儿光线更足。"

我跟着他。他关上门。我层层叠叠地穿了无数件套衫和汗衫,他一一卷起。他触摸我肋骨与腋窝的淋巴结。他美丽的双手温柔地摸上我的皮肤。我抬眼望他,因为他太高。我信任地看着他。我听他的。他对我也上心。

"你不胖。"他说。

我垂下双眼，望向我的白身子。胸脯下面的肋骨突出，形成一道蓝色的阴影。我讶异地看着这副身躯，我忘了自己如此轻盈。他匆忙放下我的套衫。有人进来了。我感到羞愧，不知为何。

我们回到休息舱。一个年轻的女人准备了咖啡，建议我们饮用。我望望四周。照片与清单挂满墙上。我们感到像在一栋屋子里这么热。年轻女人将她的手套挂在炉灶上。她往脸上抹霜，再抹手。我惊讶地看着她干净而熨帖的头发，脸庞肌肤十分光滑，手指细而长。她看上去谁也不怕。随后，一个男人从机修室回来。他提着满满一桶黑色的油。我陷在软垫长椅中。他皱起红棕色的眉毛，脸庞狭长。他非常年轻。有些别的男人推开门，猛地灌入一阵风。他们喘着气，双手发红、肿胀。每个人都喝着咖啡，前来坐在桌旁。一个女人从操舵室下来，与船长交换了只字片语，后者伸出一根手指缓缓抚过她的面颊、她的嘴唇，上去替换她前还伸了个懒腰。她准备了一杯茶，走到我们中间坐下。男人们想要看我的伤口和我的红线。

"她刚开始这份职业。"其中一个说。

大伙儿讲述着受感染伤口的可怕事情，讲到铁抓斗扯掉人的手脚，损毁人脸。

"她的还不算糟。"另一个说。

女人们赞同。我的脸发红。我为自己骄傲。

"是时候回到陆地了，"生有红棕色眉毛的年轻人说，"我们已经三天没烟了。"

"我还是满的！"

我从袖子里掏出一个皱巴巴的烟盒。他头一回笑了。

"我们上甲板抽一支!"

一个男人跟我们一起走出去。挡雨板下,狂风侵袭着我们。他们大口大口地抽烟。红棕发的水手亚森抽完他的烟,立马点上另一支。他惬意地长舒一口气。另一个回去了。风十分冰冷。我想着"叛逆者"上男人们的面孔,想着此刻,劲风也在猛吹他们的脸。他们是不是已把我忘了?

"我想要回'叛逆者',"我对亚森说,"你觉得医院会把我留很久吗?"

"他们可能不会留你,可能就是帮你处理一下感染,给你一些药剂,第二天你就能离开。'冒险者'甚至可以把你带回'叛逆者',我们在同一片海域捕鱼。如果你得在陆地上待一阵,你也可以随时去'银河'。是我的船,'银河'号,去年冬天,我用捕蟹的工资买下了它。"

他讲这话时,笑得很野蛮。

"二十八英尺……全木质。很快,我就用这船出海,没准儿这个夏天去捕黄道蟹……布莱恩应该会给我铅丝笼。"

他声音的调子一跳一跳的,他的眼神发亮,盯着大海,他转向我。

"我跟你一样,你懂的,我不是这儿的,我在东部长大,在田纳西。我一事无成。一天,我打了包,跟全世界说再见,我出发……我来这儿是因为海狮,全世界最大的海狮,我中意这个……布莱恩让我上船捕蟹。现在,除了捕捞,我什么也不想干。"

他的双眼再度发亮,他发出一阵微弱的吼叫——但是是幼狮的。

"寒冷,大风,张开大嘴的波涛,还有这个,白天里,黑夜里……战斗!杀鱼!"

杀鱼……我没回应。这个,我并不明白。我们回到温暖的地方。一些男人已去睡觉。船长的女人吃着东西。监工缄默。美丽的女孩喝着一杯茶。他们让我谈谈法国。

"我们这儿说美国人就是大孩子。"我说。

亚森的双眼再度闪耀,顶着半透明的睫毛。

"那阿拉斯加的孩子就是最野的孩子!"他大笑,笑得仿佛要咬舌头。"'冒险者'晚上应该很晚到。"他还说,"是我开车送你去医院。我带你好好尝一下'白色俄罗斯','托尼家'的特别棒……可以再约一次,我的朋友。一言为定。"

一到港口,我们乘上一辆出租车。司机是菲律宾人。他的黑色双眸在昏暗之中闪耀。

"收成还不错吗?"他问。

电波从深处噼啪作响:别人呼叫他,要另外开一趟。他记下了。

"还不错,"亚森回答,"我们这次超过一万公斤。但我的朋友受伤了。她得上医院。得赶紧治好,他们需要她在船上。"

我在阴影中微笑。我们穿越城市和光线,酒吧亮着。出租车钻入树木组成的帷幕底下。我们头顶的天空很深沉。我用腿肚夹紧睡袋，褡裢直抵着我。我认出地上的公路，正把我带往我们忙活钓鱼钩的地方。出租车减速，我们转向左面，一栋白色木质建筑立于一座森林的边缘，被两盏路灯照着。亚森不愿让我付钱。

"再见，我的朋友。"他对司机说。

"小医院，没人。"亚森让我待在等待室。一位护士很快将我带走。

"您终于到了……我们开始担心了。"

"我什么时候可以重新捕鱼？"

他们让我横躺在一张桌子上。两名护士缓慢地检查我的手、我的手臂，触摸腋窝的淋巴结。她们给我注射了一管抗生素。

"你们觉得我明天可以走吗？"

女人们微笑着。

"看吧……您花了很长时间才到。我们真的很担心。如果血液中毒，很快会死，您知道。"

"是的，我知道……但你们打算让我待多久呢？"

"也许两到三天。"其中一个答道。

"话说，他们真的把你投到水里，让你套着救生衣，把你从一艘船转到另一艘船上？"另一个问道。

人们给我照了X光。一条鱼尾的鱼刺还钉在拇指骨里。

"把它取下之前，先得消除感染。"医生说。

今晚，我不会去喝"白色俄罗斯"。亚森已离开。我独自在一个房间里，躺在十分干净、洁白的床单上。护士为我挂上静脉点滴。她的动作温柔而又缓慢。她调整一个枕头,叫我不要动。她要走了。

"我什么时候能离开?"

她转过身,她不清楚。

"明天?"

"也许吧……"她回答。

我睡着了。我想念"叛逆者",想念睡在船肚上的男人们,想念如狂热的心脏般轰鸣的马达,他们住在那儿,这个肚子,这颗心脏,在波涛无尽的摇摆之中。我想念值夜的人。我在陆地上孤单而又寒冷。他们剥离了我,忽然间,我远离了那段我们一起捕鱼的不真实的时光。我想念海浪的歌声、波涛的长久寒颤、翻转的海洋与天空。这儿,一切都是静止的。

已是第二天。一名医生来见我。他试图逗我笑,给我带了些烟。

"提着您的点滴,到外头抽支烟。我们还会帮您保留一些。您手上挂着点滴,没法走人。"

"我不会抽很多的。"

"还是去抽吧,会让您好受些。"

黑松木下,天气晴朗。我在树木之外想象着海洋。我点起一支烟,忽然,亚森现身。他从一辆出租车上下来,车的马达未停。他拿着一本书,并将一根绳索的一端递给我。

"拿着,给你的……为了学打渔结。我没时间跟你讲更多,

'冒险者'马上要开出港口，我已经迟了……"

他还是接受了一支烟。

"我们晚些时候再见，我发誓……在'狗湾'的小港口，第三座浮桥旁，就是'银河'……勇敢点，我的朋友，我会通过电波告知'叛逆者'。我也会告诉他们，你很快回来。"

亚森走了。只剩下光秃秃的公路，高大的黑松木。我重新回到房间。透过窗户，看到海鸥。我重又躺下。我等待着。

电话铃声刺破墙壁之间的宁静。我取下听筒，带着疯狂的希望，希望是瘦高个儿从操舵室给我打来。

"喂！"我叫道。

"喂，这里是'移民局'……我们得知你在一艘钓鱼船上非法捕捞……"一个毫无感情色彩的男声回答。

我跳起来，目光环视房间四周，随后收回视线，停在我的手臂上，点滴把我连着墙壁。

"不，不是真的……完全不是……"我嗫嚅着。

西雅图的渔夫在电话另一头爆发一阵大笑。

"不可以……永远不可以说这种话。"我结巴着说，泪水令我窒息，完全发不出声。

挂断电话之前，他用很长时间道歉。我待在窗前，直至天空变暗。"叛逆者"没有打来电话。

别人给我带来一个汉堡、一份沙拉、一小块红色的奶油蛋糕。我静静地哭着，泪水滴在蛋糕上。"叛逆者"每天都离我更远。他们不会再让我回船上。我再也不向护士询问任何东西。不再指望有人救我。人们只给我带吃的。静脉点滴。香烟。夜里,我冷。我在梦里呻吟。

一个早晨,人们终于放我出去。但我得一天回来三次,检查身体。一根白色的塑料套接管刺入我的手背。鱼刺始终在那儿。护士们看着我出门,目光仿佛母亲。

"您会待在温暖、干净的地方吧?或者,您去不去弗朗西修士的庇护所?"

"哦不,我不上那儿。船长让我去厂棚,我们在那儿为船干过活。有个小房间。"

泛白的日头里,我走了。褡裢抵着我的胯部,我用手臂夹紧睡袋。雨开始落下,雨滴细密。转弯处,我看到地上的小路,我匆匆赶去。

捕蟹的铅丝笼坑坑洼洼，且已生锈，开裂的浮筒盖满苔藓，老旧的平板车，缓慢腐朽的蓝色的船，什么也没动弹。我滑动沉重的金属门。史蒂夫不在那儿。巨大的厂棚空洞且潮湿，冷到要为之哭泣，然而，这里是"叛逆者"钓鱼绳的遮蔽处。男人们会回来。我又闻到延绳钓的气味，还有正腐败的诱饵，照着脏场坊的刺眼的氖管灯。我穿过厂棚，直至咖啡机。我十分轻柔地打开波段。手提汽油桶的底部还剩些水。我给自己做了些咖啡，面对大开的门喝着。在我跟前是宽阔的大地。高大的树木和废弃的船只缓慢地颠簸着，我在摇椅上晃荡，从那儿可以看见它们。瘦高个儿的房子一卖掉，他就把这红色扶手椅带来了。他的暖瓶也算礼物，我将其倒满，置于地上。我用一个很脏的杯子喝咖啡，手指的印迹和浅褐色的条纹标记着那些我们一起工作的日子。透过开着的门，可见叶丛上的天空未变，枝叶也仅变得愈加翠绿。我的视线收回，落在杯子上，一段遥远时光留下的黑色痕迹，那会儿我每天早上从瘦高个儿床头拿起的红色暖瓶。我在他的扶手椅中晃荡。我还是相信他会回来，他的轮廓忽然显现在明晰的门框和荒凉、宽广的大地之间，他对我说上几句话，诸如"有激情很美啊"，然后把我重新带上他的船。

一辆小型载重汽车在门前停下。我蜷缩在阴影之中。史蒂夫下车。他进来了。我认出这个带着温柔和腼腆笑容的男人,第一天早上从厂棚房间走出的他,年轻的印第安女人跟着他,低着脑袋。他似乎惊讶于在此与人重逢。我很快地表示歉意,他结巴地蹦出三个单词。我们彼此拥抱。

"房间里有两张床,你就当在自己家。"他说着,移开目光。

"我喝了你的咖啡……我会再带一袋回来。"

"你就当在自己家……"他再次说道。

他不知再做什么好。他转过身,给自己拿了一个杯子。我们注视着雨从开着的门上滴落。

"科迪亚克附近的鳕鱼季快结束了,"他以十分低沉的声音说,几乎是喃喃自语,"配额已经搞定。"

"那我不用回去了?你确定吗?对我来说结束了?"

他的眼睛总算敢于盯着我看。他第一次微笑,以一种十分友善、温柔的方式。

"我刚说的只是这儿的配额。很多人会继续在东南海域捕鱼。'叛逆者'也有很大几率在那儿继续作业……他们如果已停止的话,会让我惊讶。"

"哦,我希望他们别停!我是多么希望……"

我透过门看着,目光越过空旷之地。在这些树后面,有大海。大海上行进着我的船。

他走了。我穿过厂棚,直至没有窗户的小房间,形状仿佛巨大场坊内的一个立方体。氖管灯亮起前,停滞了很久。垃圾袋堆满地面，我从中给自己开一条通道，袋子里鼓起大伙儿急匆匆塞入的衣服。我踢到一个满满的烟灰缸，打翻在灰色地毯上。在一张床的角落，一台忘记关上的电视机旁边，有个卷成一团的睡袋，放在赤条条的灰色枕芯上。我把自己的睡袋置于另一张床上。我坐下。我试着捡起散落的烟头。地毯太黏，我泄了气，只捡起最大的烟蒂。我用牛仔裤的裤脚擦拭手指。我吃了一小块薯片，它来自我面前的矮桌上一个捅开的袋子，已变软，有股哈喇味。我叹气："行吧，会好的……"起初在平板车上，我还冷得睡不着呢。

我站起身，关上电视机。我出门，走到大商场"西夫韦"，我们习惯在那儿吃午饭。天气温热，一切闪亮，伴着音乐，人们看上去既幸福又滑稽。我长久地漫步于货架之间。但很快便到了回医院的时候。我买了些谷物麦片、咖啡、牛奶和墨西哥饼干，还有面粉和水做的小袋航海粮——热斯喜欢把这个浸泡在他的咖啡里。

我出门时雨已停。空气带着鱼味，不是捕鱼时那种新鲜、有力、生动的气味，而是另一种，更滞重，也更病态，是罐头食品厂散发的令人作呕的怪味，由南方的风吹到城里。我走到医院。打点滴，很快。我重新回到厂棚，坐在红色扶手椅上。我给自己准备了一碗谷物麦片，用膝盖垫着。电波里传出旧时的温柔歌曲。我看着空旷的地面，直至入夜。我等着"叛逆者"。

如此过了些白天和夜晚。我睡在储藏室的昏暗之中。我做梦。一个男人，一只动物跳到我背上，它的牙齿嵌入我的脖子，它的爪子撕烂我的肩膀，腋窝凹陷，腹股沟绷直。血流如注，将我淹没。史蒂夫夜里很晚才回来。我听见他的脚踢到装衣服的袋子。他将我从噩梦中拯救，仿佛把一个溺水者拉出水面。

"啊，是你，"我喘过气来，说着，"谢谢让我醒来……"

黑暗之中，他温柔地笑着。他也许醉了。很快，他便睡下。噩梦又袭来。我呻吟。他醒来，并且听到。他不敢说一句话。

史蒂夫早上睡得很晚。而我日出便起床。我重新坐回红色扶手椅，盛满的暖瓶放在一旁。一旦醒来，他会在昏暗的房间里待很久。他打开电视机，从床头来到椅子上。烟灰溢出，越来越多。最后，他走出去，比平时更苍白。他虚弱地微笑。光线涌入，门大开着，他眨一眨眼睛。他外出工作，阳光下步履蹒跚。

史蒂夫出去干活了。我在场坊一角找回我的自行车。我翻着放置粉刷工具的橱，已拿出一个蓝罐和一个黄罐，红罐我也瞥到了，此时，一辆小型载重汽车停在场地上。我竖起耳朵。我谨慎地靠近。一个男人往下搬延绳钓。黑色鬈发从他赤铜色的额头落下。拉丁美洲人的幽暗目光。我从阴影中走出，走上前去。"您好。"我大胆地说。男人几乎一下子注意到了我。他将小木桶放在厂棚前，堆叠在一起，横过一块板，给自己做了一个桌子。他投入工作。他将地上的木桶里发臭的东西清空，收起一根延绳钓，将钓鱼绳与钓鱼钩打结，系为紧凑的一团，还有过了时限、正在潮解的诱饵。

"他们没有用枪乌贼吗？"我问。

"没有。鲱鱼更便宜。但也烂得更快。"

他一根根地解开钓鱼钩,放到一边,把诱饵扔进一个空木桶。我走近。他以一种不快的目光打量着我。

"如果你没事做,可以帮我。安迪给整理延绳钓的人付了二十美元。"

"我不知道我行不行。"

"为什么这么说?"

"我的手。我受伤了。医院里的人让我当心。应该保持干净。要不然又要糟了。"

他用脑袋示意一条发咸的沟渠,它流过地面,穿越废铁和开裂的浮筒。

"你有水。到处都有。你只需要时不时地把手伸进去。我们越早干完越好。这些延绳钓,是上一回'蓝美人'卸货时留下的。安迪需要这些延绳钓,等他们再经过时还掉。"

"行吧,我不相信。"我低语。

可我还是投入工作。我不敢面对这个男人,在他漆黑的目光下,重新粉刷"自由精神"①。

"史蒂夫睡了吗?"他说。

"哦不,他当然在工作。"

"他昨天晚上回来时又喝醉了吗?"

"我不知道。"

---

① 指写着"自由精神"的旧自行车。

"他为安迪工作,史蒂夫。是机修工。总有一天他会被赶走的。"

"机修工?但是'蓝美人'和'叛逆者'在海上。"

"他还有别的船,安迪,他有一堆船。陆地上也需要机修师。安迪他要钱……注意,对他来说,得应付他的所有女人,给她们钱。六个女人……小孩更多。"

"好一些了。"医生说,"感染在吸收。很快,我们可以拔鱼刺了。"

于是,我将重返捕鱼船,我想着。如果船不在之前返回的话。如果他们一直需要我。

我回到厂棚。艳阳高照。男人外出吃饭。木桶里面的东西在阳光下腐坏。我坐在红色扶手椅中。大群苍蝇在镀金门框里头打转,贪望着光线和腐烂的汁液。我就在这儿吧,我想,除了晚上,晚上我会害怕。

负责木桶的男人回来了。我一动不动。

"你不干了吗?"

"不干了。"我回答,"这对我的手不好。我要重新回去捕鱼。"

他耸耸肩膀。他并不信我,我感到尴尬。我站起身,走到他跟前。他还俯身干着活。

"你看,"我说,"你不觉得最好……"

我移开绷带。他露出厌烦的眼神。

"不要总来烦我。"

但他的脸色忽然变了。他咽下一口唾沫。

"行，行……停下吧，你已经做了不少了……"

于是，我去找蓝色和黄色的涂料。我也拿了绿色和红色。我把"自由精神"拿到太阳底下。我缓慢地重新粉刷着它，车架刷成蓝色，已产生星形裂痕的轮缘则涂成别的颜色。我小心地让自己不要涂到它的名字。苍蝇有时会叮在新鲜的涂料上，我尝试把它们拿下来，可只抓下它们的翅翼。男人抬起脑袋。头一回，我听到他笑。我轻轻地把翅翼放到地上，我不知道还能做什么。我看着男人，他微笑。

"这辆小破车总算换新貌了。"

"哦，是的。"我说。

我绷直拇指，指向港口。一辆平板车正刹车，车身后部有一大团红色的绳索。一个男人朝我的方向打开车门。风猛地从开着的窗口灌入。正对的光线令我目眩。我任由自己眼花，被风打着耳刮子。

"你们从你们的船上下来了？"

"是啊，我们要做准备。鲑鱼的捕捞要开始了，从现在起算还有三个星期。"

"你们不需要人吗？"

他微笑。

"也许需要个看孩子的。我妻子会和我一起来。"

"但我不需要，"我飞快回应，"我和我的船长一起出发。"

"你捕捞鲱鱼?"

"黑鳕鱼。实际上,我捕捞过……"

我给他出示我的手。他懂了。

"这样可能会不好看。"

"对。"我回答。

我再无一言。毕竟,我也没什么好说的,因为我想要待在船上。

"但至少,你会参加我们的年度聚会——螃蟹大会。"

"也许之前我就已经出发了。"

"那会令我惊讶,明天就是大会。"

他把我放在"B and B"酒吧门前。我重新抬起头,目光飞快地扫过镶玻璃的巨大窗户。我在酒水铺停下脚步,买了爆米花,随后走向工厂。我沿着一些铅丝笼和渔网走。到处堆着铝架,有些蓝色的船篷在风中咯吱作响。正对面,发电机组持续的轰鸣声中,是一些冷藏集装箱,等着人,码成一列列,堆成孩子玩的那种立方阵。我走过最初一些工厂的高大门面,便到了码头。一些延绳钓鱼船在此停泊,仿佛睡着了。甲板空无一人。我认出"托帕石"和"午夜太阳"。泛起泡沫的浪峰跃上海面。"北海"已启程,抵达"死人"海角。我想它正往东南海域行驶。

我坐在起重机下,长久地望着水平线。我想着这片蓝色背后的某处,在一片更为深沉、更为喧闹、也更为生动的蓝色之中,有一艘黑色的船,突出的倾侧为细薄的橙色带状,不停地前进。曾赋予我最大的幸福、最美丽的热望,还有最艰巨的努力,我们在叫喊声中分享这一切,我们也分享不安,因为若非彼此的存在,我们什么也不是。别人给我一艘船,而我把自己奉献给这艘船。我是行者,人们带我上路。我回到一无所有的世界,一切四散,一切徒然耗尽。

我想着此刻劳作的男人们,想念瑞德、耶稣、达福、路易、西蒙、瘦高个儿……还有其他人,还在劳作,永远劳作的人。他们很生动,他们啊,无时无刻不活力十足。他们活得令人惊叹,肩并肩地抵抗疲惫,拖着劳累的身躯,抗击外头的暴烈。他们顶得住,他们超越自身的痛苦,直至悠长的时刻来临,在昏暗的天空之下为休憩而前行,对有些人来说,或许是永远的休憩——但依然是痛苦,对轮上班的人而言,还得与困意斗争,眼睛合上,半睡半醒着挤满操舵室的狭窄空间,落单的一个得担负船上所有歇息者的生命,一个换一个地单独面朝大洋和它的脾性,正对天空和疯狂的海鸟,后者在船首的白色光环中盘旋,还有轰隆的马达声,汹涌无尽的波涛,还有一份意识,清楚此刻全世界的人都睡着。仿佛他是全宇宙唯一一个清醒者,不应服软的保安,他对大地的爱变成一些发烫的卵石,被他带在身上抚摸着,并在夜里发光。

他们活在真正的生命里。而港口上的我,抛了锚,在这日常的虚无之中,被强加于各种规则,日日,夜夜,分割开来。时间被困住,时辰以固定的秩序瓜分。吃饭,睡觉,洗漱。工作。怎么穿衣?又该带着什么样的神情?用上一块手帕。女人们:头发熨帖,围拢在一张粉红、光滑的脸庞旁。我留下一些泪。我用手指擤鼻涕。我依旧长久地望着大海。我等待"叛逆者"。水平线依旧光秃秃的。于是,我重新起身,朝城市走去。一些男人铺开一张拖网,在船坞巨大的土堤上。他们向我做了个手势。我回应了。"岛民"正在卸货。还有些晒得很黑的工人在阿拉斯加海洋食品厂前面忙活。一滴焦油落到我的背上,令我惊跳。一阵具有权威感的嘟嘟声响起,我让到一边。我重新走上"罐头工厂街"[①],潮湿的公路两旁是工厂和一堆堆的铅丝笼,混着氨水和海鱼的气味十分刺鼻,当我经过时,冷藏集装箱的马达一直嗡嗡作响,我行走着。我还在走。

尽头,有些饮食站显露于港口办公室前头,我转过头。我不想看到正在准备的聚会——我的大会在海上,另外,也已终结。我通过"狗湾"拱桥,此时,一辆汽车停下。一个矮小的棕发女人朝我打开车门。

"你要去远的地方吗?"

"就去医院。"

"那上来吧。我把你放在那儿。我要开到莫纳斯卡湾[②]。"

要说开车的是个孩子,我也相信,她是如此瘦小,可眼睛周围已有细纹,斜生的两道巨大皱纹也框住了她的嘴巴。

"你受伤了?"

"是的。"

我移开绷带,向她展示伤口。

[①] 美国加利福尼亚州蒙特雷市一条以食品罐头工厂闻名的街。
[②] 科迪亚克岛附近的海湾。

"血液中毒,是鱼干的吧?"

"是的。"

"会好的。"

"您觉得黑鳕鱼的捕捞快要结束了吗?"

"我没法跟你说。我没时间搞清楚附近发生的事。我当船长那会儿,应该全知道。"

"啊……您当过船长?"

我看着她精细的手腕,那双握住方向盘的修长、保养得当的手。

"女人也可以带领一条船吗?"

"我怀孕后就不做了。我一直还有船,但让别人来指挥。"

"那怎么做呢?"

"想要干吗?想要成为船长吗?就是工作。我开始时是水手,跟你一样。你应该很清楚,重要的不是肌肉的强壮,而是在于保持镇定,注视,观察,有记性,有判断力。永远不要松弛。永远不要被男人们的大声咒骂吓倒。你能做一切。别忘了这一点。永远不要放弃。"

"他们在'叛逆者'上老咆哮,我非常害怕,但为了跟他们再次出发,我可以奉上一切。"

"你是新手,这很正常。我们都是这么过来的。正是这样,你首先获得他们的尊敬,以及你对自己的尊重。走路时把下巴抬高,因为你清楚,你付出了自己的一切。"

她的神情变得冷酷,声音压低到某一个调子,她犹豫了片刻,才继续说:"有时你付出的比你想象的要多得多。"

她停了一下,再次犹豫,又说:"我有另一条船,十年前吧,或几乎十年前……是我指挥的。我们捕蟹。鬼天气。机修室发生火灾,烧了一个晚上……我的男人跟我一起干活。船没能坚持很久。海岸巡逻艇也来营救,不过是在十二个小时之后。我们穿着救生衣,漂了很远。他们再也没能找回他。"

起风了。史蒂夫回来得很晚。如同每个夜里。如同每个夜晚,他踢到装衣服的袋子,敲到桌子。一个杯子滚到地毯上。

"你睡了?"他低语。

"是的……没有。我依然做噩梦,这停不了了。"

他坐在我的床上,肘关节撑在膝盖上,身子前倾,他的双手长久地捧着自己的脸庞,掌心大张,手指分开,似乎想要遮住他的眼睛。随后,他的手垂下来,昏暗之中,他的目光紧张。

"那你还要去捕鱼吗?"他说。

"哦,我希望。我极度希望。"

"真让人难过,如果你走了。我又会像以前一样孤单,"他叹气道,"有些时候,当我在这儿待不下去,或需要一顿热饭,周围有人,或一个子儿都没了,我就去弗朗西修士的庇护所……还有些时候,如果我有钱,我就上汽车旅馆,星级宾馆。我点上一份比萨,看着电视。我也无聊,但这不同。一些伙伴时不时会来。但从另一方面说,我很中意这儿,我挺安静。"

"是的,"我说,"这儿还不错。但比起地面上,我宁愿睡在破败的平板车里,随便哪一辆,因为我发觉这儿有些封闭。但那儿太冷。并且对你也不太礼貌。"

他低声大笑。我们交谈得十分轻柔,仿佛不应吵醒寂静的大楼。我从睡袋抽身,坐在他旁边。我摸到桌上的一支烟。他拿出他的打火机。火光照亮他脸颊的曲线,眼皮的修长阴影。

"谢谢,拿一支……"

"我抽得太多了,你知道,"但他还是点了一支,"我喝得也太多。"

"如果船回不来了,我会变成什么样?"

"你会找到另一条。很快就是鲑鱼季。"

"但是我,我就等着'叛逆者'。跟着船上的他们,我才愿意继续捕鱼。"

"渔季结束后,他们还是会走的。"

"没错。那我就去巴罗角。"

"你去巴罗角干啥?"

"那儿是尽头。再过去就什么也没有了。只有极地的大洋和浮冰。还有午夜的太阳。我很想上那儿去。坐在尽头,一切处于世界的高处。我总是想象着,把两条腿挂在虚空中……我会吃冰块,或爆米花。我要抽支烟。我看着。我很清楚,再也不能走得更远了,因为地球已到终点。"

"然后呢?"

"然后,我会跳起来。或者,我重新下去捕鱼。"

他温柔地笑着:"你的想法有点疯狂。"我们不再发一言。史蒂夫垂下脑袋，盯着现下的地面。外头的风在铁皮屋顶下呼啸着，令遮雨布咯吱作响。我想念清澈而冰冻的夜晚，想念顶着巨大的天空、可怖地开动并一直前行的黑色船，想念甲板上受到重创的男人们，而我们在这个昏暗的房间里喃喃自语，于宽广的地面上，就像一个肮脏的小盒子藏在另一个更大的盒子里，船坞上的弃船仿佛我们的保安，还有废旧平板车上的沉睡幽灵。

"应该去海上动动。"我低语。

"对。那样还不错。"

"你呢？你一直待在陆地上？"

他尴尬地笑了一笑。

"我晕海，你知道……我更算是个陆地人。成为水手，并不一定要热爱这片海。"

"你来自哪儿？"

"来自明尼苏达。我到这儿快两年了。"

"你几岁了？"

"二十六。二十四岁前，我没离过家。有时在芝加哥转一圈，就到顶了。待在乡下。我父母有——实际上是有过一个大农场。我一直和马儿相伴。挺好的……马眼在黑暗中会发亮。我的竞技表演[①]还不赖。我们那儿总有比赛。我经常赢。"

"那你为什么离开呢？"

"我曾有，事实上，我有四个姐妹。面对大草原，我有些孤

---

① 指美国西部为给牲口打烙印而举行的驯服野牛、野马等竞技表演。

单。"他温柔地笑着,"我得离开,你懂的,在那儿,我的未来就在跟前,没有疑问,也没有惊喜;就像天际线,与大草原一样平坦、笔直,从各个方向延展。我会接管农场,同我的父母一样,毫无疑问,姐姐们不会,她们要嫁人,去大城市生活。说到底,一切都安排好了。于是,我离开了。"

"那为什么来阿拉斯加呢?"

"我想要变成一个男人。没有别的地方可去。别处我会迷失,总是太近,总是一样的。我会想念农场……我立马到了科迪亚克。我发誓永远也不再踏上那片土地。永远。他们不理解,家里人。他们想我有一天会回去的。他们不时地给我写信。头一回,他们或许开始担心我——这算是个悲伤的小惊喜,但这不会改变任何重要的事。任何什么。"他还在低语。"现在我在这儿。我学习船舶机修,父亲那边的机器,我就使得还不错,我是一个挺棒的机修工。安迪对我满意……他挺严苛,安迪,他不易相处,但他努力工作,也值得为他干活的人尊敬。他有些像我的父亲。"

他沉默了。他重新点起一支烟。

"有时,我去看日出。你想看的话,我们可以去那儿。还得过几小时,我们有时间睡上一会儿。我经常看到狍子。"

我们开到公路尽头,往北再过去十几英里。砾石的痕迹在树林前中止。我从平板车上下来,带着惊讶,我忘了港口后还有一个世界。我们在树下行走,不怎么讲话。之后,我们又沿着海岸走。一只牝鹿从跟前逃走。随即,阳光透过波涛。

我们往下走到城里吃午饭。在"福克斯家",年轻的女服务生端上糖块和瓷碟时,认出了我。她向我投来恶狠狠的斜视,之前我与沃尔夫一起来时,也收到同样的目光,那天早上他起飞去荷兰港。对这些家伙,她是不是有什么打算,她的神情似在思索。

史蒂夫将我留下。他得去工作。

"这个上午,我比往常到得早。"他快活地说,"我会比其他人都早到。毕竟这会儿,没什么可干的重要事,所有船在外面。就是小修小补,随便弄点什么……"

他转过头,用手指对准公路另一端的房屋。

"瞧,你看,那儿就是救济处,弗朗西修士的庇护所。"

风啊,风……我走下舍利科夫街,海鸥嘶叫着,低空盘旋。一些海鹰在港口上方滑翔,风呼啸着刮过桅杆。山坡越来越绿,木头房子构成山体上生动的斑点。我吃了些沿着路堤冒出来的浆果。它们没熟,细屑与牙齿擦出声来。我回到港口。船在摇摆,疯狂地扯着它们的缆绳,好似想要脱离船坞,回到公海。那儿海势汹涌。而在停泊地的外头,带着泡沫的浪尖已与海面交叠,宣告着外海的涨潮。

饮食站统统装配完成,为聚会而准备。女人们笑着,风将她们的头发盘起,又往各个方向吹散。我穿过公路。医疗室开着。

别人把我的拇指切开。鱼骨自己出来了。我小心地捧着它,这根粗刺仿佛是玻璃做的,照他们的话说,差点把我杀了。

"五天后见,取下包扎。您的手要保持干燥、清洁。"

我好了,可以回去捕鱼了。

我往上走回厂棚。几乎跑着去。我准备行李，一个褡裢，一个垃圾袋，为了塞入睡袋和防水衣。靴子，我已穿在脚上。我给自己弄了最后一杯咖啡，红色的暖瓶，梅红色的扶手椅。我重又出门。我跑到港口。我找回前一天在码头的地方，西阿拉斯加罐头食品厂那儿。我在船坞上等着，注视大海，垃圾袋在脚下，已被我那把渔刀①戳破。一辆小型载重汽车在我背后刹车。一个男人走下车，打开车门时发出巨响。他的神情十分匆忙。他朝着办公室走去，看见了我。

"你想去捕鱼吗，姑娘？"

"哦……"我喃喃道。

我犹豫了。尽管我已准备好。我没有跟他走，我想要的是自己的船。我一直在等着这艘船。它没有来。最后，我站起身，朝城里走去。

我拖着脚步，走到捕蟹大会。我的包塞得满满的。经过渔场巡逻艇上的烧烤摊时，我吃了一只火鸡腿。一些年轻的母亲自由自在地吃着，孩子们在粉尘中玩耍，在一个小姑娘粉红、丰满的大腿后头，她被一个长有粉刺的男孩抱在怀里，笑得很起劲。一个男人坐在正对的长椅上，他感觉太热。他刚吃完自己的那份煎鱼和薯条。他擦干绛红的额头，眼皮下射出一道十分明亮的目光，绽放于整个脸庞。他的眼神游走于聚会，有时停在女孩的小腿上，

---

① 每个渔民都有的捕鱼小刀，在阿拉斯加与法国的木质折刀齐名。

她们的短裤绷得紧紧的,凸显身体线条,也会停在我身上。他喝完一大杯啤酒,朝我微笑。

"会无聊,不是吗?"他以一种生硬的声音说道。

"是的,"我回应,"这是个漂亮的聚会,但还是非常无聊。"

于是,我把我的包留在出租车的办公处,我们走到他的船上。这个男人和西雅图的渔夫很像。跟他一样开朗、善良。他刚从托贾克[1]回来,在那儿捕鲱鱼。一些乡村歌曲从一台老式磁带录音机里传出来。我们喝着一杯啤酒。他切开一只菠萝,炒起爆米花。他粗大的双手打着歌曲的节拍,这令他泪水盈眶。

"那一首是最美的,听……'母亲海,哦母亲海……'"

他用十分走调的声音伴着歌词。他的眼神仿佛一名因激动而脸色泛红的孩童。

"海洋是我的母亲,"他说,"我出生在这儿,也会死在这儿。等时辰到了,我会在这儿找到瓦尔哈拉[2]。"

他落了些泪,用手指擤了擤鼻涕……最后,他又开了两瓶啤酒,递给我一瓶。

"如果我这一季的收成好,那是因为我谨慎而又耐心,"他喝了两大口,在此间歇对我说,"因为我能找到鱼儿现身的角落。或许不久以后,我会有自己的船,因为我喝得不像以前那样多啦。"

他又唱起《母亲海》,再也无法抑制眼泪。我的目光环视舱

---

[1] 阿拉斯加州城市。
[2] 瓦尔哈拉为大限之际,北欧神话中的主神兼死亡之神奥丁接待英灵的殿堂,也是斯堪的纳维亚海员的归宿。

室，两张床铺上盖满与绒布衬在一起的杂色方格印花布，搪瓷咖啡壶置于平底锅上，木头舵轮如同上了釉一般，罗盘在铜盒里头。

"这艘船也很美。"我说。

一块正方形的天空映衬着那个男人的宽阔外形，太阳从中穿过，透出一种橘黄珍珠色。夜晚降临，或为十点。这些颜色愈加令人心碎。柱子山后，太阳将按时转向。忽然之间，我发现自己得上那儿去，于光线之下行走，趁其未消逝。我将啤酒几乎一饮而尽。我重新喘上气来。

"我现在去那儿。"

他有些遗憾。

"如果你需要一个睡觉的温暖地方，"他指着一张床铺，"如果有一天你陷入困境，来找我。留心那些你会遇到的人，这儿有最坏的下流胚，所有选择'最远的边境'的人，就跟他们的引擎盖一样野蛮。我是马蒂斯，你的朋友，而你，你有一种'自由精神'。"

"自由精神"是我的自行车啊，我想着。我说："谢谢，非常感谢。"我依旧注视着他月亮似的脸庞、他的眼睛，一道泪水在他的眼角变干。

"再见，马蒂斯。"

我拿回我的包，在天空下奔跑。太阳渐渐融入柱子山后。捕蟹的聚会落在远处。一股灰烟从渔场巡逻艇的饮食站升起，打着圈儿，转向大海，消融于桅杆之间。幸福的人群还在吃热狗、火鸡和螃蟹。女孩们的粉嫩大腿泛红。

一个男人独自坐在一张长椅上，面对港口，拿着酒瓶喝酒。他一头僵直的黑发垂落于肩上。以一种崩裂的眼神追随了我片刻。他皱起阴郁的双眼。

"嘿！来喝一口。"他大叫，举起他的烧酒瓶，挥舞着。

"谢谢，"我在风中回喊，"但我不爱烧酒！"

我继续前行，直至狩猎店。橱窗里陈列着刀具和武器。里头还别着照片，上面有一头骇人的大褐熊直立着，嘴巴大张。某天，我会有一把温彻斯特①，确凿无疑。我走入拱廊。酒吧的门大开着。我隐约瞥见一些男人贴着柜台，一个飞镖靶，内室里有些红色的台球桌。巨响扑面而来，叫喊，碰撞的玻璃杯，音乐……我迅速走开，我怕他们看见我。我来到广场，一小块种着树和草的方形绿地，在"碎浪"和"船家"两个酒吧中间，四张长椅面对面。若干印第安人坐着。他们在喝伏特加。一个看不出年龄的女人抽着大麻卷烟。她身旁，一个胖胖的男人用双手掬成喇叭形朝我喊：

"嘿你，我认得你！你跟瑞德一起干得好吗？我的朋友瑞德，高个子瑞德……"

他强调"高个子"一词。

"你在这儿干吗？你不在'叛逆者'上吗？还有这些包？你在路上，还是已下船？"

"我不舒服……"

---

① 指温彻斯特 M1894 杠杆步枪，专为狩猎而设计。

"我完全听不懂你那操蛋的口音。来跟我们坐一块!"

我犹豫,他拍打自己肥胖的大腿,身子左右晃动,向我奉上满面笑容。

"我们不会对你使坏的!"他大喊,声音十分洪亮,"你是不是惧怕在广场上闲逛的流浪者?"

"哦不,我不怕。"

我坐下。他用硕大、温暖、有些潮湿的双手握紧我的手,握得如此深,如此温柔,我不知自己是否该抽离。

"我是墨菲。他们叫我'胖墨菲'。她是苏珊。她今晚很累,我很确定,她引起了你过多的注意,可话讲回来,她真是一个好女人。"

"我是莉莉。"

"那你把我的朋友瑞德留在海上啦?你的脸一直都这么红吗?"他大笑,捏了捏我一边的脸颊。

我移开橡皮膏,向他展示我肿胀的拇指,新的切口,被消毒剂染得淡了些的黑色缝线。

"我从'叛逆者'上下来不是没有理由的,但现在伤已养好。等他们重新经过城里,我会与他们再上路。"

"哦见鬼,"他惊叫,"我觉得你的捕鱼季没指望了……"

我焦虑地望着他。

"你觉得?"

在旁边的长椅上,一个脸上刻有一道道旧疤的印第安人身子缓缓下陷,栽倒于种有红黄花儿的花坛里。

"哦……"矮个子女人发出声音。

胖墨菲伸出一只粗胳膊,环住我的肩膀。

"你不要哭,你当然可以返回'叛逆者'……哪怕你没法跟他们完成鳕鱼季,他们捕捞大比目鱼的时候也一定会留下你。"

他的胳膊把我带向他,温柔地抱紧我。我靠在他宽阔的胸膛上。矮个儿女人马上要跌倒,她的脑袋从另一边滑向像座山似的男人。地上的印第安人发出鼾声。他的伙伴们也喝完了。我们听到"碎浪"里传出叫声。

"没事,"墨菲缓缓地说,"打架而已。应该是克里斯,他鼻孔朝天,目中无人。他应该懂得分享,这样对他更好。"

我沿着船舶的工地,通过公路返回。船由木墩支撑,静静地等待。一艘拖网渔船越过海平面。浪花的拍岸声十分温柔。彩虹色波浪为白天的最后一波光芒所映射,轻触沙滩上的黑色卵石。我从"狗湾"桥下经过。一辆平板车震耳欲聋的轰鸣声在我上头扩散,传到远处才消失。我沿着宽广的地面走,地上堆着老旧的铅丝笼和三层刺网,我走过白色木质东正教教堂和它的绿松石穹顶。一座光秃秃的高大建筑的墙面上,绘有一场闪闪发光的风暴,正对"救世军"机构,海滩上尚有三个小孩在钓鱼。一辆小型载重汽车停着。史蒂夫从城里下来。

"我要买一杯奶昔,上车,我带你走……"

我爬上车。他重新发动,轮胎发出嘎吱声。我把脸转向大开的窗户。我闭上眼睛。风吹散我的头发,并带来一股藻类的气味。史蒂夫微笑着加速。我想象他在大草原上,向着开放的天空骑行。

他在麦当劳"得来速"①买了些奶昔。

"这就像在梦里。"我说。

"我请你。"他严肃地回答。

夜幕降临,我们返回,夜晚的冷风和过甜的饮品令人发抖。我们不再发一言。白色的小汽车在公路上猛冲,在树木形成的帷幕之间,汽车经过之处,幕布开启。为避开车辙,史蒂夫驶离正道,轮胎摩擦沙砾发出声响,一个他未留心到的洞害我们剧烈摇晃,我大笑。我转向他。一个腼腆的笑容浮现于他光滑的脸庞上,一种欣喜而又假意不屑的神情,或许他对于造成这样一个开心的局面感到惊讶。

"跟我来酒吧。"他提议。

但我累了。他把我留在厂棚,独自离开。我找到红色扶手椅。氖管灯照亮了荒凉的场坊。外头,已入夜。夜色十分明澈。我看着自己的手。或许五天之后。但"叛逆者"在哪儿呢?

史蒂夫叫醒我,我重新直起身。

"很晚了?"

"不如说还早呢。你再睡会儿。"

但他坐在我的床脚。如同前夜,他用双手围住额头,开始盯着夜色。我从睡袋中出来,取了一支烟,他帮我点燃。火焰点亮了他忧郁的脸庞。

---

① 汽车餐厅。

"还好吗?"我低语。

"跟往常一样。"

风在屋檐下呼啸。他拿起一支烟。

"他们把你扔下,而你现在还要重新去捕鱼吗?"

"我觉得我已经完了。"我叹气。一阵悲伤的怒火令我的泪水涌出。

"你会找到另一艘船……安迪会在鲑鱼季雇用你。甚至可能是一份供给员①的工作,这是份好差使,你整个夏天在海上都能做。"

"我对供给员这活儿没兴趣。而且对于巴罗角来说,到时是夏末,太迟了:漫漫午夜,看不到太阳。海洋开始结冰。睡在外头也太冷。"

他悲伤地笑着。

"你真固执啊你。或许你回'叛逆者'是为了某个人。船长,或达福。"

"哦不,何况他们都有一个女人。"

"我又要一个人了。跟从前一样。"

"你不会感到太大差异,我们也不常讲话。"

"可你在这儿呀。归根结底,我们两个人有点像。"

他低下脑袋,叹气。一阵强烈的狂风令外头的什么东西掉落了。我再次想到月光下宽广而荒凉的地面,想到天空奔涌的硕大

---

① 供给员在一艘专门的船上工作,为来往的渔船供给水、燃料、食物,也可帮助卸货。

云团，寂静的空地，是轰鸣与咆哮的大海的反面，嘶吼的风，波涛与海风皆融入大开的夜色，直至白令海峡，抑或远得多的地方，永不停歇。我想到此刻在天鹅绒般冰面上的船，想到我们，藏在不透光的墙壁之间，如同两头困兽。

我在困意中悲鸣。噩梦使我忧伤。史蒂夫轻柔地打鼾。没让我听见，他便出门看日出了。随后，有个人在那儿，尝试坐我床上。我睁开眼。我认出瘦高个儿。我一下惊跳着坐起身。"是你啊！"我扑向他，用尽全力抓住他。

"我能跟你们再出海吗？你会带我回船上吗？"

他身上有大海、诱饵和潮湿的防水衣味道，尽管他梳洗干净，用了肥皂和剃须后的润肤液。他大笑。

"会啊，"他说，"来吧。"

我卷起我的睡袋。两秒内便已准备好。我提起地上的褡裢。

我们出发。我没想到给史蒂夫留句话，没再朝红色扶手椅转过身。我们驶向"西夫韦"。他十分健谈，而我一句话也说不出，心跳激烈，依然担忧他把我留下，怕他心血来潮要查看我的双手。

我们给船上的男人们买了些松饼，我们在一间咖啡店前入座。捕鱼还不错。我们也没落下家什。

我认出那位过分激动的伙计。

"你的手呢？他们帮你好好治疗了吗？我不时地给医院打电话，他们告诉我消息。给我看一下这个……"

我犹豫了一下，才将手伸给他。

"他们跟我说好了，我可以出发了。"

"是……挺丑的呀。"

"我只需要足够多的干燥、洁净的手套。"

我看着他的脸庞,热情燃烧而又精疲力竭的样貌。

"我仔细思考过,"他说,"你的情况得合法。移民局不会给你好果子吃……那好,在此期间也不妨碍:你跟我们一起捕捞大比目鱼。"

我叹了口气。我的心猛跳了几下。我几欲落泪。

"史蒂夫和你在一块还好吧?"他还问道。

"史蒂夫是个好人。我们相处得不错。"

亚皱了下眉,嘴部线条变得冷酷。

"我得说他曾是个好人,对。我也曾是好人。"

他的脸色缓和下来。

"约翰离开了船,"他还说,"不过,我们这最后一趟行程中会有一个监工。"

"那我还是睡在地上吗?"

他微笑。

"不,你已赢得你的床铺。"

服务生给我们又奉上大瓶的咖啡。

"你知道,在'冒险者'上,有个监工懂点医术……"

但他没听到,他已起身,我得跑着赶上他的大长腿。

"是时候走了,"他说,"船板上有面包。"

我们重新出发。黎明灰蒙蒙的。起风,一直有风。寒冷而潮湿的风刺激着我们的血液循环。我还活着。船长在一幢狭长的蛋形大楼前停车，楼像一艘古老的潜水艇，带着金属隔板和生锈的舷窗，于一个疯狂的夜晚在此搁浅，度过大雾与风暴的冬日。

"这个从哪儿来？"我问。

但他已大步走向办公室。

"在食堂等我……喝上一杯咖啡。"

我在泥地里行走，蹚过尽是泥浆的车辙。我忘了自己穿洞的靴子还在平板车上，我的双脚已湿透。抬起头，我感觉到雨滴在脸庞上，我张开嘴，咂摸着雨水的滋味。大批海鸥盘旋于脏乎乎的大楼之上，顶着沉重的天空。一群菲律宾人经过我。女人的大笑与悦耳的声音混在一起。我推开公共间的大门。一种氨水的气味从走廊传来。男人们沉默片刻。我笨拙地穿过房间，承受着旁人目光的注视。氖管灯亮起，照在他们无光泽的脸上，显得有些忧伤。我用大容量的暖瓶装了咖啡，坐在售烟的一角。他们重新开始谈话。我等着我的船长……房间已空。门突然打开时，我正重新取了咖啡。

"小麻雀，你来吗？"

我还是在他后头跑着。我的咖啡左右摇晃，向外溢出，我大口喝下，喉咙灼烧。我只得用手指压扁纸杯，塞入口袋。一滴焦油漏在我身上。我奔跑。正对我们的是船坞。"叛逆者"的桅杆、帆索、"弗里诺"①天线在大雾之中突显。

---

① 一种 GPS 定位装置。

"我带你走,小麻雀。"船长喊道。

我大步从铁梯上下去,脚步几次踩空,胳膊甩到我自己。最后,我的脚尖触到舷墙。我跳上船。

航道上的浮筒在雾里闪烁。远处,城市渐渐隐没。船全力开动。夜幕降临。船长喊叫着发出命令。瑞德在船首回应,叫声同样粗野。达福将船末端的绳缆掷给我。西蒙负责船梁。我解开甲板上的延绳钓,固定在船侧。我紧系并盘绕绳缆。在海岸巡逻队的基地之后,船转向公海。我们开远了,起风。

甲板上,我们上着诱饵,直至夜色渐深。男人们静默。波浪拍死在甲板上。

"我们想你。"达福说。

"你的短假还不错吧?"西蒙问。

当我弯腰去捡铁笔①时,瑞德抓住我的身子。约翰没再上船。"这一点甚至都没人注意。"男人们说。很晚的时候,船长终于招呼我们。我们烧着脸庞返回。

"感觉真他妈太棒了……闻到饭菜香了!"亚从操舵室下来时喊道。

他撞了一下炉灶前的西蒙,拿了一大碟意面,三勺沙司,里头有切成大方块的炖肉。他前来坐在桌旁,就当没看到西蒙,一

---

① 用于插接绳索的船上用具。

向如此,后者还站着等待。达福朝我的方向蜷缩身子,西蒙溜到桌子的尽头。

"我们想你,"达福又说,"我们以为你上了别的船,或者被一个英俊的渔夫绑架了……"

我们不说话。我们大口吃。

"×!"热斯突然叫道,"我们忘了加满水……"

亚的脸色变得阴沉。

"那好,我们做剩下的活儿,"他飞速地说,声调变得尖利"你们明白了吗,伙计们?不能再少一滴水。你们用餐巾纸擦碟子,用海水洗锅。你们要刷牙得等到科迪亚克。我们把水留作煮咖啡和做饭。"

"今天早上,我带来一汽油桶的水。十加仑。我用船坞的水龙头加满的。那儿的水一般不能喝,但是煮开以后可以。"达福说。

监工,船上的新来者,一个脸色红润的金发男子,向他投去惊讶的目光。他什么也不敢说,缩在一角。

"重要的是我们得想想瓦斯油[①]。"我严肃地说,一边囫囵地吞下一口食物。

船长朝我投来一个阴郁的眼神。我的鼻子磕了一下碟子。

男人们去睡觉了。达福值第一班。我走到甲板上。风吹得缆绳咯吱作响。波涛也压到甲板上。宽阔公海的气味。我如同一匹马一般嗅着空气,直至飘飘然,身躯因寒冷而僵硬。波浪上我身。

---

① 一种船上使用的粗柴油。

我重又见识这一从海洋传向船体,又从船体传向我的深沉的推力,发现其节拍与韵律。推力蹿至我的小腿,滚到我的腰部。或许是爱。成为一匹马,成为马上的骑士。捕鱼从明天开始。从明天……数小时后,叫喊声,腹部感受到的惧怕,伸向水面的延绳钓,声响,波涛与狂怒,如同一个旋涡,绷紧的身体在里头已不属于自己,一具仅由坚持的意志所支配的血肉机械,疯狂的心,冰冻的浪花,由风刮擦的脸庞,由安置绳缆的工作台最终抛下的锚,如同人所等待的一次解放。鱼血将四溅。还有,此时某个地方,老旧的平板车静静等候,已破败的蓝船在它的船坞上。它们沉入矿物意义上的睡意,已然死亡,凝固于荒凉之地的尽头。而史蒂夫,在"墙之墙"的中间,史蒂夫的人生便隐匿于不协调的物件之中,在堆起的脏乎乎的绳索、一台电视机、红色扶手椅、一个暖瓶之间……他是否已从酒吧回来,是否踢到垃圾袋?他睡了吗?

但我们不是。我们再也不会。这个世界的固定轮廓已被我们留在岸上。我们最终也会重新赢得人生的灼热光辉。我们被卷入气流,永不消停。世界的开口在我们身上关张。我们亦将奉上气力,直至倒下,或将身亡。对于我们而言,那是精疲力竭的快感。

我的船长面朝大海做梦。他苍白的双眼泛着同样灰色的光泽。瘦高个儿的大腿张开,超长的双臂悬在上头。他的嘴长而温柔,像女人的嘴巴,半张着。因此,我不想惊扰他。我咳嗽。他转向我,手指伸向他高高的额头上。他露出一个疲惫的笑容。

"你这回有自己的床铺了吗?"

"是的,跟从前一样。"

"跟从前一样?"

"说到底,就是那个命中注定属于我的。"

他大笑。

"你看,总有一天,一切自有安排……你现在可以真正轮班了,同达福和瑞德一样。我们人也没那么多了,没法留给熟手。你行吗?"

"可以。"

"我有些怀疑……这是我们在这儿最后一趟捕鳕鱼之旅。我们需要一个星期,准备捕捞大比目鱼。二十五号开始。今天已经七号。"

"那我来吗?"

"当然。需要二十四小时来做准备,但这二十四小时是不停歇的。必须马力全开。一分钟也不能停下,不能休息或做任何其他事。如果我们捕到鱼的话,收益会非常诱人……你会看到,大比目鱼是多么美。有时也很肥。能超过两百公斤。短于一米的,我们没有权利捕捞,得把它们还到海里。"

"我够结实吗?"

"不够把它们从水里拉出来,毕竟,我觉得悬。"他大笑。但除了上诱饵、盘绕延绳钓、清空鱼体,应该还有什么可做的,相信我,每个人都有活儿,二十四小时以后都得累死了,有你担心的……"

工作重新开始，比以往都要讲究。"蓝美人"大获成功，对我们来说，意味着这一季很糟。我们丢了太多的延绳钓，最初奇迹般的收成再未出现。黑鳕鱼群游至别处，如果说捕捞还不赖，最多也就凑个平均水平。除非发生奇迹，我们必将为此艰难付出。

但如今，每个早晨，船长都是喊着把我们叫醒。我们得钻入潮湿的防水衣，我还得穿上依旧湿着的靴子。没时间喝上一杯咖啡，大风刮着我们耳光，泛白的天空令我们目眩。我们也来不及明白，便已坠入严寒与行动之中，我们从呼呼大睡转为睁不开眼的半睡半醒。肿胀的双手难以伸展，还得叫醒这些胳膊与手腕，迫使自己重获生气。姿势是机械的，唯一重要的是绳缆升起，得守着钓鱼绳，得减轻其负载。捕鱼，绝无松懈。

瑞德每个早上吞一把阿司匹林。而我是晚上，当发烧侵袭了我。我的睡眠由大海规定。我在虚空之中。我重获床铺，变化的是水流，我须追随的也是水流。我寒颤着，抖动着，风吹得我心神不宁，我攥住卧铺上卷成球形的潮湿衣物，一条鱼儿从我身上滑落，我挣扎着，喊道："我在里头！我在里头！"我在黑色虚空之中滚动。一个男人嘟哝着：

"闭嘴，莉莉，这就是个梦……"

钓鱼钩鱼贯伸出。是时候了，将它们投入风中，喧嚣与苍白的鸟儿也铺排着。固定绳缆的工作台是我们的阿里阿德涅线团[①]，

[①] 古希腊神话中，米诺斯国王的女儿阿里阿德涅用线团帮助自己的爱人走出迷宫。阿里阿德涅的线团成为一种隐喻，是为在迷宫中寻找方向的关键物。

我们唯一萦绕的念头。我们捕鱼。数小时过去，我们对此甚至毫无知觉。这些需要上诱饵的钓鱼线才是重中之重，扔到海里，再拿回船上……被剖腹的这些鱼儿，用十字镐破开的冰块，我们跪在底舱里，侧倾将我们卷入流涎的水里，触到大堆翻滚的鱼儿。

我拇指的伤口结疤了。发紫的关节转为橙黄色。我用牙齿咬下针脚。天气阴郁。大海与我们嬉戏。我们一回到休息室的封闭空间，便撞在墙板上。

甲板上，我们为钓鱼线上诱饵。瘦高个儿在操舵室内。热斯或许在机械室。我带上咖啡和几条巧克力。男人们拉下他们的手套。瑞德掏出一支烟。西蒙抓到一个碟子。

"我可以吗？"

"当然……"瑞德以低沉的声音答道。

他点燃烟，随之咳嗽和吐痰。他用两根手指擤鼻涕。达福摇着脑袋。

"你会被你那该死的烟害惨。"

瑞德耸了耸肩。

"现在要是想女人，再注射一点海洛因，那才要我命。"

达福大笑。

"你永远是老样子。"

磁带录音机放出鲍勃·西格[①]的《体内之火》。

"一满杯威士忌，加上咖啡……痛苦全消。"瑞德又说。

---

① 美国二十世纪七十年代最受欢迎的摇滚歌手之一。

"或者来杯科涅克白兰地。"西蒙补充。

"对我来说则是早饭。"我说。

"她只想大吃一顿,"达福大笑着说,"但没错,快三点了。很快便是重要时刻。"

监工冷了。他折回。

"我觉得他也在等早饭。"西蒙低语。

我们喝完了咖啡。我摁灭香烟,重新戴上手套。

"没有诱饵了,谁能去找些?"

"我去。"

我在西蒙身后,悄悄跟着。我蹲下,转过金属操纵杆,拉开沉重的铁舱门。

"我应该帮你的。"西蒙说。

我耸了耸肩。我跳入存放枪乌贼的洞眼。堆叠的冰块变得坚硬。靴子进水。我喊人给我拿来一把十字镐。蹲在冰冻的地面上,从右往左地滑动、摇摆,我拼命地扯下结冰的纸板盒。我的手指关节变得僵硬。很痛。一种愈来愈强烈的快感攥住了我,我爆发出一阵疯狂的大笑,兴许是因为厚实的冰块令人迷醉。我抬起纸板盒,伸长臂展,把它们举出去。

"嘿,西蒙!这很重!"

"我来了,甜心……"

我从底舱爬出。瑞德伸出胳膊。

"在这个黑洞里,你指望能看到什么好玩的呢?"

我大笑。我脱下手套,对着冻僵的手指呼气。我找到一小截巧克力，在衣袖里已浸了水。我要帮西蒙切枪乌贼。

我们连续拉上三盘延绳钓。达福下去将鱼冰冻。西蒙在炉灶旁。瑞德和我打扫甲板。他忙活着，不发一言，厚绒风帽翻起，脖子皱起，仿佛刀刻一般。我们在船上时，我从不敢抬眼看他。因为他是渔夫，对我他是唯一。他知晓一切，瑞德。他的力量不在于宽阔的肩膀，抑或巨大的双手，而在他的叫喊之中，他向着虚空与大风发声的回音，他立着，鼻孔扩大，独自一人面对大海，总是独自以自己的方式注视天空，琢磨着波浪，仿佛从中可以读出什么——或许什么也没有，他仅看到一大片冷清的海面，延展开去，无穷无尽，听着海鸥的嘶叫，后者猛然升腾，如同赛马。

终于可以吃早饭。已过午夜。我返回。西蒙已将碗碟摆上桌面。米饭在灶台上等着。腊肠和一盒红豆角被加热，稳固地安在金属边缘之内。热斯登上舵手室，一手端着碟子，一手拿着一杯可乐。亚已入席。瑞德在甲板上抽完烟。达福在我前面。我们用脏乎乎、不成型的跑步服擦拭双手，这衣服已沾上红色污渍。我们在炉灶旁取东西吃，再走向桌子。

"关上这该死的门，我们快冻僵了！"

船长大吼，瑞德进门。他就着半掩的门要吐痰。他把门带上，不发一言，嘴唇上浮现半个微笑。他低垂双眼。狮子男在房间里像是会缩水。氖管灯下，他看上去步履不齐，灯光压着他的脸面，相较于公海的风，酒更能烧红他的脸庞。如果说他在甲板上能吓到我，这般受伤的男人模样令我对他更加忧惧。

我们沉默地吃着。瘦高个儿似乎精疲力竭。他吞下半盘食物，随之厌恶地推开。

"你得想想换个菜单。"他以一种恼怒的声音对西蒙说。

达福提了一个唯独瑞德才懂的意见。他们大笑。西蒙用鼻尖拱着米饭。

"我觉得这个非常棒。"

"她什么都吃。实际上，我很久没见你吃那些脏乎乎的鱼内脏了。"

"我刚才还见她吃过。"瑞德说。

他投来的目光，令我恨不得钻入地下。

亚厌烦地望着我们，站起身，不发一言。他消失在厕所。男人们也都起身。达福伸展他运动员般的身躯，西蒙出去抽烟，瑞德隐没在舱室。我洗碗。

瑞德再次出现。他环抱双臂。"我冷。"他低语。他蹲在离我几厘米处，紧贴着栅栏，栏中有热风从机械室吹来。达福重又坐下，饮一杯咖啡。船长躺下。我垂下双眼。狮子男现在不过是那个蜷成一团的瑞德，套着一件老旧的羊毛衫，不成样子，沾着污渍。

"你有一件美丽的套衫。"我说。

"很久以前，一个女性朋友帮我织的……"

他的目光不再令人惊惧，变得温柔，几乎羞涩。他微微一笑。这个伟大的水手居然对我微笑……我想他此时不想再做传奇人物，他感到疲惫，他的双手疼痛，发冷，甚至连威士忌都没有，也没有女人或女主角，只想蹲在地上，直冲着从墙壁间飘来的温热的微风。

船长从厕所出来。他安排轮班。我们一个个地消失于舱室。那儿的空气温暖，不怎么流通。蜷在我们的睡袋里，在脏乎乎、尚潮湿的旧衣堡垒中，我们陷入床铺，黑暗中翻过脸庞，手背在身后，躯体摊开。由于这副躯干遭到紧收、压迫、强迫、伤害，终于，在马达声及波浪的无尽摇摆中得以放松。也由于我们奉献全力，终可沉沉入睡。我睡下，视线转向瑞德。我猜测着那张熟睡的、不时为咳嗽所震动的脸，在所有人的脸庞中，那一张藏有黄色的眼珠，胸膛掩着奇异的强力，风里掺杂着酒精的气息。夜色向我藏起他的面容。那张我已不再害怕的烧红的脸，没人能猜到我黑暗中的目光。波浪将我摇动，我在其上翻滚。如果瘦高个儿愿意，这种情形便可永远延续，在黑色的白令海上前进。愿我在眼前的人生中用尽全力，否则便迅速地死去，哪怕疲乏与衰竭令我蜕一层皮，但愿大海住我身上，在我身下，环绕着我，狮子男的血肉之躯驾驭海浪，昂起脑袋，立于甲板之上，海风吹着他的狮鬣，同时，吹得帆索咯吱作响，海鸥盘旋着，疯狂地抱怨着，如螺旋升降，又冲入海面，生硬地绕着弯，风使其鼓舞，又将其闷熄。

"轮到你了……算你走运……"达福轻柔地摇动我，将我唤醒。"好……"我立马重新起身。

"算我走运，算我走运……"我半睡半醒地低语。

"下一个是西蒙。"达福爬上他的床铺前说道。

"好的。好的……"

我的脚磕到一堆衣服、袜子、靴子上。我毫不费力地重新穿上我的那份。尽管，它们浸湿了。我机械地走向操舵室，碰到墙壁。得上那儿去。我还半睡着。我在屏幕前重新打起精神。一个亮点标识着有条船远远地在我们之后。夜色昏暗。从三点起，天空将泛白。西蒙能看到晨曦的光亮，水平线上的红色短杠将会加粗，直至烧红，转为橙色……我猛烈地揉自己的脸，捏着重又闭合的眼皮。我手指的压力减弱。我起身。倚在桌上，我望着船头劈开波浪，水花溅在流动的锚上。如是延展，柔软地游弋，并无开端，亦无终结。我们兴许在太空前行，这黑丝绒般的夜色……天空与大海融为一体，兴许是统一地摇摆着，让我迷惑，船侧闪烁的水沫，应为银河本身……我还是要睡着。我擦拭双眼，一只脚跳到另一只。我取下扶手椅后一张航海图。一本杂志滑落。我弯腰去捡，只见一个女孩躺在操舵室的地板上，大腿张开。好吧，这便是轮班者的"女伴"。我恭敬地将杂志归位，整理航海图。监工在楼梯一隅睡得像个婴儿。雷达屏幕上的亮点远去，海岸几乎不再可见。

我下到机械室。打开门时，我听到震耳欲聋的声响。备用马达也在运转。底舱内部没有水。我拿起油泵。他们对我讲过三回。我往主轴的注油器里送入五份剂量。重新往上走时，我瞥了一眼甲板。什么也没有移动，木桶被绳索紧固。我给自己冲上一杯清淡的咖啡，还是苦的，一条巧克力，手臂伸向活阀。我回到操舵室。好些了,冰冷的风对我有好处。监工睡着,翻了个身,只露出他的背,一绺金黄的头发,脚伸出睡袋的底部。我坐进里头的扶手椅,作为夜班船员的座椅,过于舒服了。我望着雷达。巨大的漆黑。什么都没有,唯有这个中央的亮点,正是我们,仿佛时而闪烁的小斑点。饮下一口滚烫的咖啡,我咀嚼着巧克力。男人们睡着,船前行,整个世界可以入睡……我监视着。科迪亚克的人们也都睡着吗?有没有还开着的酒吧?一些男人大声叫骂着,倾倒在吧台上,一些年老的印第安女人望着他们,目光保持距离,脑袋轻轻摆动,起皱的手上捏着一支香烟,举到唇边,姿态讲究而又缓慢,也许已醉,在木头吧台上慢悠悠地摇晃……在巴罗角,夜幕尚未降临。太阳早已升入天空,之后很久才触及天际线。在法国,乃是白天。从这里,我才可以毫不畏惧地爱他们。我与他们说话,声音低得连监工都听不到。何况,他睡着呢。船劈开黑色大洋。天际已发亮,血色的线条漫射开,该轮到西蒙了……

"是时候拉传动装置了,伙计们!是时候把家什装起来了,伙计们!屁股挪起来,我们上……"

我头一个出去。船长已就位,手置于外操纵杆上。伙计们穿上他们的防水衣。我占了瑞德的位置,抵着舷墙,在船长右边。浮筒和方位标挨到一块,这一回是我把它们捞起来。往翻滚的波涛俯身,胳膊伸长提着钓竿,我得毫不迟疑地勾上浮标索。我尽可能地伸展身子。而下头,水桶则猛烈地敲击着船体。它们撞上船的底座,迸发出沉浊的声响。船长把我们导向浮筒。我进一步弯腰。如果瑞德再不来,我得真正靠自己抓住钓竿。冰冷的风抽打着我的整张脸。我有一刻窒息,脸庞湿淋淋的。

"走开,莉莉!这不是你的活儿……"

瘦高个儿朝我转过身来。瑞德到了。我看到他的手势要把我推走,我迅即散开。大伙儿都笑了。

"你现在湿透了,这样可不妙。"达福说。

"哦不,挺好的。"

我重新走上切割桌的位置。我羡慕瑞德的那份,在波涛上劳作。

大风落下。天空张开,十分苍白的太阳露脸。热斯头一个发现水流往上升腾,注入轻雾。他中止工作,伸出手臂。船长停下液压发动机。每个人都有时间来欣赏,这一从水面涌现的昏暗形状,一半的身位像是慢速上升,带着无尽的威严与雅致。男人们的眼中,也是一样的惊奇,如同他们的目光对上海洋女皇。

"×,真美……"亚如坠梦幻,说完才重启马达。

晚些时候,他将变得像一只水獭,执掌仪表板,动动爪子,吞下鱼儿,神态可笑。达福扯扯我的衣袖,我大笑。水獭转向我们,眼神戳人,并不停下动作。

"看看我这个婊子,吃光我们的鱼!"船长大声说。

船的两块黑色增效板劈开波涛表面,仿佛一对逆戟鲸。水獭沉下去。只剩这孤单的鸬鹚,在远处观察我们,还有布满小球状云朵的天空,留下哀怨痕迹的海鸥。

这段时间里,监工对着数字,估价,计算着我们的收成。具有波纹闪光的深色鳕鱼，黑绿相间，呈现金色虹光的石斑鱼，还有些红的，眼球突出，还有黄色的大比目鱼，我们得扔回海里，可惜已经死了。这个男人分享了我们的生活，可他从离开科迪亚克开始便缄默不语。我们几乎要遗忘他的存在。晚上，有时候，当我们跨过他睡在操舵室地板上的身躯，才想起他。

"你在这儿睡得不坏吧？"一天，当他直起身，我问他。

他微微一笑。他太腼腆。

"对。"他回答。

"这以前是我待的地方。"我自豪地对他说。

西蒙瘦了，但更结实了。他的目光愈加坚定。男人们几乎平等地对待他了。不过大部分情况下，他还是被无视。如果他已学会说脏话，吐痰，用两根手指擤鼻涕，也许情形将有所不同。他死命不改自己的学生腔，用成套的话语掩饰失落。对此，瑞德惊讶地抬一抬眉毛。达福朝着他微笑，热斯干脆忽略他。于是，回应他的便是我。可他想得到男人们的承认，而不是新手的，更何况是一个女人：轮到他漠视我，带着某种误解。我们互不信任。我们捍卫着自己在船上的位置。可当欢呼声响起，我同他一样骄傲。捕鱼重启之际，这种大声的叫喊便不停歇。害怕令他表现出一种卑屈的殷勤。我局促不安，他也一样。

"你为什么来这儿？"一天夜里，我问他。

我们很早便结束了。清晨两点。海面平静。我们抽着最后一支烟。他的黑眼圈已泛紫，衬得他目光狂热，也令他消瘦，且因寒冷而紧缩的面庞愈加凹陷。他唇边叼着烟，略微哆嗦，蹲下来。

他望着海水。

"我想要在海上。我躺在医院里,一场车祸,愚蠢的故事,一个星期六的夜晚,从聚会回家,我们喝了不少……给我来了那么一下。于是就想去阿拉斯加——'最远的边境'……去到海上。留下一切。这无聊的人生——"他在黑暗之中微笑,"我还是回了趟大学。别人不理解我为什么就这么走了。因为车祸,我欠了不少钱,一直欠着。所以,这个暑假,我声称自己要上阿拉斯加工作。"

"你这次赚不了钱啊。"

他无望地撇了撇嘴,眼皮一角的青筋暴起,令他眨了一会儿眼睛。

"赚不了。但重要的是做,是独自一人来到这里,是找到船上去。"

我讶异地望着他。

"那你快活吗?"

"哦,是的。"他回答。

"但我没法说,那些男人对你算是客气的。船长一直吼你。"

他耸了耸肩。

"你觉得他们对你更温柔吗?一开始我感到惊讶,竟把活儿交给一个小娘们儿,一个毫无相关经验、径直从乡村到这儿、甚至都不合法的小娘们儿。我觉得亚肯定是出于别的原因让你上船的……我向你保证,我不是唯一一个这么想的。"

黑暗里,我的脸因为愤怒和羞耻而发红。

"现在呢,你信服了吗?"

"是呀。从你睡在地板上,从第一夜开始,我便觉得公平了。"

"可这不公平!"我十分气愤。"船上的法则是先到先得。我早于你、瑞德和达福三个星期便开始干活了。一天也没歇过,当然也没领工资,一个子儿都没有。我比你们所有人——除了亚和热斯,更早上船。我有权得到自己的床铺!"

"别恼火,"他说,"或许他这么对我们是故意的,想看看我们肚子里什么货。你已经算是很走运了,摊上了感染的事以后。他们现在可能比过去更尊重你。"

"我没抱怨。我什么也没说。是瑞德……"

"对呀,是瑞德那个大高个儿跟船长说,让小个儿女人停手,因为她自己不愿说……因为你的缘故,我们可能陷入困境。"

"如果我之前说了,你们会觉得我在添乱,我发声抱怨,只因我是女人。"

"对呀,"他说,"毕竟船上不是女人该待的。你损害了你的双手,你的皮肤,你精疲力竭,男人们还会意淫你。"

"你想说男人们觊觎我的屁股?如果我精疲力竭,手都坏了,我不知道自己为什么还无权待在这船上。"

"你没丈夫吗?"

"没。"

"那你在这儿很快能找一个。"

"我上路不是为了找个安乐窝。"

"我不觉得这有坏处。"他低语。

我们抽完烟已很久。寒意愈加生猛。我们缄默。大海环绕着我们,或者说将我们包裹。一弯月牙挂在帆索上。休息室的门开着,传出声响。亚在巡夜。

"见鬼,西蒙!你在干什么?无理取闹吗?你不知道我要接你该死的班吗?"

"看来我得去了。"他说。

"对了,亚,一个女人在船上没位置,是真的吗?"

"谁跟你讲了这种蠢话?"

"西蒙……实际上,我们某个晚上聊起。是交谈中讲到的。"

瘦高个儿摇了摇头。

"下回要听真正的渔夫的意见,而不是听一个从没出过学校的小破孩。"

"一个女人在科迪亚克的站头遇到我。她曾是船长,她跟我说,我什么都能做。"

"女人不知疲倦。有时,经常,还比一个男人来得耐心。男人们喜欢立竿见影,一下子就要结果,他们全身心投入,他们很中意粗鲁的游戏,越是艰难,越是雄起。"

"达福和瑞德并不粗鲁。"我抗议,"我也喜欢付出努力。"

"我要讲的不是这个意思,"他大笑,"一个捕鱼的女人,会跟男人一样累着自己,但男人挪一挪屁股,不一定需要思考,发力便可以做到,女人得找到另一种方式,怎么换个法儿移动东西,更要动脑。男人筋疲力尽之际,女人还得坚持更久,尤其还得思考。必须这样。我可以跟你说，我认识一些这样的女人，并不更为粗壮，带着一大班结实的伙计，一起捕蟹，说一不二。没一个敢发牢骚的。首先因为她们足够好，当得上所谓的船长，得看到她们是多么受人尊敬。她们带来的变化……男人们为了上这样的船还要搏斗。"

"那为什么有些人还反对呢？"

"男人们之所以不希望她们上船——不是像西蒙这样什么也不懂，只会重复的，而是那些真正的男人，也许是因为他们怕船被抢走，怕女人们有了自己的船，怕她们革新一切，发号施令——代替他们的指令，打他们的脸。"

"打他们的脸？"

"没错，总是这些争权的事，她们的愤怒，她们的辛酸，她们跟男人们要清算的账，所有这些说她们无权上船的蠢话。你能想象吗？这种鬼话，投入工作时会听人冒出来，指摘你，譬如一次捕鱼行动中，遇上一个肮脏的大男子主义者，他嚷嚷了……还有些关乎屁眼的传闻，如果想要船上的女人跟男人一样多。船上没有屁眼的事。上船之前，或下船之后，才有这种破事。这儿，你是唯一的女人，所有人都尊重你。'蓝美人'上，女人有两个。何况，是些好女人……好到安迪选择了她们，而不是男人……"

我神经质地啃着指甲盖。

"别咬你的手指，很脏。也不要这么动嘴。这是常识。令人厌烦的女人，男人才害怕。那些想要控制一切，借口说几个世纪以来，男人让她们吃尽苦头的女人。我们把房子留给她们，希望她们把船留给我们。但对于其他热爱捕鱼的女人，想要在船上奉献人生，准备证明自己，哪怕是新手里最矮的，也没问题。总是更为艰难，因为需要证明更多——"他打了个长长的哈欠，"你让我开口的，莉莉，时间、地点正合适，在平淡无奇的一天之后。"

"那我在这儿不会烦到任何人吧？"

"哪怕烦到他们，你呀，你也视若粪土。干你的活儿，干得出色，学着跟他们一样吼叫。只要你不怕被他们嘲笑，你会走过这个阶段的……另外，如果你烦到他们了，他们会跟你说的。让你睡在地上，他们并不感到尴尬。如果你做得不合他们的意，他们要吼你，也不会尴尬。"

"我做了很多蠢事吗？"

他叹气，又大笑。

"这会儿，是你让我烦了，莉莉。你不如帮我弄杯咖啡吧？"

"夜深了，我们已经一身露水……你看着锚，不要让它滑动。不时瞥一眼'罗兰'①。我在那儿标了我们的方位。连接锚的缆绳应保持四十五度左右的角度。别相信海水，潮汐凶猛，你盯着波浪，始终会觉得船得漂走。宁可相信海岸，尤其要相信刻度盘，因为我们可能会围着自己打转。这里不能出问题，海底有礁石，会把我们挂住……去吧，找些乐子，下一个是西蒙。出岔子，也要最小化……"

"好，我知道，我叫醒你，要么亚，要么热斯。"

---

① 罗兰导航系统，海上使用的远程双曲线无线电导航系统。

这会儿，我独身一人处于巨大的夜色之中。船扯紧身上的锁链，如同一头野兽被牵着龙头，但锚是紧固的。马达慢速运转。波浪从船首的正面滑过。我想起今天被杀的鳕鱼。这当口，做条鱼是多么棒，赤身在波浪中，被往前涌动的潮汐裹挟。睡梦中的监工发出一阵奇怪的呻吟，一种吠叫。他惊跳而起。不，他重又睡下。我望着右手边的海岸：它已消失。有一阵，我被恐慌攫住。我们四周的海水飞速流动着。船体脱锚了吗？我垂头看"罗兰"，我们没动。我转过头，海岸如今在左边。我松了一口气：我们只是围着自己打转。

我的目光游弋到船板上。我瞥到一个元器件。我弯腰，将它捡起。我打开一个正对着自己的小橱。一双双老旧的手套溢出来。我把它们推回去。我手指下触到什么坚硬的东西。一个半满的小瓶——加拿大威士忌。我把它重新塞到手套下。瑞德。我想到他每晚面对大海会喝上一口，也许就着他糟糕的咖啡……没有别的，光是一小杯琥珀色的甜酒。我看到天际线发亮。我一瞬间想到蟋蟀……法国的夏天。某个地方，正是法国的夏天，大地的气味，地面被数日的阳光晒得发烫，小河的声响，生有荆棘及干草的陡峭河岸……夏天，有一条河流供我歇息，潮湿的夜晚，蟋蟀发出柔和的摩擦声。

我的眼睛在黑暗中大睁着。马达秘密运行。男人们的气息。我的头转向熟睡的瑞德。他动了动。走廊上苍白的光线掠过他的脸庞。他的手放在粗壮的大腿中间。他肯定梦着女人，还有女主角。还有威士忌。

我的船长面朝大海，还在做梦。他说船上的每个人都会得到一次启示。那他还忧伤个什么劲呀，我想着，看着他。他转过身。

"那么，莉莉，这一季不算特别艰难吧？"

"哦，不算。"

他微笑。

"我知道你会喜欢的。我见过太多的新手，足以清楚哪些会留下。"

"我合适吗？"

"当然……"

"你会上那儿去吗？在白令海捕鱼？"

"也许。首先，我得在俄克拉荷马州下船。看看我的孩子们。我的妻子。"

"你不常见他们。"

"不太多。但我还是在那儿过了冬天。他们长大了。他们很英俊。"

"你妻子肯定很想你。"

他露出一个悲伤的微笑。

"也许吧。我让她看到我做了太多蠢事。每个晚上，我回家时都醉得半死。"

"可你现在不喝了。而且,毕竟你还很英俊。"

他的脸庞亮了一时半刻。他窘迫地微笑着。

"你要那么说的话……"

我靠近窗玻璃。我望着大海。

"这个冬天的渔季,你会带我上船吗?如果你去的话。我会尽我所能地工作,付出一切。"

我转过身。他的目光摇曳。他垂下双眼。

"你那该死的口音……让我费劲。但是好的,我带上你。"

"船上会有很多人吗?"

"差不多。六到七个。"

"你会带上同一批人吗?"

"热斯可能来。达福已在别处找了份活儿。西蒙重拾学业——不过,我也不需要他。瑞德,是的,如果他一直可以的话。"

"他来的话,我会很高兴。我想要跟你和瑞德在一块儿捕鱼。"

他皱起眉头。

"为什么是瑞德?"

"他像头狮子一样工作。并且,他一向什么也不说,不关心任何人。活一干完,他就睡觉。我们在甲板上干活时,他一向给我们带咖啡,再给自己找一杯。"

"是的,他是一号人物,瑞德。没有他和达福的话……"

"船上不能装满一帮新手,毫无疑问。"

"你们做得不错,去吧。可你,如果你想继续捕鱼,就不能以非法的身份。或早或晚，移民局要把你抓住的。"

"好的，可怎么办呢？"

"结婚。"

"我不想要丈夫。"

我们返回。终于可以冲个澡，刷洗牙齿。达福想着他的女伴，露出微笑。

"要么，大比目鱼的捕捞季开始后，我们上夏威夷转一圈，收成好的话……"

他看着我，神态窘迫。

"你懂的，这不是我向往的，海滩那档子事，可她呢，她在科迪亚克有些无聊，梦想去夏威夷很久了……"

瑞德抱着手臂，做着梦，一来便喝威士忌，给喝醉了，接下来几天也是如此。西蒙什么也没说。或许，来上一杯斯堪的纳维亚的啤酒。热斯不断谈论着一旦"叛逆者"抵达船坞他要点的巨大比萨。"堕——落，"他兴高采烈地重复道，"一块堕落的比萨，加上一箱啤酒。"船长看着忧愁。他只说，他来不及和俄克拉荷马那儿通电话了。

"你呢，莉莉？要冰激凌还是爆米花？"

我呀，我也想酩酊大醉，把整座城市染红，同沃尔夫一起，或者不跟他一起，最后再尝一下"白色俄罗斯"，亚森跟我提过多次这种鸡尾酒。

这最后一个早晨，亚将我们叫醒。回家的念头没带给他好脾气。他大吼:"在里头站好!别以为你们在度假!"

我们立马站定。我们穿上跑步服,套上长衬裤、鞋子、靴子。经过医药柜的时候,拿上日常剂量的阿司匹林。瑞德向我递过盒子,不发一言。我垂下眼睛,保持距离。他走过,甚至像是没看到我。亚还在休息室里吼叫,线条凹陷,仿佛刀刻。

"屁股动起来,伙计们!得把船擦亮!到港口的时候必须完美!我们不能露出现在这副样子……你,西蒙,你负责休息室。你用钢丝绒擦炉灶,必须亮得像新的一样。你抹点油。船板也类似。你呢,达福,负责墙面。你清洗这些,往壁板上倒亚麻籽油。冰箱水洗,用漂白剂。你们转一下该死的长椅和架子①。操舵室的架子还用钢丝绒,这个小窝……瑞德,你和莉莉负责甲板。你们用拖把。一切都要拖。不能带下任何玩意儿,不能有一星半点的枪乌贼或肠衣,不能留下一根钓鱼竿或别的器件。你们要在各个角落找遍鱼肠。船得像新的一样。抵达的时候,得让人惊艳。"

瑞德点点头:"当然……"他出去了。我跟着他。下着细密的雨。雾将我们笼罩。一阵潮湿的寒意直抵我的心头。一个忧伤至极的季节,渔季的末端,回归的日子,欢庆之后,一切归零。我们穿上防水衣。瑞德抓起一个拖把,扔给我另一个。他启动抽水机,冰水漫上船。我躲得太迟了,强力的水柱浇上我的靴子。我想哭。我的脚湿透了。我们喝不上咖啡。我独自一人与怒气冲冲

---

① 船上的小架子,边缘突出,以防物件掉落。

的瑞德在甲板上。这个夜晚,我们将回到码头。

他装满一桶水,浸入漂白粉,他已擦净挡雨板。我做着同样的事,谨慎地保持距离。鱼的内脏、风干的血迹、用过的诱饵,粘得到处都是,得花工夫剥离,才能干完。甲板后部更糟:在沟槽和所有隐蔽的角落里,我找到微白色的鱼肉屑,已潮解的枪乌贼碎片。瑞德干活迅速。他擦着甲板,力道不减。我也奋力干活,咬着嘴唇。总有一天,这一切会终结。我已感受不到冷。他停下。我继续,皱着眉头。我担心如果我也停下,他会误解。

他低沉的声音响起,缓缓说道:"歇一会儿,你要烟吗?"

我抬起眼睛,犹豫着。

"好的,"终于,我结巴地说,"请来一支。"

他给我烟盒,我喘上气。我的脸颊发烫。他将他的打火机递给我。

"你自己点,有风。"

"好。谢谢。"

"当然……"他露出快活的微笑,"你脸红了……我很少看到。"

"是的,我知道。"我回道,声音似透不过气来。

我重新拿起拖把。

"好了,我继续。"

他吐痰,擤鼻涕。手臂握着拖把,我往舷梯扫荡。瑞德用巨大的水柱冲刷甲板。冰冻的水滴刺着我的脸庞。我的胃痉挛。我的颈背、肩膀都火烧火燎。我想到喝着咖啡的船长,懒洋洋地坐在他指挥者的座椅里。而我，今晚，我要喝啤酒。

"够了，"瑞德终于说道，"看看他们在哪儿。或许，咖啡时间也到了。"

陆地临近。我们在甲板上，脏乎乎而又幸福，手上各拿着一杯咖啡。我感到自己瘦了，胃里空空，肚子凹陷。我望着甲板，为我们骄傲。

达福叫我："莉莉！有人找你……"

我盘绕一根缆绳。"叛逆者"停泊在船坞。我转过身。一个瘦瘦的金发男子立于码头，被白色塑料集装箱和橙色的升降机衬得身形矮小。他红棕色的发绺在风中飘荡。亚森。他通过工厂得知我们今晚返回。他来等我，一起去喝"白色俄罗斯"。

"我还有活儿……晚些时候！"我从甲板喊道。

"'托尼家'？"

"好，'托尼家'！"

船已卸载。底舱干净。我们坐在甲板上吃比萨。每个人都要在工厂的更衣室冲个澡。我换上整洁衣物。我的头发散开，在风里闪烁并摇曳。瑞德惊讶地看着我，带着一种崭新的尊重。我看他时，他垂下双目。我不再怕他。今晚，他不再是船上的主人。"叛逆者"重回港口的位置。我们抓紧松开缆绳，把船固定在浮码头上，再重新接通电缆。

"管好你们的嘴，伙计们……我要你们所有人，明早六点站稳了！"

男人们已走远。我在他们身后奔跑。转身一看,船长还待着,在港口的背景下,依然高大,比以往愈加消瘦。我走回去。

"显然,你没法跟我们来吧?"我说。

他点燃一支烟。他酝酿着一个微笑,差一点,随后嘴角又下垂,下唇滞重。

"跟他们去吧,你没看到快追不上他们了吗?上酒吧,去吧,消遣一下……"

他们已消失于公路的拐角……我重又出发,我奔跑,我的双腿在车辙之间蹦跶,海鸥飞在我前头,我跟随它们,我的头发飞舞,仿佛空中航迹。我在码头赶上他们,已喘不上气来。达福在船舱前停下。他给女伴打电话。西蒙则上吉普森湾[①]找他的朋友们,来自本土四十八州的大学生,在光秃秃而又被风刮着的小湾上,有个帐篷和遮雨布组成的临时营地。瑞德没有等任何人。达福和我,我们走到"托尼家"。酒吧满是人。"冒险者"的船员们在吧台喝酒。亚森留意着大门,朝我们挥手臂。

"嘿,我的朋友!"他叫道,"欢迎上岸!"

他厚眉毛下的眼球转得像滚珠。达福把我推向他们。

"我觉得我可以把你留在这儿,你在一群好家伙当中。我呢,我得走了,我的美人等着我呢,看她已经不早了……回去的时候让人陪着。远离麻烦,姑娘。"

我加入人群。亚森为我找到一张凳子。一位棕发、修长而苗

[①] 加利福尼亚州北部的一条小湾。

条的女服务生,粉白的脸上瞳孔大张,给我拿来咖啡色的乳状特饮,放在一个大玻璃杯中。"白色俄罗斯"烈度高且甜。酒精飞快上我身,一桩灼热的美事,为我疼痛的身体注入蜜汁。我们四周的男人全在碰杯。大伙儿都从海上来。

我付了自己的那一份。

"给我来杯朗姆酒,我是海盗!"亚森叫道。

我依然想当俄国人,点了伏特加。我看了一圈人们的脸,不认识任何一个。史蒂夫应该是在"B and B"。瑞德在"船家",十分昏暗的老酒吧,有些印第安女人隐在黑暗中,墙上还有些裸露的丰满女人。

我不会待很晚。"托尼家"太干净,男人们就像年轻的疯狗。我想起蓝色的夜晚,突然,船令我思念。我想在甲板上,独自一人,由港口的海水将我摇摆,嗅着空气,眼看城市的红色倒影闪烁。我抛下亚森,走上一条回港口的道路。外头的空气十分纯净,街道人烟稀少。港务监督长办公室门口,一些出租车在等客人。我走过横向的马路。我瞥见尽头的大海,是黑色的,在码头的路灯下起伏。我朝大海奔跑。微风轻柔。一只鸟儿飞起,翅翼发出沙沙声,已然震耳欲聋。我走得慢了些。我记起捕蟹大会那天,我留在"B and B"后边的"自由精神"。我沿着码头,加快脚步。夜晚,泥沼也不难闻。我穿越公路,潜入酒吧后部。我在大楼与路堤之间昏暗、隐蔽的角落寻找。但只有一张破碎的三层刺网、一些空酒瓶、一截废铁、一个开裂的浮筒在荆棘间闪着奇迹之光。"自由精神"已被骑走了。我遗憾地叹气。我听到几声大叫。两个醉酒的男人从酒吧出来。我躲进一堆货盘的阴影下。他们走远。我从我的角落里出来。我穿越街道，抵达码头。海的低处。我用力靠着一根栏杆，在潮湿的栈桥上，后者斜着往下伸往浮码头。据说醉酒的水手跌下水后，会与他们的船重逢。就这么淹死。我越过栏杆，倾斜了一会儿身子。海水是黑色的。水面几乎一动不动。我啐唾沫，为了看一眼。唾沫伴着一个无力的声响掉落。有人过来了。很快，我逃往"叛逆者"。

瘦高个儿在甲板上。我望见他的烟构成一个炽热的点，于黑暗之中移动，举到他的唇边，重新点亮，获得新生，随后，他的手臂垂下，亮点也变弱。夜色之中，它是火红的，如一颗心脏跳动。他望着城市，灯光在港口的水面上跳舞。我跳上船。

"哈喽，船长……"我缓缓地说。

他转过身。我只看见一张被阴影吞没的面具。

"莉莉，是你吗？已经回来了？"

我压低声音笑起来。

"是呀，甚至没喝醉。或者说不算太醉。我回去了，没从码头上跌落，但'自由精神'被骑走了。"

"嗯？"他说。

"是的，我的自行车。不过，没太大关系。"

"你还好吗？和那帮家伙在一起？"

"哦，不，我遇到'冒险者'的船员们。我们喝了'白色俄罗斯'，之后，我觉得无聊。"

他递给我一支他刚点燃的烟。"谢谢，亚。"港口安静。此刻，酒吧人生。我们听着船体牵扯缆绳,浮筒来回,卡在船侧与浮桥之间,海水撞击船身,发出汩汩声。我坐在底舱的板上。他坐在身旁。

"你做了什么?"我问。

"我跟热斯在一块儿,我们去墨西哥餐馆吃了点东西。然后他去喝酒了,我回来了。"

"你不无聊吗?"

"我戒酒了。我不会找什么鬼借口,再次陷入泥潭。"

"有道理。毕竟,就算投入酒吧,也解不了闷。一开始还有点意思,可持续不了多久。"

"会好的……"他说。

我缄默。他不傻。

"得疯狂干活。渔季开始之前,还有一个多星期。明天早上,我们得着手清洁延绳钓,过于缠绕的先放一边,没时间浪费。得取下别的钓鱼绳上用过的诱饵,更换脱落的部件,补上缺失的钩子。还得迅速重上诱饵。"

夜里,瑞德和西蒙回来得很晚。我甚至没听见他们。五点,我醒来,仿佛情况紧迫。甲板上的清晨被从梦中唤醒。瑞德的鼾声可怕。有时,睡着的他还咳嗽。嘶哑的咳嗽几乎令他窒息。西蒙熟睡,神情专注。达福没回来。昏暗之中,我拿起我的衣服,伸出脚后跟,在一堆男人的鞋子里找我的鞋子,从我的枕头下取出几个硬币。我出门,不发出声响。休息室的光线跳到我的脸上。我飞快地穿衣,长衬裤外再套一条不成样子的裤子,还有套衫和汗衫，我的靴子。我往咖啡壶里装满水，带它上路。我出门。码头上独自一人，自由自在。一艘船驶离港口。清晨，我漫步着。听见远处及近处的海鸟叫声，刺耳且拖长，吸入海水的味道，藻类与盐分的气味，泥沼和瓦斯油的怪味，厚重得堵住我的喉咙。大风落下，几乎令海面起涟漪。有片刻，渡船的呜咽声穿过锚地。几辆不常见的小型载重汽车开过公路。男人们正醒酒，陷在床铺里，抑或旅馆新鲜、整洁的被单中，在弗朗西修士的庇护下……在一张长椅上……

我走着。一些海鸥缓慢地扫过天际。桅杆上，停着些鹰。鸟儿仿佛为夜晚唯一的幸存者。太阳露脸，随之，皮亚尔峰从雾中拔起。我在港务监督长办公地的盥洗室前止步。管理出租车的办公室还开着。我用一只脚固定门。我用绸巾洗脸。我的胯部像是腹部两旁的白色翅翼，我的屁股硬得像块光滑的石头。梳子嵌入我的头发，我咬牙拔出，带出一缕发绺。我扔了梳子，靠手指梳头。我重新离开。荒芜的码头上，一只鹰与两只乌鸦争抢一条死鱼。空气很棒，浸入我的喉咙，尤其在夜晚抽烟之后。我沿着"托尼家"酒水店走，一辆卡车在超市前卸货，一个疲惫的男人面朝天空，身子摇晃，不再前进，倒在一张长椅上。脏乎乎的黑色发绺遮住他的脸。他迟钝地盯着满是污泥的袜子。我穿过无人的广场，避开车辙。我推开"烘焙厅"[①]的大门时，已飞不起来，全无光彩，白日的光线也切换为氖管灯。新鲜研磨的咖啡清香。一

[①] 美国一家连锁烘焙店的名字。

个丰满的长着红棕色头发的姑娘刚将她的点心放下。她向我投来短督的一瞥。

"请稍等。"她说，声音高飘。

我往后缩。我的双手似男人，不成比例地宽大，手臂垂下，忽而觉得滞重。她转向我，一双女人的美丽绿眼睛。

"我现在全力为您服务……"

"哦，就要一杯咖啡。"我回道。

我的声音只剩低语。

一个穿着绿色长靴的年轻渔夫走入。轻盈的长裤套在他健壮的大腿上。他径直走到一个吧台前，步履摇摆，额头高亮，头发蓬乱。覆有绒毛的皮肤下，可见小腿的每块肌肉抖动着。年轻的红棕发女子别过头，脸庞一亮。她送去秋波，举手投足更温柔，声音的腔调也变得圆润。我去坐在大门对面。他们的话语仅从很远处飘来。外边，天色发白。

我回到船上，码头上已然热闹。我害怕迟到。男人们还睡着。达福在甲板上。他手贴着腰部，拉伸自己柔软的四肢。

"哦，达福！你看着很幸福啊……"

"我很幸福，"他大笑，"你刚从你的夜生活回来？"

"不。在外面喝了一小杯咖啡而已。昨晚我回来得很早。"

"你丢下了帅哥亚森？"

轮到我大笑。

"我才不在乎亚森。"

达福消失于船舱。我听到他摇动瑞德。

"嘿，兄弟！节日结束了……"他几近温柔地说，"腐烂的延绳钓等着你。"

西蒙从床铺中醒来。达福返回，坐在休息室内。我在桌上放了四个马克杯。瑞德现身。闹钟把他闹傻了。他走向洗碗槽，步履似梦游，往充血且有斑痕的脸上抹了点水。他给自己弄了杯咖啡，眼神空洞，呆若木鸡。

两个水手在栈桥下为一辆货车而争论，他们要往里头装载放诱饵的箱子。我们来到甲板后方，着手干活，在放满发臭木桶的长形铝桌上。"叛逆者"停泊着，屁股顶着船坞，我们抬起脑袋时，可以看到一些行人。我们的手指腌泡在发咸的汁液中。诱饵开始腐坏，当我们把它们从钓鱼钩上取下时，有黏稠的橡胶粘在我们破洞的手套上。一些男人经过，工具袋甩在肩头。其他一些人则拿着垃圾袋，里头塞着他们的装备。

"船上需要人吗？"

"满员了！"

一些皮肤光滑的大学生从一艘船问到另一艘，推销自己，指望找到能上去的船。

"需要帮忙上诱饵吗？"

"这得找船长问问。但这会儿，他出去了。"

他们走开，往别处试运气。墨菲从船坞尽头来到这里，髋部肥大，摇摇晃晃地走着。他止步于每一块甲板前，与伙计们吹牛，放声大笑，滞重地摇摆着身躯，直至走到下一处。

"莉莉!"他与我们同一水平线时,叫起来,"那你找回你的船啦?我再也没见过你……你的手呢?"

瑞德正对着我工作。他抬头片刻,向我投来惊讶的目光。他抬了抬笔直的眉毛,转向船坞。

"你好,墨菲,"他冷淡地说,"还好吗?我觉得你似乎在找活儿干。"

"你好,兄弟,我非常不想干这一趟,不想开始捕鱼,我宁可在别的地方干活,赚三个子儿就成。"

"你再找找,没找到的话,晚些时候再来,船长不会耽搁太久。"

"你们的船长在哪儿?"

"在城里某处,搞些大惊小怪的事。"

墨菲摇着肥大的身躯,从一条腿晃到另一条。

"我再找一会儿,"他说,"如果找不到,我就在广场公园开个巡回……你有时间的话,来看我们呀。我们或许能喝上一回。"

"啊,你又喝上了?"

"看日子……好了,我去了。加油,莉莉!"他转向我说,"关心一下她,瑞德。我还记得她从'冒险者'下来时多么不幸。她在我的肩头哭泣。"

"当然……"瑞德回答,表情滴水不漏。

墨菲走远,直至另一艘船。瑞德严肃地看了我一眼。

"你在哪儿认识他的?"

"在广场公园。"

"你在那儿做啥？"

"是捕蟹大会……那会儿我去了医院，等着你们。我们某天交谈过。"

"嗯。"他说。

他垂下目光，看着延绳钓，重新铰接一根断裂的绳索。他点燃一支"骆驼"牌香烟，吐痰。他又变得遥远。

西蒙打翻了一满箱陈旧的诱饵，翻到栏杆外头。

"螃蟹们，好胃口！"达福说，"对我们来说，或许也是时候吃午饭了……"

亚当下午过来。罩了一圈黑眼圈的他双眸依旧黯淡，陷在眼眶里，仿佛两头窥伺的野兽。干枯的眼皮不停地抽动。深深的皱纹刻上他的额头，脸颊凹陷而憔悴，从鼻翼直至苦涩的嘴。他的脸色令我生惧，可达福大笑着拍了拍他的肩膀。

"看来你们满载而归？祝贺你，老兄……看看你的样子，你应该睡得不坏。"

"就这么回事……头一个星期，我们一共才睡了十个小时……我起床，上'福克斯家'吃上一点东西。我回家。再睡下。为安迪捕鱼对我的年龄而言，勉为其难了……他做得到的话，就会把我们榨干，那个混蛋，婊子养的。我甚至不知道他自己怎么应付，他没比我们睡得多，或许更少……应该就是想着钱，让他这么有干劲。但我已经赚够了。"

"那你不跟他一起捕捞大比目鱼了吗？"

"给他干活算结束了。宏，就是那个我为他保管'安娜'的人,让我这次可以开出去捕鱼。这是条美丽的船,禁得住大海,三十二英尺。我再捕捞一次大比目鱼,然后,我就回林子里宿营。"

"你们捕了多少黑鳕鱼?"

"也就六万公斤。你们呢?"

"撑顶四点五万。"

"你们大概掉了家什?"

"三十来根延绳钓。"达福低声道。

亚当吹了一声很长的口哨。

"×!怎么发生的?"

"放到船底。水流太湍急。偏出去了。"

"亚也没能阻止吗?"

"是……也许吧。他发了火,因为安迪塞给我们一些腐坏的次货。"

"没错,跟我们的比起来……"

"更让他抓狂的是,还得换上新的。"

"安迪可不会给人好果子吃。"

"对雇用的船长客气的船东,我认识的也不多。"

"是呀。"

达福走开。亚当朝我转过身。

"那么,这只手呢?"

"挺好的,我用牙齿咬开线头。"我大笑着说。

我脱下手套,给他看脏乎乎的手。他撇撇嘴。他的脸看上去更痛苦了。

"毕竟,这样不美啊……"他的声音更低了,"我昨晚找了你。我在'安娜'上还需要一个人。船上现在有三个。四个更好。"

"谢谢你的好意,亚当,但我在'叛逆者'上。"

"跟着我,你会赚得盆满钵盈。我不瞎说。你会受到尊重,你肯定不会睡在恶心的地板上。"

"我现在有我的床铺了。"

他耸耸肩,低下头。他累了,亚当,他或已止不住泪水。他应该回去睡觉。

"我找了一间胶合板的房子,位于东正教教堂后的长形灰色大楼,就在船舶工地前。每周五十美金。只有一个房间,但我有地暖,还有淋浴器,有热水,只要你想要。来看我吧。你从四月起就没停过。你也得歇歇。他们要把你耗尽了。"

他压低声音说着。瑞德不时地抬起脑袋,不快地看着我们。他比以往更粗暴地吐痰,生气地擤鼻涕。一口浓痰溅在我们两步之外。西蒙催促着我,给我一满箱潮解的诱饵:"抱歉……"达福从休息室的门外经过,手里的杯子冒着热气。

"新鲜咖啡,给需要的人!"他叫道。

"我这段时间空下来的话,或许会过来一天。"我对亚当说。

我重新投入工作。瑞德抬起眉毛,严肃地对着我。

亚又现身。他刚向我们投来一种阴郁的眼神。他消失于操舵室。安迪紧跟着他,随后自己回去了,他没有再看我们。他的面孔捉摸不定,恐怕不是因为疲劳。达福和瑞德交换目光。我们听到大声嚷嚷。亚当摇摇头。西蒙微笑。瑞德沉着依旧。

"哦,哦,"达福说,"可能出了什么问题。"

"我是觉得,你们还没见过美金的颜色吧,伙计们。"亚当低语。

瑞德往船外吐痰。

"一年多前,我拼命工作,什么也没赚到,少得可怜,"他说,"我时来运转,真是太棒了。"

他粗糙的脸庞变得柔和,他脱下手套,一只脚抵着桌子,整个身子倚靠着折叠的大腿。他点燃一支烟,目光追随烟雾,一个顺从的微笑,几乎使嘴发皱。

"可以来一次短暂的休息。因为我们做的一切并不都是为了钱。"

"一切还没完呢,"亚当说,"还有新的渔季。"

瑞德耸耸肩膀。他望着远处,越过港口的狭窄通道。

"对。或许,大比目鱼的价格能上去点。"

达福越过桌子,朝我微笑。

"莉莉不在乎。她拿不到钱,可她乐意。"

"不啊,我甚至去不了巴罗角。"

男人们朝我转过头。

"会再去的。"达福说。

"你病了。"瑞德说。

我没再说什么。男人们把我当傻子。也许他们有理。我们听到邻船的广播。披头士。讲的是出海的事,等夏天。

瑞德去甲板另一端撒尿。西蒙越过手中的延绳钓，向我投来一瞥，注意到我的窘迫。

"在我的国家，男人们随处撒尿。"我说，"你指望我怎么办呢。"

这回轮到他震惊。他清空木桶底部的过时诱饵，漏了点出来。随后他去撒尿。在室内。

"大海的狮子应该转身。"亚当说。

"安迪叫你。"达福说。

"我？"

我惊跳。立马，我想到了移民局……或者，他不需要我了？我脱下手套，跟西蒙一道溜进去。船员舱前站着的男人看着我靠近，有棱角的肩膀舒展着，在门框之内，永远神色镇定，带着一丝嘲笑人的感觉。我站在他面前，脸色绯红。

"怎么？"我说，声音似透不过气来。

他感觉到我的害怕。我头一回见他微笑。

"我欠你钱。"他声音短促，递给我一张支票。

"给我的？"

"你和迪亚哥一起干的活儿，为'蓝美人'的延绳钓。"

他已回休息室。我垂下双目，看着支票，在我脏乎乎的手上……我脱下防水衣，试着赶上他。他同瘦高个儿交谈。谈话紧张。我退缩，站定于炉灶一角。

"你在那儿干吗？莉莉，甲板上的活儿不够吗，来这儿闲荡？"

"是我想跟安迪说话。"我说，声音微弱。

安迪转向我，目光似铁，并无血色，一如既往地有穿透力。

"什么事？"

"为了支票，给得太多了……我没弄过那么多木桶。"

他冷漠的双眼里闪过一丝快活的光亮。他第二次微笑。

"你赚了这些美金。回去干活吧。"

男人们等我返回。

"你被踢了吗？"达福大笑着问。

"还没。他只是给我钱。我说太多了，但他不那么认为。"

所有人抬起头看着我，神情震惊。

"怎么回事，他已付钱给你了？"西蒙怀疑地说。

"是我在陆地上时，为'蓝美人'修复那些腐坏的延绳钓。"

他们安下心来。

"别阻止……"西蒙低语。

"永远不要，你明白我的，永远不要拒绝安迪给你的。这十分罕见。你可以马上进账。"亚当对我说，声音包含轻微的责备。

安迪又走开了。亚当也离开了。海鸥飞翔，与海面平齐。船坞上的来回变得稀疏。天空转为淡紫色时，亚中止了劳作。邻船的甲板早已空空如也。达福最迫不及待地脱下防水衣。西蒙出发找他的同学们。我离开船。在我前头，瑞德走在公路上，向着城市。他慢悠悠地走着，肩膀滞重，头顶夏日天空，伴着一切虚空与海风。我走上前，超过他，再放慢脚步。我想消失。一只海鸥的刺耳叫声似嘲笑我们。但愿他没发现我，不知我看到了他，在夜晚光线下行走的疲惫男子。一只鹰还翱翔着。瑞德转向码头一隅，沿着厕所和港口办公室，这会儿，"麦加"[①]已临近，离"船家"有二十来步，"破浪"或"托尼家"还需走上三十步。他慢慢地走，他知道一切等着自己。

正午。离"叛逆者"有三艘船，浮桥的另一端，一些男人重新粉刷着木质地曳网。船体呈现红绿两色，船舱为黄色。

"嘿，科迪！"一个强壮的小伙子往他的船上喊。

一个高大、手脚笨拙的金发男子，头发编得像印第安人，面容忧虑，转过身来。尼凯弗洛斯坐在舱口盖上。我走过时，他向我摆手。下一块甲板上，一个男人独自上诱饵。一个空啤酒瓶被遗忘在一个角落里，在生锈的铁边沿上。白色的油漆成鳞片状剥落，落于宽大的船体倾侧，随着时间和雨水的侵蚀，变为灰色。名字已消失近半。"命运"——我还可读得出。

"您好。"我对那男人说。

他身后堆着满载的木桶，散乱摊开的缆绳之间，一摊绿水粘在一个塑料桶上，脏乎乎的破旧衣物，剖开的可乐罐。

"你好。"那男人说。

他迅速干活。通过一个机械的手势，他从左边的木桶里拿起一个钓鱼钩，上面挂着一段腌鲱鱼，再切换到右边的木桶里，钓鱼绳绕成规则的绳圈，一个圈轻搭着另一个，钓鱼钩整齐平放。他垂下双眸，注目于工作，露出眼袋，一张疲惫的脸，负有累赘，

[①] 指码头附近的酒吧区。

肩膀微微下陷。他同自己的船相似。人与船皆耗尽。广播传送着过往岁月的歌曲。披头士。《在夏日》。我在阳光下眯起双眼。

"你们的船很美。"我说。

"还经得起海浪,"男人回答,"但它得好好粉刷一下,还需要不少工程……缺钱啊。"

"带我,带我去航海……"歌曲唱道。我望着宽阔、结实的船侧。

"对,"我回应,"但它毕竟很美。你们出发捕捞大比目鱼吗?"

"是呀,但在另一艘船上。这艘不在状态。某天或许会。我需要一个水手。如果你喜欢它——我的'命运',我带你去捕鱼,跟我一块。"

"哦,好。"我说。

我听着歌曲的末尾,歌词升腾,漂至外海。太阳摩挲着我和那个男人的面庞。歌曲完结,什么东西碎了。

"我得走了,再见。"我说。

他用头微微示意。

瑞德在甲板后方喝着一杯咖啡。当我跨过"叛逆者"的舷墙,我感觉到他的目光落在我身上。黄色的双眸射出含有寒意的光芒,也许是怒火。他转过目光,吐痰。他的面孔隐没在风帽的阴影下。我垂下眼睛。

某些夜晚,亚森在船前止步。我们还在劳作,其他人全已停工许久。

"嘿,莉莉?一直在干活?我来找你,去吃冰激凌、爆米花,或是喝杯'白色俄罗斯'吧。"

"下一回,亚森,我们没完工。"

他失望地走开。他还年轻,就这么走远,穿梭于歇息的船只之间,沿着人烟稀少的浮桥,登上栈桥,抵达码头。头顶上是天空。黑色栈桥与天空。让人觉得他可以上天。

达福嘲笑我:"这就是你的男伴呀。"

船长也是:"看,你的亚森过来了……"

夜幕降临。天空换上硫黄色。起风了,宣告着六月二十六日的到来。

"和往常一样,"亚当说,"每一次开启大比目鱼季,人们总是不知疲倦,警惕暴风雨,船将开得更远。"

我们明天出发。士气已鼓足。我们在外海待两天,再开启捕捞。这晚,亚森又停在"叛逆者"前,再一次,他独自离开。瑞德往舷墙外吐痰。

"搞完你们的木桶,就可以歇工了。"船长说。

瑞德朝我转过来。他用下巴指指亚森,后者正往橙色天空爬升。

"他是你男朋友吗?"他低声说。

他的眼神变得严肃。

我们穿过港口的狭窄通道，经过第一批浮筒。鸟鸣声中，天气如此美好。港口的阳光和微风几乎是温热的，一离开海堤的遮蔽，我们便起鸡皮疙瘩，裸露的手臂汗毛竖起，头发压到眼睛里。我心醉神迷，闻着这藻类的气味，这粗粝而强烈的味道，如同宽广外海的召唤。疯狂海鸥的连串大笑渐趋高潮。我们越过船坞的白色燃料仓。男人们忙于清扫甲板前方。西蒙和我上着诱饵，亚还雇了三个大学生干这一天的活儿。不久，我们便到了罐头食品厂。船速减慢。船长使了灵巧的一招，插在"午夜太阳"与"托帕石"中间。男人们将"叛逆者"系在木头墩柱上，脏乎乎的泡沫浮动于四周。一个墨西哥工人从船坞那儿嚷嚷着什么，直指我们这儿的巨大塑料管。达福穿上他的防水服，跳入底舱。瑞德将管子转向达福，后者再紧紧攥住。"好了。"他大叫。于是，管子吐出几吨碎冰，再由达福引向底舱各个角落。他仿佛置身于一场暴雪之中。

我们装上"西夫韦"送到浮桥上的储备物资。达福心花怒放，面对着准备下水的成堆延绳钓。西蒙也神气活现，记录送货情况。一个中年人登上船，将他的包扔在甲板上。

"伙计们好……我是乔伊，新渔季的水手。"

他返回舱室，放置行李。瑞德去找烟。船长可能在给俄克拉荷马州打电话。热斯在机械室抽大麻。我转到甲板上，不知用双手做什么。

"我希望我们的底舱可以装满。希望搞定一切，这些该死的杂种。"达福说。

"我希望不要大吼大叫。"我回道。

他大笑。瑞德返回。片刻之后，船长跳上船。

"起航，伙计们。松开缆绳！"

晚上九点。城市远离。阳光笼罩甲板，为天空的边缘及披上绿荫的山镀金，还有偏远南部的海滩白沙。

"有一天，我会上那儿，"我大声说出打算，"只带上我的褡裢和卧具包。捕完鱼，巴罗角之后，我要上那儿。"

"最好再带一把枪。那儿有熊。"

乔伊站在我一边，友善地微笑。我望着这个矮壮的男人，头从肩膀之间别过，仿佛要配得上他的力量，他的黑色双眸深陷眼眶，置于倾斜的眼皮与消耗所形成的眼袋之间。

"夏天，当了母亲的大褐熊很可怕。有一天，我追捕狍子……"他沉默一阵，又开口，"我在岛上出生，阿克希奥克，一座南方城市，我对这些山再熟悉不过了。一个人去很危险，尤其你毫无经验的话。我可以陪你，如果你乐意。我教你怎么做，特别是往哪儿开枪。当熊从你上方扑来，你不能犯错。如果你朝熊头开枪，那你死定了。"

"啊。"我说。

"你捕捞鳕鱼的第一季,不太难吧?"

"最难的是捕捞螃蟹。"他们说。

"是呀。有一年,我失去家族里七个人。都在不同的船上。白令海。"

"今年冬天,我也许会上那儿。船长如果参加这一季,会带我上船。"我低声说。

乔伊静默了一会儿。他一直盯着浪尖上头。他低语:"我希望你别干这趟。我希望任何人别去这个地狱。"

"别人做得很好。包括一些女人。我为什么不行?"

"因为你个子小,你什么都不知道,你不得不那么做。我希望你那该死的船长不要从俄克拉荷马州回来……让他见鬼去吧!"

"你似乎不太喜欢他。"

"他是个蠢蛋。他不知自己在做什么、说什么。"

男人们在休息室喝上一杯咖啡。乔伊递给我一支烟。

"什么促使你来这儿的?"

"我不知道,我出发了。哦不,我知道,我当然知道……我至少对此确信,确信这儿会不同。我对自己说,海上会很干净。"

"叛逆者"开过布斯金河及女人湾,一只醉醺醺的大鸥在阳光中转向。

"或许我也想搏一次,为某个美丽而又强大的东西,"我继续道,目光随着海鸟,"冒着生命的危险,但至少,死之前要找到。还有,我梦想去世界尽头,发现它的界限,一切终有尽头。"

"之后呢?"

"之后，当我到达尽头，我要跳起来。"

"再后呢？"

"再后，我会起飞。"

"你永远飞不起来，你撒谎。"

"我撒谎？"

"这可就是你在这儿会遇到的事，比你想象的快得多。这不是一个容易的地方。"

我望着海岸及其渐渐朦胧的轮廓，金色大海，我叹息。

他重又开口，声音温柔，几乎悦耳："我有一把吉他。当我喝多了，就上酒吧演奏。我加工木头和毛皮。我照传统方式制革……我给自己缝了件皮衣。有时，当我醉了，上酒吧弹吉他、唱歌，就穿着它。于是，别人把我当作一个疯狂的印第安人。一个脏乎乎的印第安黑人。"

我们听到亚的声音从操舵室传出来。他吼叫着。伙计们重聚于甲板上。我们重新投入工作，安置延绳钓。当我们越过奇尼亚克海湾①的一角时，海面已波涛汹涌。海面继续扩充。目光所及最远之处，白色浪尖与波涛竞逐。

瑞德盯着大洋。闹哄哄的拱廊下，他的目光闪现银色的光泽。两天以来，他十分克制。他的样貌变得强壮，复现一个伟大水手的轮廓。"叛逆者"的马达放缓速度。我们在甲板后方上诱饵，于水流的规律来回之间。一阵大风吹打着我们的面庞。摇晃甲板的

---

① 科迪亚克岛东北岸的海湾。

波涛发出声响,无穷无尽。

"如果我们把船装满,看着吧……得有两万五千公斤!"

"加上第二个小底舱,离五万也不远!每半公斤九千的话……"

"价格还没定,可能高得多。工厂里有人跟我说……"

西蒙加入他们。自从亚让他参与最近这次捕捞,他变得镇定。

"你的工资怎么算,西蒙?付一半吗?"

"是呀,付一半。"

"我呢?"

我转向西蒙。

"你?也许跟我一样,得问问船长。"

"他们不会付我四分之一工钱吧?"

西蒙漠然地撇撇嘴。

"我不这么认为。会这样吗?"

肯定会这样,我思忖。

"还有西蒙,今晚我们能吃米饭吗?"

"我拿了几盒炖牛肉,搞起来快。"

"几盒?还是炖牛肉?那你可让我失望了。西蒙,我更喜欢你的锅巴。"

西蒙冷冷一笑。我将目光转向海岸。一艘蓝色的船驶入海湾。

"我们有邻居了。"我说。

"是亚当,你认不出'安娜'吗?"

我将铁笔放下,从左至右活动肩膀。微小的船体形状回应了我。天空被遮蔽。他们的船消失于雾中,或许有一场暴雨。

侧倾严重。更为强烈的震荡使我撞上一块金属横档，后者在木桶的撞击下也已不平稳，我正欲重新码放木桶。我倚着舵柄，试着站直身子，可延绳钓牵着我。上身甫一扭转，我便感觉自己折成两段。只听干巴巴的一声响。我做了个怪腔，忍住眼泪。小珠状的泪还是滴了下来。目睹此番情形的瑞德和达福保持沉着的脸色，从中我读出一种责备：倘若我没有一双配得上水手的腿，在船上便无事可干。我站直身。西蒙感到不安。我耸耸肩膀，没太用力，因为会痛。

"我可能断了一根肋骨。"

"一根肋骨？断了？你怎么知道？"

"我感觉到了，就这样。"

发信号的时辰临近。即将正午。每个人各司其职。亚操着舵柄，贴近无线电装置，有节奏地倒计时。西蒙立于舷梯之上，准备投射浮筒与方向标。达福靠着舷墙站，一动不动的臂膀上环着第一批浮标索，紧随其后，便要投放，锚也拿在手中。我刚帮完瑞德，装载并系紧第一批延绳钓。我在达福身后，预备将剩余的浮标索传给他。我们不再交谈。我紧张地握住自己悬在腰间的红色小刀。恐惧将我吞噬。操舵室突然爆发一声吼叫。

"放下去！"

动手。西蒙先投，达福随后，扳动船锚，扔下浮标索，我将剩余部分递给他，环状绳索坠入波浪。第一根延绳钓伸入……再来一遍。一群海鸥在我们头上招展。我们干了三个回合，一记记来。第四回改别处。钓鱼绳在达福与热斯欢欣的叫喊中放出去。亚让我们回去。

"留点力气,要热起来了……"

我们留着力气呢。我们清楚自己的机会。或是最后一回,我与瘦高个儿在操舵室并肩,他比任何时候都更为消瘦与苍白。

"我们又遇上了……"他说,"很久了。陆地上要做的太多。我成了疯子。而你,你很喜欢晚上在酒吧值班。"

"并不总是在酒吧,我喜欢逛到巴拉诺夫公园,享用麦当劳的冰激凌,再散步到城里。"

他微笑。他总是望向远方。

"我跟我妻子处不来了。我们会分开。她要申请离婚。这样或许更好。我有两个漂亮的孩子。一个十一岁的男孩,还有个小一点,九岁的女孩。"

我不敢说任何话。我们注视着夺目的海面。

"会动起来吗?"

"会,"他回答,"等午夜,我们就可以装满了。"

"捕捞大比目鱼的时候,为什么大海总是汹涌的?"

"我怎么知道……你也讲了些中听的蠢话。我又不是上头拿主意的那一个。"

"对,当然,我蠢……"我低语,"我是不是也得清洗大比目鱼?"

"得跟伙计们商量。或许要靠你盘绕钓鱼绳。要么西蒙。毕竟你得有活儿干。"

"我希望,我能学着把它们清空。男人们老吹自己干活最棒,最快。要知道我也可以,变得不可战胜。这对我服务下一条船也有用。"

"我有一个美丽的小……"船长还在说,"我可以让人照料她。如果我帮她找到一个好保姆,她母亲会答应的。你愿意跟我一起在夏威夷捕鱼吗?"

"哦,不要在夏威夷。在阿拉斯加。"

午夜,我们放下最后的延绳钓。初时的钓鱼绳已收回。鱼并不多。浅滩在别处。若干落单的大比目鱼被从水中扯出。它们来到甲板上,被瑞德的挠钩刺中,巨大的鱼尾扑腾着,扇起夜晚的微风。某些比我的个头还大。平整而光滑的巨鱼痉挛着。它们灰暗的脸上有着圆滚滚的眼睛,惊愕地盯着我们。另一面白得眩目。瑞德从钩上取下最年幼的,丢回海里。往往就是一些尸体,漂离我们,在波浪中摇摆,缓缓沉下,或可说淡出,由黑色海水吞没。

一些光亮的鳕鱼在钓鱼钩末端挣扎,一些小鳕鱼泛出绿金交织的肤色,还有些石斑鱼、海葵和硕大的海星。

"留着黑鳕鱼、小鳕鱼和石斑鱼!"

西蒙盘绕延绳钓,坐在皮带轮下的一个木桶上。瑞德的身子伸出栏杆。他细查着绳索牵引的情况,一旦大比目鱼跃出海面,便用挠钩钩住,用力撑住身子,腰紧绷着,下颚紧咬,脸庞湿淋淋的。他把钓鱼索扯上船,用钩子的转力取下鱼。乔伊、达福和热斯割开鱼喉,去除内脏。我刮干净剖开的鱼肚,洗去血。随着西蒙将延绳钓上的收成卸下,我移动并替换着木桶。当我低头拿取满载的木桶时，被一个铁钉刺中，我得将这些木桶运到甲板的另一端，船身猛烈摆动，我在其上，蹒跚行走。下水，诱饵碎屑，半植物化的生物，来回冲刷着甲板。

可是，收成糟糕。延绳钓一旦收回，便得由我们重上诱饵。大海虐着我们。我们的脚已冻僵。站在甲板后方，我们一言不发地劳作，脖子缩回肩膀，手臂紧贴躯干。我们的手势变得机械化。腰部随着船身侧倾而来回晃。嘶哑、缓慢且重复的波浪声……有片刻，我睡着了，手中继续上诱饵。我梦见鱼和正午的太阳。达福的笑声把我唤醒。

"莉莉，你睡了！"

我重又直起身。

"我做梦了……但我在干活！"

正对我的是瑞德。他给我一支烟。一个几乎温柔的微笑浮现在他冻得发红的脸上，他的嘴唇开裂，顶着蓬乱的大胡子，上头还沾着一点鼻涕。亚加入我们。时间紧迫。达福感到忧心。

"黑鳕鱼的捕捞已结束，我们会开始有不错的收成。我清楚我们可以得到……"

"别担心，"亚说，"我们的配额绰绰有余。我们可以捞得多得多！"

"我不太肯定，"他低语，"我觉得配额是不是太多了……"

瑞德在休息室里消失了片刻。他返回时给我带了一杯咖啡。三十来根延绳钓又预备投入海里。

"够了，"亚说，"把甲板给我腾出来。准备下一回合。把家什放出去,前面一趟的收回来。"

清晨两点,时来运转,大比目鱼涌现。

"停下!"西蒙吼道,"我的手被钓鱼钩钩住了……"

船长迟了一会儿才停下作业。他似乎震怒了。

"还有什么?"

西蒙匆忙地除下钉入手套的钓鱼钩。他出了点血。他非常恐惧。亚重启马达。西蒙抓住绳缆,神情慌乱。

"如果这就是他所谓的被钩住了……"热斯冷笑。

瑞德回了几句,一样的语气。达福微笑。我更换了满载的木桶,试图向西蒙微笑。他不看我。我肋骨疼痛。乔伊替换瑞德。侧身倾向骚动的黑色海水,他用绳索扯起硕大而壮观的鱼儿,多肉的鱼唇半张着,巨大的鱼嘴被弯成弧形的沉重身子扯紧,出于可怕的痉挛而呈扭曲状,这些家伙愈挣扎,钓鱼钩便扎得愈紧。鱼随着血红色的水、泡沫和脏器倾倒在甲板上。乔伊并不乐意解救最年幼的鱼儿。鱼被钩住,再从手上卸下。重新投入波浪之前,它们的鱼嘴都被扯掉了。

其他的鱼儿在甲板上几近窒息。男人们拦腰抓住最肥大的那条,以更好地牵引到桌上。鱼儿还挣扎,还反抗。他们费劲地把肥鱼往桌上放平。这家伙还在搏斗。鱼尾野蛮地摆动,溅了我们一身血水。于是,他们把小刀扎入鱼喉,割下内耳壁,刀面飞快地转一圈,直至割开包围脏器的隔膜,随后他们抓住整条鱼,拔除全都冒出来的内脏和鱼鳃。他们将其扔入大海,再把肚皮还在抽动的鱼身朝我滑过来。腹部最深处,仅剩两个球状物须摘除,同时剥去微白的鱼皮。我的脸上再次盖满血水与黏液。热斯看着我大笑，讲了几句话。瑞德抬起眼睛。他耸耸肩膀，神情在我看来似乎有些不屑。我的肋骨疼痛，身体又冷。我想回到科迪亚克。乔伊令我恐惧，他昨天还挺温柔，跟我有一搭没一搭地聊天，他悲伤地说："我这个黑印第安人。"可这会儿，他已变得野蛮。得以最快速度杀戮。时间便是金钱，鱼就是美元，一个海星出来的时候，往往比我两只手合起来还要大，松软无力地掉在工作台上，挂在钓鱼钩上，贪婪地吸着钩子，被他用铁柄捣烂。

有时，还有些小石斑鱼被滑轮碾压，或是被绳索穿越的金属装置撕碎。我把扑腾到我这儿的重新扔回海里，动作幅度微小，偷偷摸摸，生怕别人发现，我的伙计们，我的男人们，这些海上杀手——雇佣兵，这些令我恐惧的野蛮人，变作屠宰场的开膛剖腹的野兽，在马达的轰隆与大海的狂怒之中。随后，我再无空闲，也无气力。我害怕那一双黄色的眸子，来自嘶吼的船长，还有男人们，这些身形宽大、强壮的男人，将他们的小刀插入白花花的鱼肚，身手如此矫健。

达福向我讨要石块，以磨尖小刀。

"木桶快满了。"我回答他。

他大叫。

"你得干我让你干的！"

我震惊地看着他，夹杂恐惧与反抗。我讨厌你，我想着，哦我多么恨你！我很绝望，觉得他把我骗了。他，达福，一个跟别人一样的男人，一个发号施令又臣服于他者的男人，那些偷了我的床铺、值班时让我睡在他们脚旁的人中的一个，与他们一样不允许我学着清洗大比目鱼，一样嘶吼，让我颤抖，也会讲些安慰的话，让我盲目地爱上他们。这帮人甚至可能不会付我一半工钱。我把石头拿来，递给他，低垂双眼。

"谢谢，莉莉。"他说，仿佛已原谅我。

"莉莉，一条鱼掉入盘车装置了！你在做什么？该死！"船长吼道。

我将红色石斑鱼的喉咙割开。再将它们推到左边，滑入底舱。氖管灯下，一颗大比目鱼的心脏在桌上跳动。如果我把它与肠衣、血水一块扔了，是否它还会跳跃很久？或许，我得把它送回海里。可惜等不到天亮……压力将我轧坏。这会儿，已使我麻木。瑞德替换乔伊，又来到我身旁。我看到绳索的末结，也就意味着一根延绳钓到底了。我抓起一个空木桶，将其与满的木桶置换，解开船下后角的绳索。我拿着的木桶里，一些鱼儿的鱼嘴还挂在钓鱼钩上，乔伊向我伸出援手。

"对你来说太重了！"

我讶异地望着他，随后感到害怕。我重新拿走木桶，头左右摇晃。

天还是亮了一些。九点多了。正午报时之际，我们得升上最后一个方向标。我们穷凶极恶地拉回最后一票钓鱼绳，鱼儿被扔得到处都是，甲板俨然一个血淋淋的加工台。男人们继续取着内脏，在被捣碎的海星、眼球突出的蠢鱼之间，在浓重的脏器味之中。我试着把大个儿的鱼拉上一条到桌上。它过大且重。它激烈地挣扎，与我一起滑倒。我没有放开它。肋骨的疼痛令我气得要落泪。我们一道跌落在鱼的下水里。我与一条大比目鱼的第一次身体接触，在血与泡沫中抱在一起……我尽全力攥住它，一览无余地看着它。它变得虚弱。男人们将它放血，很快它便死了。它几乎不再抖动。我把一只手探入它的内耳，这个部位却闭合了。透过手套，我的手也受伤了。我成功地将它平放在桌上。它不再动弹。它过于光滑，这是我见过的最美的鱼儿。我拿起一把小刀，刺入它的内耳，我重复着男人们的动作。

我清空我第一条大比目鱼的内脏。我洗刷着白色鱼肚的内部。它的心脏被截断，滑到桌上，还在跃动。我犹豫着。这颗心脏并不决定去死，我吞下它。孤独之心进入我的体内，热乎乎的。

亚推了推我。

"从这儿走开，让大比目鱼靠近我一点！"

瑞德抬了抬眼。他冰冷地瞥了我一眼。泪花涌上我的眼皮。我用手指擤鼻涕。杀手乔伊也不远。我与他目光交错，便盯着他，他微笑。

"快完了，莉莉，加油。"

我们弄完，将最后一批鱼送入底舱。瑞德与我将鳕鱼的内脏清空。我将残屑扫到舱口。船长抓住水管，猛烈地冲刷甲板。我挡了他的道儿。他直接喷在我身上，看也不看我一眼。他看起来已精疲力竭。

"或许一万八……"

"多得多！至少两万五。"

"我呢，我赌是两万。"

我们吃着煎蛋卷和红豆，这些是清洗甲板时，西蒙为我们准备的。我的脸还没洗。船长分配轮班。我喝完我的咖啡，不看任何人。我站起身，回到舱室。我脱下靴子，又放下，靠着覆上热风的气窗。我的床铺。我平躺下，背转向船体的其他部分。我蜷成一团。我同别人一样，也是个杀手，我将自己的第一条大比目鱼开膛剖腹。我甚至吃了它还跃动的心脏。如今，杀戮的是我。盐巴灼烧着我的脸庞，凝固的血令我的头发发硬，发绺黏在一块。我戴着我的巴洛克式头盔入睡，脸颊火辣辣的，唇角残留着干涸的血迹。

西蒙叫醒我。晚上九点。我睡得像个野蛮人。他肯定摇了我很久。我脑中一片空白。我得费很大劲儿回忆，我的姓，我身处何地，来干什么。我坐直身。肋部的疼痛让我想起那根肋骨，我冻僵的大手，撞青的躯干。经过休息舱时，我热了咖啡，从抽屉中拿了一条巧克力。我透过门上的玻璃窗，瞥了一眼甲板。延绳钓牢牢紧固。一个木桶滑动着，从左至右滑过甲板，伴着从排水孔倒流的海水，渲染着夜晚的色彩。滑轮组与盘车装置，尽管紧紧相连，依然在每次抖动时咯吱作响，船体遇上波浪时，这些装置还倏然停顿。这二十四小时内，是否其他的一些装置沉下去了？晚上的光线刺破云层，又从一把小刀的刀面上反弹，令我目眩。我擦擦脸。我的嘴唇咬合处撕扯着，有种灼烧感。达福方才说:"这是不是就算法式香吻?你叫我害怕……"所有人因为我嘴四周的血大笑。我没有笑。

我登上操舵室的楼梯。乔伊坐在刻度盘前。太阳正对着我们。一只鸬鹚停在船首。

"我还是给你让位吧,"他对我说,"我调试了一下可见度。西蒙什么也不懂。"

"我也一样,什么也不懂。但我们还是可以胜任值班。我们不睡觉,你知道。"

"我知道……有时候,新手反倒是最好的,他们仅仅缺经验,而这需要时间。得需要人跟他们解释。我来向你演示,这很简单。"

我听着,尝试理解。刚过去的这个夜晚的乔伊怎么和眼前耐心、友善的男人是同一个人呢,他的目光越过浪尖。最后,我退缩了,我太累了。

"你的肋骨呢?"乔伊问,"西蒙跟我说你的一根肋骨断了?"

"也许吧。有时会发生在我身上。但也可能没断。会引来流言,就像……两周后,会好些。不要跟别人说。如果我总是不舒服,以后没一艘船会要我的。"

"你得当心自己。"他低语,摇摇头,"你不得不藏起你的疼痛。我不习惯往外说,但我不喜欢看到你今晚这个样子。搬运木桶时,你可能都要哭,但你不能告诉任何人。女人们,你懂的,我总是反对她们上船。我从未跟任何一个女人一起捕鱼。这是一个男人的世界,一种男人的活儿——何况,男人们甚至没法在甲板上安心撒尿,得避开她们的视线。但是,一些像你这样的女人,跟男人一样干活,二十四小时不发牢骚,啊,我非常希望自己船上有一个。"

夜半时分,我们抵达科迪亚克。我听到马达改变转速,达福与瑞德起身,船长发出叫喊,随后马达再次放缓,直至几乎熄灭,以便投入使用时,可以全力运转。

"躺着吧。"达福看到我从床铺上坐起来,准备回甲板时,便对我说。

其后,一切平静下来。寂静。几乎只有轻微的晃动。一种宽慰。我清楚,几小时后,会任由男人们沉沉睡去,而我在早晨离开,重获自由。

我醒来前,依旧梦见捕鱼,梦见自己为了更好地宰杀而抱紧大比目鱼,梦见放下的钓鱼绳离我们远去。在甲板耀眼的光线下,我完全清醒。是时候见到渡船,发起召唤了。我奔向山野,在浮码头的潮湿林子里。我一直没有洗脸,还留着野蛮的涂层,猩红色的标记,我头一回捕捞大比目鱼的作战象征。我用码头的水龙头洗脸。蹲下时,一阵灼烧掠过脸际。水花四溅,沿着我的前臂淌下。我重新站起来,抖动身子,我在一角擦去汗衫上哪怕最微小的污垢。一艘珠光宝气的船正对着我——"卡亚地"号。几个空易拉罐滚过甲板。我继续跑,直至堤岸。我坐在一张长椅上,望着入睡的船队。一艘船越过港口的狭窄通道,越开越远。它们还没有全部返回。"北海"经过浮筒。它看起来沉重,缓缓前行。

我在酒吧找到亚森。正午以来,昏暗的厅室便不再空空如也。

男人们大声叫嚷，醉醺醺的，他们刮坏的手置于木头柜台上。肿胀的手指把玩着玻璃杯或香烟，搓着一团烟草，再举到唇边。他们说的都是同一码事。说他们多么棒，货舱满满。工厂前等待的队伍长得需要注册才能卸货。于是他们估摸着，假设着，重新兜一圈。他们谈起一艘船，应该是开得很远，因为鱼咬得很深……货舱满载，甲板上全是大比目鱼，已经做到了……早上五点，海岸巡逻艇收到一份"五一"①大礼。他们到达的时候，船已沉没，船员分散开，身着救生衣漂浮着……"这些愚蠢的巡逻队，船长也是个蠢蛋……"所有人都嘲笑着。

我们喝了些墨西哥龙舌兰酒，祝我们的船状况良好。亚森入魔地描述着他的夜晚，波涛与血水之中的日出，他讲得很快，词语相互挤撞，双眸似火炭，在乱蓬蓬的橙红色眉毛下，注视着远处，酒吧的最红一角，或为台球桌后头。我们又点了"白色俄罗斯"，随后他这个海盗点了朗姆酒，我则是伏特加。最后，我醉了。我回到船上，已是黑夜。我试着笔直走。不可以跌在甲板上。我们往那儿扔了好些腐烂的诱饵，同它们待在一起，我肯定得病。船上无人。我给自己搞了一个三明治，热了很浓烈的咖啡。我喝着咖啡壶。外头，其他人大笑着，发着癫。我再无倦意。我重新走出去。这一次，我笔直地走。我得重新把城市染成红色。这会儿，我是个真正的渔夫。

工作重新开始。延绳钓得清洁，修复，码齐，直至下一次捕

---

① 五月一日为国际劳动节，也是国际游行示威日。

鱼季。诱饵已溶解在钓鱼钩上。它们一天天地更加腐坏,从我们的手指间滑走,分解。晚上,我梦到一个灰乎乎的肮脏大洋,风呼啸着,我们撞到黏糊的隔板上,后者着上了与诱饵同样的暗绿色,我们滑入了一大团难闻的糊里。糊盖满了整条船。我们在里头翻转,似乎跌入大比目鱼的一大摊血。这可不再是沾染我们面颊的星星点点,呈现美丽的猩红色,而是病态的海鲜黏液,涌上来,将我们包围,来自莫名死去的小枪乌贼。

瑞德醉醺醺地回来。我听见他在休息室的声响,搬动碗碟等餐具,拉开冰箱。一些物件掉落。他有时也跌在地上。他低沉地起誓。随后,他挣扎着上到床铺。他咳嗽。咳嗽声就像一阵叫喊。这种奇怪的尖声急叫将我惊醒。我怕他晚上死去,怕他窒息而死,这般刺耳的号叫。

他总是最后一个起。达福或西蒙将他唤醒。

"你走吧。"有天,瘦高个儿对我说。

我震惊地看着他,我左右晃动脑袋。

"我不走。"我低语。

我逃到甲板上,投入工作。他加入我们,发红的双眼仿佛要避开我们。他的脸上还映着枕头的印痕。他点起一支烟。他咳嗽。

"你得打住,老兄,要不然你走不远。"达福试着打趣。

瑞德阴郁地看了他一眼。

"我打住的那天,就是我完了的那天。"

"那快了,是不是,莉莉?"

亚重新经过，带来一阵风。

"我们四天后卸货，伙计们！"他欢呼，"工厂总算确定了我们这一拨。我们会知道自己干了多少……价格上涨了几百，没有我期望的多。那些婊子养的总想骗我们。"

"顺便问一句，你听说过鳕鱼的配额吗？"达福问。

"你扯这个干吗？我告诉过你，我们的数目宽裕。"

船长走开了。瑞德与达福窃窃私语。

"鱼还得在货舱里待一个礼拜……你别跟我说冰块可以维持那么久。"

"他应该开始用他的清咖啡腌鱼。反正也轮不到我吃……"

西蒙与我什么也没说。

墨菲在公园的一张长椅上等待。旁边有个矮小的灰发男人。

"和我们坐一会儿，莉莉，我们无聊……活儿干得还行？"

"不行。"我说。

音乐从"破浪"酒吧那儿高声传来。门开着。一些家伙回来了。我觉得认出了亚森。我的头转向墨菲。

"我向你介绍我的朋友，史蒂芬，一名伟大的科学家。"

"物理学家。"矮个男人纠正道。

我坐在长椅尽头，同他们一起。风已转向。罐头食品厂的气味飘向外海。闻着像是树木、新叶，还有红黄色花坛上的花香。

我吃着冰激凌，喝着啤酒，还有"白色俄罗斯"、龙舌兰，以及伏特加。我们从凌晨工作到夜晚，船坞已空空如也。正值夏日。

"在阿拉斯加，我们有世上最大的蔬菜。"达福说，"尤其在北方，光照几乎恒定，可达四月中旬。"

"等天亮了，我得上巴罗角。"我回答他们。

船长的情形不太好。西蒙想着他马上要重拾的学业。鱼一卸，他就打算离开。亚拒绝了。

"你得跟我们一起，疏通水道，试着找到丢失的延绳钓。只要我们还没付出努力，捕捞就没真正结束。此外，如果它们丢了，你也要一块赔付。"

亚森经过船，每天晚上，他邀请我上酒吧消遣，我们在港口的街道上闲逛，沿着堤岸走，坐在一张长椅上，听着桅杆之间的风声，海鸥在我们头上飞舞，我们经过电影院时，闻到花瓶和爆米花的香味——我买了个冰激凌蛋卷，还闻到渡轮码头前的臭鱼味，当风从西南方吹来。

"还在干活？等你干完，要不要去喝上一杯，再来点爆米花？"

他先走了，去某处等我，"托尼家"或是"船家"，或是正对"B and B"的长椅上，尝试吹一管他刚拥有三天的口琴，目光空洞而悲伤，唇色黯淡。有时，来个家伙坐他身旁。这个家伙有一根用枝条雕琢的芦笛，生着浓密的大胡子，颜色似曲棍球队的大盖帽下留着黄色的长发。他骑着超赞的越野自行车，穿行于整座城市。他吹笛。

肥胖的墨菲重新走过船。他与瑞德交谈片刻。他转向我，笑我发红的脸颊。瑞德向我投来漫长的一眼，并无柔情，越过船舷吐痰。

"我没参加第一波捕捞，"墨菲说，"我休整了。白天，我逛到港口，在船上找点活儿干，赚点零花钱……之后，我上小公园，找伙伴。我们看着别人来往。我们还不错。晚上，上庇护所喝汤……够了，难不成还指望更多？"

瑞德以单音节词回复他。多彩的船上，伙计们大声放着音乐。我们听到易拉罐被打开的声响。

"这让人口渴。"瑞德低声说道。

"我带你去一个你从没去过的地方。"第二天，亚森对我说，"科迪亚克的某个地方，从没人想到过，但美得令人窒息。你是头一个知道的人，但首先跟我发誓，不要跟任何人说……"

我发誓了。我们出发，在超市买了些烟。我们快步走出城市。随后，来到塔古拉路和船舶工地。我捡起沟渠边上的浆果。亚森帮我带了一把。我们到达连接长岛和城里的桥下，附近还有与"狗湾"关联的小港口。亚森停下脚步。他抬起头。

"就是这儿。"

我看着他，没明白。

"来！"

他攀上多草的堤坝，紧紧抓住石壁，直至爬上铁质的横梁。我跟着他。我们在支撑桥的钢筋上。他在一座狭窄的引桥上前行，我们脚下的栅栏可望见天空。我在他身后走。我们抓紧每一边的铁栏。我的胃发紧，随着越爬越高，脚下的空白扩大，胃部愈加不适。我们正处于伸向大海的公路上方，很快，又悬于大海之上，我们下方是海鸥，呼喊着翱翔与直冲，汽车穿行发出轰隆声，且越来越响。风激烈地呼啸，似乎愈加生猛。我跟着亚森，盯着脚步和虚空，下颚咬紧，由于肌肉紧缩而发痛。我们到达中央时，他停下了。他示意我坐下。我们的小腿拍打着空气。下面，昏暗的海水密度骇人。海面缓慢移动，来来回回，规律起伏，仿若呼吸，来自海洋腹腔的巨大气息。

亚森大吼，为了让我听见。

"有时，夜里很晚，我回船要经过这儿。昨晚就是……"

他拿出他的口琴，来上被风吹得不连贯的一曲。我递给他一支烟。我们抽烟，不愿再发一言。我的心由于晕眩与赞叹而发狂。

当我们返回，我感觉从很远的地方回来。我与霍比特人①亚森一块，我们走入鸟儿头上的高空。风想要把我们带走。在去世水手的雕像前，亚森离开我。我沿着堤坝走，直至"叛逆者"。港口上夜色降临。我想到那些留下来的人，脚被锁在方形大地上，拖着人类沉重的身躯。我为他们而痛苦。我想要告诉所有人，我从与海鸥比肩的高处下来——甚至想告诉最伟大的水手。但亚森让我发过誓，我不会告诉任何人。

又起风了。风刮自日本，达福说。港口上，鸟儿低飞。工期无限延长。山上如此晴好。我想上那儿去。周围的船一艘艘地完

---

① 英国作家托尔金的奇幻小说《指环王》中的主人公。

成任务。伙计们上酒吧或夏威夷。他们预备捕捞鲑鱼，或是打点行李，奔赴朱诺①、布里斯托尔湾或荷兰港。但我们不是。大比目鱼的货载还一直在舱里等着卸呢，甲板上的延绳钓进一步腐坏。

"我一分钱都没了，"瑞德说，"我一要求预支点钱，船长就吼叫，他或许怕我最后欠他的。"

"如果你成天要求，最后能成的。我也骨折了，但我觉得他不会把鳕鱼和大比目鱼的工钱分开付。就这一点而言，老兄，只要我们没卸货……"

"嘿，莉莉，"乔伊说，"你知道吗，这关系到你是否留在船上继续鲑鱼季。安迪今早同下一任船长戈尔登说过。我也受聘了。"

"好差事！"达福叫道，"上补给船！我们得说你走运了。白天就得工钱，不愁饭菜和瓦斯油——纯收益。一天一百或一百五十美元，为地曳网渔船供给。你可以塞给他们冰激凌，和帅哥搭话。一艘船停下前，你还能打个盹，等到傍晚，你们卷走他们的鱼。午夜时分，你们还能遇上一艘'阿拉斯加精神'或'守护者'这样的船，我不知道你是不是见过它们，简直是怪兽，美丽的怪兽啊，这些船……我曾登上它们之中的一艘，度过一个美妙的捕蟹季——它们还能让你摆脱鱼儿。"

"啊，是呀……"我说。

我想着午夜的太阳，而我坐在世界尽头，在蔚蓝而空旷的极地上方，摇晃小腿，吃着一个冰激凌，抽着一支烟，注视白炽的

---

① 阿拉斯加州首府，下文的布里斯托尔是阿拉斯加的海湾。

球体在天空绕圈,掠过天际线,永不翻车。

"在阿伯克龙比①兜上一圈,带上一箱啤酒,想着就美啊。"

"是啊,如果你有钱,买得起一箱。"

"阿伯克龙比?"

"啊,莉莉,你不知道阿伯克龙比?有天,你得上那儿瞅瞅。你会看到峭壁上的日出!"

"这我倒好像知道……但为了日出,还是有些晚了。"

"没错……啤酒始终缺不了。"

一块黏稠的诱饵夹在我的指间。我想起安迪给我的支票。

"如果我搞得定啤酒,我们上阿伯克龙比吧?"

男人们没有听见。我脱下手套。

"我要去一趟银行,然后回来。"我说。

我在船坞上奔跑。那艘花花绿绿的船上的伙计们呼唤我,我挥手回应。我捏紧脏乎乎的手里的支票。我走过拱廊。我听到一阵模糊的嘈杂声从"托尼家"张开的门传出。一个男人走出来。

"哦,亚当!"我说。

"来喝杯咖啡,莉莉,我请你。"

"我去银行,兑换一张支票。但我不知道他们为什么让我那么干,如果船长不跟去的话。"

"这里他们会给你兑换的。我熟悉那个女管事。"

---

① 美国北达科他州城市。

"拉上你身后的门!"

苏西打开她的保险箱。我们听到男人们的号叫声也低下来。她递给我两张纸币,笑容满面。

"你很走运,今天我有现钞。"

我与亚当在柜台碰头。

"这至少是我的第五杯咖啡了。"他说。

"你要害心脏病的,亚当。"

"你得出洞啊。你什么时候来看我?"

"当我们没活儿干时。"我回答。

我的小腿在柜台下不耐烦地动来动去。伙计们会以为我跟一个丑八怪出门了。

"你既然要干活,那在这儿做什么呢?"

"我得给伙计们买东西。他们需要饮料。"

"又是啤酒?"

"对。"

我大笑。我感受到巨大的负罪感。

"他们都有酗酒问题,这帮家伙。"

我抬起眼,看着亚当。他看着大厅,神情忧愁。

"你的第二栋房子,得花时间造吧?"我客气地问。

"哦,需要点时间……"他无力地回答。

他不再微笑。

我们四个都登上了达福的平板车。西蒙与我蜷缩在后方，翻折的座椅后，微型横座上。给矮小者准备的小位置。他们坐在前方，这些肩膀宽阔的男人。我们鱼贯而入"西夫韦"的酒水铺。伙计们立定在瓶瓶罐罐中，什么也不敢决定。

我们在平板车上开啤酒。我渴了，天气晴好。风从矮窗里涌入。我们前头，是林子间开辟的小道。还有十来英里，已是公路尽头。一个巨大的门厅，"阿伯克龙比"刻在上头。达福停下平板车，在漆黑的松木中显得特别红。我们走向峭壁。我们可不想攀爬这些斜坡，不如搁浅在草丛里，灌足啤酒。但达福指引着我们，直至天空与岩石之间。我们前头是闪烁的大洋。海洋呼吸着，气息巨大而缓慢。一些鸟儿经过，任由登上岩壁的微风吹拂。它们尖利的叫声，波涛撞在舷侧上产生的刮擦声，两者混在一起。

瑞德在岩石一角坐着，打开他的啤酒瓶，西蒙躲在更远处。而我犹豫着。达福面朝大海坐定，颈背倚向后方，双手紧贴腰身，不自觉地体会到了身体的灵活性。他大笑。

"达福，你为什么笑？"

他转过身。

"那艘海豹皮小艇，那儿，岩石右边，你看到了吗？那家伙不懂操作，他明天还会在原地……我也有一艘。有时，跟我女伴一块……但等等，我们也得喝上一壶。"

于是，我坐在他身旁。我喜欢他那海豹皮小艇的逸闻。

"我是个小伙的时候,也那么做。和我弟弟上林子……不去上课,几天不回家。我妈都疯了。我们有自己的海豹皮小艇,一个破玩意儿,经常差点把我们淹没……"

轮到瑞德说话。他的声音非常低,得探出耳朵才可听清,在剪水鹱的叫喊声和波涛的喧哗声中。他满满地倒上一杯朗姆酒,双眼已红通通的,脸也充血了。阳光刺得他眼皮上可见脉动。他驼着背,肩膀变得过于沉重。我转过眼。他沉默,望向远方。西蒙说了什么,我没听清。我凝视着变红发亮的天际线。夜晚的巨大铜版画降至海面。我想到巴罗角。

我们在"麦加"会合。亚森加入我们,郑重地请求我上他的船,捕捞黄道蟹。达福亲热地抱紧我的肩膀。一队音乐家在安置音响设备。

瑞德在柜台最昏暗的角落喝酒。我靠近,在一整个酒吧的阴影下,我不那么害怕。我沿着吧台,摇摇晃晃地走着,一些男人大笑着,我同他们一起笑。他们请我喝一杯。我说我是捕鱼的。这些人是海岸巡逻队的。他们祝我健康平安。我不再惧怕移民局。乐队开始演奏。唱歌的女孩身着皮衣,一条黑色的短裙,非常短,贴着她的大腿。我想要跳舞,喝到第二天早上。我蹒跚着,走到吧台。波涛的节奏注入我的腰身。

"我们可以跳舞,"我问瑞德,"你喜欢跳舞吗?"

他震惊地看着我。随后,他微微笑了笑——瑞德笑了,他说:"哦……当我年轻的时候……"

"你不老。"

他窘迫地微笑。我让他尴尬了。

"我三十六岁。"他低语。

"啊,你看。"

"但我不跳舞了。"

"我很蠢,你会发现,我的动作毫无意义,非常蠢笨。"

他还在笑。

"这不是蠢。何况,我一度很喜欢跳舞。但现在我进酒吧,就是为了喝酒。已成定局,你不相信吗?"

"好吧。"我回答,拿过一支烟。

他帮我点燃。

"谢谢。你从哪儿来?"

"宾夕法尼亚。离纽约不远。"

"是美国的另一头。"

"我都去过,所有州。"

"那你并不是一直都捕鱼喽?"

"我在阿拉斯加待了八年。之前,我在林子里干活。就是这样。我和父亲一块出门。我们一直到处转悠。我们在路上找活儿干,造房子,几乎什么都做,尤其是伐木……我们不富有,但我们赚的钱常常也不少,足以支付旅馆的房间,上酒吧,让姑娘们时不时上门……没错,我们得找乐子……好些年,我们都这么干,从一个州到另一个州,从一个酒吧到另一个酒吧,从一个旅馆到另一个旅馆……"

"那阿拉斯加呢?你怎么到这儿的?"

"我们分开了……我父亲在苏厄德①找了份活儿。一个林子里的工地。他让我来的。我在船上干起来。我再没停工。"

"那你没有自己真正的家喽?"

他笑起来,这回并不快乐,漠然地笑。

"不。我上工的时候就有船啊。上岸的话,有时住旅馆。还有酒吧。你不觉得这就够了吗?"

瑞德沉默。他压实自己的凳子,看着眼前的女服务生,酒瓶的排列,酒吧的晦暗,似乎不再看我。他重新点燃一支烟,咳嗽,身体控制不住地震动,面孔变作紫红色,气息短促,双眼迸发光芒。片刻,他又变作那个高大的水手,肩膀舒展,胸膛鼓起,强壮的腰肢随着波涛的节奏而摆动。随后,他蜷成一团。他拿过酒杯,一气喝完——又要了另一杯。

"我们以为你走丢了。"达福说,我走回去,倚靠在他们那儿的吧台上。

他重启同亚森的谈话,后者为捕捞的配额而激动不已。我想要返回。在蔚蓝的夜色中,重回船上甲板。我不再想笑。我抽过的烟让我嘴里只剩苦味。我环视酒吧。只剩下醉醺醺的肉身。我也是醉醺醺的。我在港口的水流之上度过前夜,夜晚缓慢降临,无可触摸。

"我要回去了。"我看着瑞德那一边,说道。

我希望他转过头。可他忘了我。他喝着酒,仅此而已。我觉

---

① 阿拉斯加州基奈半岛东南部城市,也称"不冻港"。

得自己十分蠢。片刻间,世界对我像是一片荒漠:独自返回船上,睡下,为了重新开始一天,再继续,我似已无力支撑。然而,有什么别的可做的呢?我把自己散落在柜台上的零钱收起,把我的烟滑入靴子。背后有个人抓紧了我的肩膀,猛烈摇晃我,仿佛要让我来个前滚翻。

"你啊?"我大笑,"可你干吗呢?"

"我渴了……喝一杯,我请你。"

是瘦高个儿。他大笑,也许因为吓住了我们而骄傲,快活得仿佛从远方归来,经过一次漫长的缺席,饥渴难耐,似乎年轻了十岁。达福爆发出一阵惊讶的大叫,瑞德转过身,试图微笑,西蒙对着他的方向举杯。我们很高兴,他终于加入我们。忘了"匿名者戒酒协会"吧,玩笑背后是沉默的尊敬,当他从团聚之地离开。我们每个人都请他喝,一批接一批。我们由衷地希望他高兴,感谢他让我们相聚。

我忘了要回去,瑞德的在场不再吸引我,不再排斥,也不再烦扰。一切重新变得简单。只剩下大笑和饮酒,任凭自己卷入旋涡。瘦高个儿在一边狂喜,大叫,喝酒,大发雷霆,回到他像个泼猴的时候。

有人拍了拍我的肩膀:"嘿,莉莉!"我没来得及转身,亚已跳起来,拳头紧握。

"把你的脏手拿开……让她安静会儿,你没看见她和团队在一块吗?也许我应该让你明白些?"他叫道。

"但这是马蒂斯,"我也叫起来,"别这样,这是个朋友!"

这是请我吃滚烫的爆米花和啤酒的马蒂斯。我在船坞上游荡，等着我的船时，他听着"母亲海"哭泣……马蒂斯呆立了一会儿，嘴巴微张，依然试图微笑，结巴地蹦出几个词，宽阔的脸庞惊讶且受伤，一双桃花眼好像总是含着泪。船长继续走到他跟前，威胁着。于是他退缩了，融入喝酒的人群。

"但这是马蒂斯，你为什么这么干？"

"见鬼去吧，马蒂斯，还有所有那些想碰你的婊子养的，只要我在这儿，在酒吧里跟你一块儿……去吧，喝光你的杯子，我渴了。来份一样的！"他对着女服务生喊，"金汤力①和兰尼埃！"

我喝完啤酒，递出杯子，再来一轮……吧台变作宿营地。我的杯子加倍时，我想走了。

"你醉了。你会倒在港口。留下吧，我们一起上路。"

"不，我现在就要回去。我会注意。我不会摔。"

"等等我们。又不会关门……不确定啊，在这样一个时辰，街上满是醉酒的男人盯着你呢。可能都会发疯。"

"我走了。我总是一个人回船上，有时酒疯子也不少。什么也没发生过。"

"我陪你。"

我离开混乱的人群。风落下。我颤抖。还不错。空气干净且寒冷。我立定于"麦加"边境的高处。船长与我作别。一些光线呈现金色圆柱状，反射于港口几乎起皱的黑色海面上。山的影子

---

① 一款鸡尾酒，源于英国的孟买蓝宝石金酒。

突显于天空,深处的"气压计"峰还盖满雪。一只鸟在叫喊。亚推开门,他在这儿。

"我没那么醉,"我说,"寒冷的空气对我有好处。你应该待着。"

他推搡了我一下,我从边缘处跌落。很高。

"莉莉,"他大叫,"哦,抱歉,莉莉……"

他奔上前来,又蹲下,将重重摔在柏油地上的小麻雀捡起。我笑得太厉害,没法立刻起身。

"见鬼的肋骨!"我终于蹦出一句。

我们返回,在海水游弋的倒影与静止的天空之间,一只灰暗的海鸥,一抹宝石蓝的夜色。

"你看,跌下来也没人理,溺死就是这种时候发生的事,喝醉以后,"他沉重地说,"你失去平衡,你死了。真得由我把你带回去。"

滑溜的浮桥略微摇晃。我们的脚步声喑哑地回荡在潮湿的林子里。我注视水面,生出敬意与恐惧。

"但我不会死,"我说,"我会游泳。如果我掉下去,能爬上岸。"

"不,你会死。并且没人会知道。如果你遇到一个畜生……"

"没别人。"

"那不算。就是这样。有人可能会利用。"

我们听到一阵马达声。"阿尔尼"号起航。

"我不会再推你了,我保证。你没不舒服吧?"

"哦,没。"我们大笑。

"他们会认为我有意推你的,在'麦加',我不喜欢这样。"
他皱了皱眉。

"你只能回去跟他们说这不是真的。"

"我信。"

"为什么今晚你来酒吧加入我们?"

"想来而已。我愿意的话,就有权这么干。不是吗?我又没跟'匿名者戒酒协会'结婚……你当我是傻子吗?"

"不。我不喜欢每天晚上别人把你独自抛在船上。但我们为什么要喝酒呢?"

"因为我们蠢。"

"对,但为什么蠢呢?"

"你让我累了,莉莉,你让我又渴了……"

休息舱的灯光还亮着。当我们返回船上,白色氖管灯令人目眩。

"我们甚至没吃饭呢,"我叹气,"见鬼……明天吧。"

他嘲笑我。我们对视。面对面。捕捞已结束。我们一起艰辛地工作。他胜任了船长的角色,需要的时候便吼叫。我忠于自己的角色,屈从于船上法则的新手。他探出一只手臂,抱住我。我的手伸向他的脸庞。我的指尖掠过他的面颊。他的唇飞快地贴了一下我的。我与他保持距离。

"我得睡了……"我说。

他走开了。我躺下。我大笑,直至一切在体内翻滚,胃里一片混乱。困意袭来，如一记狼牙棒。

船主的吼叫使我们醒来。我们重新坐起身，脑袋发昏，仿佛被疯狂地捶打。我们不发一言地起床，在狭小的舱室里相互挤撞。我们找着自己的袜子、棉裤及汗衫。我们自觉愧疚，像是一群不合格的士兵，临要上前线，被抓包还在睡觉。有人飞快地热了咖啡，我们来到甲板上，杯子拿在手里。安迪得叫醒瘦高个儿……我为他难过。船坞沐浴在阳光之下。瑞德点燃一支烟，大声吐痰，仿佛要把一整夜吐掉。我保持距离。西蒙抱怨着自己的偏头痛。

"你为昨晚买账。"达福说。

他去甲板尽头撒尿，揉了揉眼睛，打了个哈欠。我帮西蒙将木桶置于桌面上。我们费力地投入工作。寂静被瑞德喉咙发出的声响所打断，有咳嗽，有吐痰，还有压抑的叫骂声。

"疯了，把我们这样弄醒，"我说，"毕竟我们在船上，就像在家里。"

达福耸耸肩。

"我们是在他家，他想怎样就怎样。对他来说，等我们干完，回收他的船，已经不早了。为了供给船的渔季，得把一切准备好。"

我忘了安迪。我的胃不舒服。

"我饿了，"我说，"整个人瘪了。"

船长现身。我脸红了。我把鼻子探到木桶里，注意力集中到一根铰接线上。

"伙计们好，"他大叫，"今早恢复了吗？我吗，我头痛得炸裂，嘴也非常干。"他对愿意听他讲话的人喊道。

他的声音应该能传到船坞的另一头。但他的心情不错。

"你呢，莉莉？比昨晚好些了吗？"

我脸颊发烧。我的手颤抖，不听使唤地拿着一根用于铰接的线。我抬起眼睛，发现他大笑。

"啊，这个莉莉……神圣不可侵犯。"

伙计们朝我转过身来。

"你们不会猜到，昨晚我带她回来时发生了什么……"

达福已在笑，露出全部白牙。黄色的眸子盯着我看。西蒙等着。

"好了，我醉了！"我绝望地说。

"我想要吻她。"

"啊？什么？你差点得逞？你搞定她了？"达福幸灾乐祸。

"我想要吻她……她看着不像，可她就是头不可侵犯的母老虎呀……给了我一记耳光！"

我松了口气。瘦高个儿朝我微笑，带着嘲讽之意。我回以微笑。达福爆发一阵大笑。"我们的小法国人。"他说。瑞德看着我，交织着尊敬与讶异。西蒙不当回事。

船长去给俄克拉荷马州挂电话。他会把一切告诉他的妻子吗？背弃了"匿名者戒酒协会"的誓言，醉酒和最后之吻？毕竟是吻……邻船大声的广播传来。安迪重又现身。一个矮胖的男人陪着他。他的双眼湛蓝，很圆，也分得很开，在一张月亮似的脸庞上，一半隐没于一顶毡帽里。

"你好，高尔第①，"达福说，"你似乎又上船了？"

高尔第摇了摇圆滚滚的脑袋。他向我伸出手，脸颊粉红。他十分友善地微笑。

"你愿意跟我一起，参与供给船的渔季吗？"

就这么定了。高尔第小步走开，黑色毡帽下似勿忘我的眸子……我还不能去巴罗角。

很快到了正午。很快吃饭了，我想。瑞德咳嗽。达福打呵欠。酒劲正在消失。

"我们得再喝一趟。"西蒙说。

"我不行，我的女伴今晚回来。"达福回复他。

瑞德什么也没说。

"我饿了。"我叹息。

船长回来，比任何时候都激动。他刚在银行遇到安迪，后者问了他的情况。

"可怕！"亚大叫，声音传遍银行，"我昨晚醉得像一头猪！"

人们就当什么也没听见。安迪哆嗦了一下，什么也没答。又是一个"匿名者戒酒协会"的，安迪。瘦高个儿挺高兴。他止步于"西德马克"门前，一个港口上方带酒吧的旅店。能看到他眼神中的光彩，他一定喝了几杯金汤力……他不停地说话，还想帮我们清洗延绳钓。我们给了他一个桌边的位置。他重复讲他在"野蛮莉莉"那儿遇的挫折。男人都对这个故事感到疲倦了，他还

---

① 其人原名高尔登（Gordon），口语中常被称为高尔第（Gordy）。

坚持。他的语气变了。

"你或许想找一个更有钱的?"他直直地看着我的眼睛,"一个更有钱的、更强壮的?"

我耸耸肩。

"是呀。"我愤怒地低语。

我把手套扔在桌上,去找一杯咖啡。他在休息室单独找到我。

"莉莉,我想过了,我们结婚吧,如果你愿意。"

这可是瘦高个儿在对我说话,一个脸上有擦伤的苍白的成年人。他的双眼等待我的回复,闪耀着如此强烈的光芒,甚至还可以说是湿润。我注视着他。难道我还做了什么?我想着。

"我不想结婚。你有一个妻子和一些小孩。你得回俄克拉荷马州。我要上巴罗角。"

瑞德此刻进来。他注视着我们,看看这个,又看看那个,神情疑虑。

"能借过吗?"

我回到甲板上。我忘了咖啡。阳光耀眼。我感到沮丧。男人们重新估算船上大比目鱼的货载量。我们今晚便卸货。

"我们今晚怎么组织?"西蒙问。

"瑞德、乔伊和我,我们负责一切。"达福说,"是我们的活儿。就是结束时,得清扫货舱,每个隐蔽的角落都要消毒和刷洗。但大部分活儿由我们来干。"

西蒙垂下脑袋。我们对视。

"我们只是新手。"我对他说。

他微笑，嘴角泛起一丝苦涩。

"是呀……只是新手，拿半份工钱的。"

马蒂斯下午经过。他醉了。我们都在干活。他在浮桥上左右晃。

"你们那婊子养的混账船长在哪儿？"他冲着最近的瑞德喊，"帮我去找他！如果他敢来，让你们瞧瞧谁最强……"

船长就在那儿，他听到了。他从昏暗的角落走出来，脖子扭向船坞。

"你似乎找我？"

"就是你，狗娘养的，昨天晚上对我说混账话的……而且，还在别人面前……你再说一遍试试，让我修理你，整整你那张鸡奸犯的俏脸。"

他沿着浮桥走远，跌着跟头，依然大喊。

瑞德的下颚收紧。

"这是在威胁你，是我的话，不会让他那么干。"

"说得对，"热斯说，"蠢猪的种儿不配这么对你。"

"我找他去，"亚说，"让那个该死的杂种向我道歉。"

他把手套扔在甲板上，跨过舷墙，跳上船坞，矮个子热斯在他身后蹦跶，赶上这一双瘦长腿。西蒙大笑。达福不发一言。

"我希望他们别把他扔下港口，"我对达福说，"他什么也没做，马蒂斯。何况，他也有点道理。"

"没错，"达福说，神情显出一丝黯淡，"蠢事呀，倒霉蛋的那档子事。但你别担心,他不会被他们扔水里,不会在白天,人太多。"

五分钟后,我们的两个男人回来了。他们微笑着。我不敢问他们是否把他杀了。热斯返回午休。

"我今天干得够多了,"亚宣布,"我把自己都折了。午夜卸货,伙计们。十一点,船得到罐头食品厂……九点在这儿集合。"

达福径自走了:"我有个活儿的约……"西蒙要睡回笼觉。唯有瑞德与我留下,待在延绳钓前。我们继续静默着。这当口,乔伊来了,一个家伙跟着他。

"你们还干活?我们结束很久了。我们!"那男人说,"不过,你们也赚翻了吧……"

瑞德没回话。那伙计衣着簇新,从口袋里掏出一沓钞票,晃了一会儿,仔细修过的脸上浮现自负的神情。他从头到脚打量我。

"一个小妞……"

他向我伸出一只手,被我狠狠捏着。

"够强壮的!走,来吧,上'托尼家',我请你们一杯。今晚,我要一醉方休……"

瑞德把他的手套扔桌上。

"这主意不坏。"

我看着他们离开,乔伊转过身。

"你不来?"

"我可以吗?"

"当然!如果有个蠢驴说要请我们喝一杯,当然也有你的份儿。"

他们走在前头。我们跟着。我瞥见马蒂斯在"卡亚地"号前,没准儿更醉了,对我大幅度挥着手臂。这让我稍许宽慰。他们没把他扔下港口。我挥手回应,远远地,不希望故事重演。我不能错过别人的请客。

酒吧笼罩着一片不似真实的混沌。渔季末。伙计们全厌烦了。他们在岸上待了太久。最近一次捕鱼以来,他们的力气已恢复,不知做什么好。今晚,不是吉米·本内特[1]在自动点唱机前哭泣,而是"大门"[2]和"AC/DC"[3]在号叫。乔伊站上"叛逆者"时,已有些醉,他倒在吧台上,额头黯淡,执拗地灌"百威",标牌都被他缓缓撕下。我专注地喝自己的啤酒。没来得及喝完一杯,别人便拿来另一杯。我感到无聊。女服务生在我面前摆了一杯威士忌——人家请我的。得喝完。身旁有个家伙想跟我搭话。我们听不见彼此。他退缩了。另一边,乔伊向我倾吐他的辛酸,声音模糊:"一个黑印第安人……就是个脏乎乎的黑印第安人……"晦涩的老一套。随着独语,他喝得越来越放肆。今晚,若得回船上卸货,他会喝到倒下为止,他就只会是一个脏乎乎的黑印第安人,满腔怒火,复仇之意。乱糟糟。

我看着墙上的挂钟。我站起身。

"谢谢。"我对请我们喝酒的人说。

---

[1] 美国演员,代表作有《星际迷航》等。
[2] 美国摇滚乐队,1965 年成立于洛杉矶。
[3] 澳大利亚摇滚乐队,1973 年成立于悉尼。

乔伊欲挽留我。他刚点了一杯啤酒。

"不,乔伊,得九点回船上。我先走了。"

他把头埋入柜台,依旧嘟囔:"黑印第安人……"

我走了。瑞德叫我。

"等等,我跟你走。要不然,我走不掉了。"

他困难地起身。身子略为摇晃。我等着他。他犯难地走到门口。

外头,有光亮。我嘴里一股苦味。烟草与啤酒。瑞德吐两人份的痰。他差点跌倒。我伸出手臂,帮他重新站直。他的脸通红,几杯酒的工夫,他苍老了许多。我不敢看他,惧怕他的目光,凝固而迟钝,无力的、半张的嘴唇,模糊的线条,似乎熟透的皮肤,纵横交错的细纹与泛紫的静脉。

"走吧,来。"我说。我慢慢地走。我挽住他的手臂,穿越马路。他任由我指引,如同一个昏昏欲睡的小孩。我们沿着码头走。我抱着他的手臂。太阳马上将消失于山后。一些海鸥飞过,发出嘲笑之声。高得多的地方,两只鹰无视我们,围着自己的轴心打转。而我们踏着沥青马路。走到白色木头长椅处,他想坐下。

"我们停一下再走……"他说。

我们正对小船队坐下。他点燃一支烟。

"请给我一支,我没了。"

他睁开一只眼,十分讶异,这才发现我的存在。

"那你让我吻一下。"

"不行。"

"行。"

我犹豫片刻。我的嘴唇飞快地贴了一下他的。

"再进一步。"

我重吻他。他用一只沉重的手抱住我的脑袋。他拥吻我。他的嘴里有威士忌味和烟草味。我与他分开。他任由我去,靠着长椅,闭上双眼,气息滞重。我不敢提醒他香烟的事。那儿,港口的明亮水面下,正是"叛逆者"庄严的船体,一条黄色的镶边勾勒着黑色的身形。我们得上船等候。

瑞德睁开眼,试着重新站起来。

"我们上旅馆……"他缓缓地说。

我看着他,他的眼皮不由自主地闭着,脑袋在胸前轻轻摆动。

"得回船上,瑞德,我们马上要换地方。"

"我们上旅馆。"他重复着,语气迟缓而单调。

我觉得他没听见我的话。

"随你的便,我回'叛逆者'。"

"等等……先告诉我……你是不是一个女人?"

我猛地一惊。我盯着他片刻,并不理解。

"为什么这样问?我又不像个男人……我脸上没胡子,没有你们这样的肌肉……别人从不会这么对我说……他们很清楚……首先,我的声音就很轻,以至于没人听得见。"

"我不知道……我们甚至不知道你有没有胸。毕竟我从没见过。也许你就是个很年轻的男人。"

我望着天空,脏乎乎的陡坡上满是凹陷的易拉罐,一罐二十六盎司的伏特加滚到地上,在我们眼皮底下。

"回答我,你真是一个女人吧?"

"我觉得是……"我低语,"毕竟我的护照上写着'女性'。"

"那就上旅馆,让我知道。"

"随你怎么办吧,瑞德,我回'叛逆者'。"

"我们可以先上旅馆,然后……"

"我累了。我们要迟到了。一会儿见。"

"等等,我跟你走,"他无精打采地说,"我们上船,你睡我的床铺,我睡你……"

我起身。走了几步。我转过身。他没动。我回去找他,拉起他的手臂。

"走吧,来,我们回得太晚了,会有麻烦的……"

我不放开他的手臂,直至浮桥。我们走下舷梯,步履缓慢,有人与我们交错,带着微笑,我保持严肃。我放开他的手臂,"叛逆者"仅几米远。两个伙计从"阿尔尼"上下来,一艘老拖轮,每晚从港口进发,拂晓时分回归。瑞德停下。他立着,小腿摇晃,挡住他们的道。他的眼睛发光,他困难地吐词,含混地嗥叫。

"嘿,你们两个……你们那混账船长在哪儿,该死的婊子养的,抢了我的'阿尔尼',本来这船是要托付给我的。"

伙计们大笑。

"应该在城里,你来的地方,那才是别人要委托你的地盘。"

瑞德透过裤子的轻薄棉芯,抓住自己的生殖器。

"你们跟他说……我要对他说……舔我的××。"

我回到船上。男人们在休息室里,给自己弄三明治。船长还不在。我进入时,达福微笑。

"你来啦……没太醉吧?瑞德呢?"

我朝着甲板的方向做了个手势。

"我觉得他不会再晚了。"

我们听到甲板传来一个喑哑的声响,一些咒骂,一个木桶滚在地上。

"应该是他。"

我们发现他失去意识,瘫倒在食品储藏室和一堆木桶之间。达福摇着他。

"嘿,老兄,醒过来,你要醒酒。我们今晚卸货。"

"来点咖啡?你要咖啡吗?"我大叫。

他睁开眼,似乎点了点头。我奔向休息室,用微波炉热了咖啡。我捧着冒烟的杯子回到甲板上。

"醒过来!"达福大叫,"你得喝了这个,在船长来之前爬起来!"

瑞德又合上双眼,再也无力把自己从昏睡的状态拉回来了。

亚来了。我返回,手中的杯子不知如何处置。

"他倒下了……"达福说。

我们不发一言。瘦高个儿面色苍白,沉默了片刻。他的延绳钓手,与他共苦的得力的工作伙伴,倒在了甲板上。瑞德睁开眼。他空洞的眼神奋力聚焦,眼皮扩张,掠过一阵惊恐。他试图重新站起身，两人的目光对接，瑞德既恐慌又羞愧，另一个的心绪也极为混乱。如果换个场合，或许亚会拍拍他的肩膀，然而此刻，他得扮演船长的角色。他大吼——带着迟疑，让他回床上醒酒。瑞德站起来。他头埋入肩膀，弓着背，踉跄地回到舱室。

亚转向我，露出一个悲惨的笑容。

"你看，酒精就是这样……"他说，"但最后，都可以应付的，不是吗？"

亚不发一言地回到操舵室，对着港口坐下。我们等了两个小时。瑞德始终起不来。于是他下了命令。我们将船解开。已是午夜，我们离开停泊地。达福与西蒙都无法叫醒瑞德。乔伊也醉了，可还能站住脚。达福看着西蒙和我。

"抱歉，伙计们，我们需要你们的帮助……你们下到底舱，帮我们搬运大比目鱼，一条条地运，因为入口太狭窄，得把工厂的特制渔网①放入。乔伊跟我负责甲板上的其他事。"

外头很冷。我们把船系在木头墩柱上——唯一的船，我们肯定是最后卸货的。船长来到码头上。我们穿上防水衣，疏通甲板。西蒙与我跳入底舱。冰已融化。我们涉水而行，鱼光溜溜的，踩到还会打滑，靴子里浸满冰冷的血水。我一咳嗽，肋骨的疼痛还会提醒我。我望着西蒙，这成吨的鱼得由我们抱出去。他也局促不安。最后，我们相视一笑。也只能笑一笑了。

一个罐头食品厂的工人从船坞上向我们投下一张厚重的方形渔网，达福与乔伊令甲板顶住船坞。我们送出他们扔在渔网上的黑鳕鱼。堆得足够多了，便把滑车的绳索放下。伙计们固定住渔

---

① 放入货舱的网眼密布的渔网，以抄网出鱼。

网的每一角，随后散开，让这一切升上工厂码头，称重。黑鳕鱼之后是小鳕鱼，再后为石斑鱼，这些"蠢鱼"的眼球突出。舌头也一直没消肿，尽管在货舱里待了许久。

稍微歇一会儿。乔伊递给我们每人一支他刚点燃的烟。我试图去接，却在大比目鱼之间滑倒。我整个身体都跌倒。大伙儿笑了起来，我不知该笑还是哭。随便了，并无太大差别。达福给我们带来甜味的冰可乐。他同一个工人交谈，神情变得阴郁。

"坏消息。"他终于说。

"怎么了？"西蒙问。

"我们肯定违章了，黑鳕鱼的配额应该是大比目鱼货载的百分之四。六百四十公斤鳕鱼，也就意味着我们得有九千五百公斤大比目鱼，我们逃不掉罚款……"

"然后呢？"西蒙回答。

"那你赚的可能都不够你在'托尼家'喝个醉……好了，轮到大比目鱼了，你们能把它们运上来。当心，你们的钩子不能伤到鱼的身体，钩的永远是鱼头。我们不能再因为跌价的大比目鱼而被处罚……"

水还是渗入我们的防水衣。沿着我们的手臂流到手腕，直至淌到腋窝里。我们立马湿透了。我们用鱼叉叉住硕大的鱼儿。把它们从移动的堆垛上取下，得找个支撑点，会经常滑倒。达福与乔伊向我们尽可能地倾斜身子，抓住挠钩，把鱼儿送上甲板。

"你肋骨疼吗？"

"有点儿……"

我做出一个鬼脸，带着微笑，双目含泪，脸上盖了一层血红的黏液。西蒙缄默，他湿淋淋的头发下，苍白而凹陷的脸部线条变得结实。他接替了乔伊，后者比他大二十岁，太醉了，将钩子还给他时，差点伤到他。我讶异地望着他。他即将成为一个男人，将让别人承受他曾被加诸的一切。

我们在底舱待了数小时。活儿进展得十分缓慢。我真正冻僵的时候，就想起睡觉的瑞德，愤怒重新赋予我力量。于是，我抬起脑袋，伸出手臂，把挠钩和一条大比目鱼递给达福，我看到瘦高个儿从船坞望着我们。他嘲笑着这两个新手，湿淋淋的，身上全是泡沫和脏水，头发贴着前额，发绺已僵直。他大声叫着什么。工人们跟他一起笑。我咬紧牙关。我露出微笑。该死的肋骨，我想着，该死的船长。我又刀枪不入。

我们头顶上的天空泛白。亚去睡了。我们从底舱搬出了超过一万公斤的鱼，已是黎明。最后的鱼儿个头最大，倚靠滑轮装置升上去。达福拿来梯子，让我们爬上甲板。西蒙与我对视。我们向彼此微笑，基本完工。我们仅须清洁底舱。

"交给我吧，"达福说，"你们去取取暖。"

很快，天色已亮。乔伊叫醒船长，我们将缆绳解开。我不再咳嗽。空气带着寒意，显得生冷。船发动的时候，扬起一阵微风。远处，港口尚在沉睡，船队静止不动，如同睡在珠宝盒内。两艘地曳网渔船驶向我们，悬于空气与大海之间。他们的帆并不牢固，已折断于薄雾笼罩的水上，海水为黑色，漫布于拂晓的绸布上。

"叛逆者"停泊……西蒙给我一支烟。他发光的双眸下，有着深深的黑眼圈。达福也来到我们这儿。他不再微笑。他握紧我们的手,一个挨一个。

"你们干得太棒了,伙计们。谢谢。"

甲板上还剩乔伊,他把放置一旁的鱼身上带着的网切断,还有西蒙和我。我们饿了——我们吃过吗?

水流撞击船身,发出汩汩声,停泊之处并不变动,沉浸于乳白色的睡意。大伙儿终于都睡了。我独自与海鸟一起,潮汐的气味冲鼻。又在空荡荡的马路上奔跑……但我还是回去了。我将睡袋置于舱室里。空气令人窒息,一种汗水蒸发的味道,还有潮湿衣服挂身上风干的味道,靴子与袜子的难闻气味,混着酒气。瑞德沉重地呼吸着。我不想听到他喘不过气来,或在厚重的睡意中尖叫。我到达操舵室时,天上的光亮令我目眩。正如初时,我在潮湿的地板上找了位置。我头上的盐分已析出。我一下就睡着了,额头抵着脏靴子,脸上剥落着黏液与血,能感觉到一阵轻柔的热感。太阳露面。金褐色的斑点在我的眼皮上跃动。

我睡了两小时。随后,我起身。我的身体到处疼痛。没有一丝声响。男人们睡着。是时候走上马路了。我卷起睡袋,放在一角。我下到底舱。乔伊的小刀还在桌上。刀面上有一些干燥的血迹。我把脸放在水龙头下来回冲刷,用手指解开最粗的发绺。我离开,有人站在纵向通道的阴影里。是瑞德。我转过头。

"我要出去喝杯咖啡。"我说。

他不敢看我。我变得温和了一点。

"你好。"我加了一句。

他没回答。我朝大门走去。

"我能来吗?"

"随你。"我低语。

船坞空无一人。我们走着,不发一言,随后——

"你们昨天真的没法把我叫醒?"

"我们做了能做的一切。你甚至不肯要咖啡。另外,咖啡对你也没多大作用。甚至到了午夜,达福和西蒙都没法让你动弹。他们试过了,但是……"

一阵静默,瑞德低下头。我们来到港口办公室。三只乌鸦在垃圾箱上争抢一块东西。

"船长得疯了……他说什么?"

"没说什么。他送你去睡觉了。很显然,你没法在状态了。"

"是呀,你的意思是他还在我肩上友好地拍了拍吗……"

"他没吼叫,没有,他做了一个怪腔,他对我说:'你看,酒精就是这样……'然后便回了操舵室。"

我们来到前夜坐上的长椅。我脸红了。他应该都忘了。但是,讲起来,他一直觉得我不是一个女人吗……我抬起肩膀,让胸部更挺拔一些,尽管别人也不会注意。

"你们怎么解决的?"

"照常。西蒙和我下到底舱。我们把鱼传给达福与乔伊。肯定比你在的情况下更费时,但没人嘶吼,也没有别的船等着了。"

他低头走着。我感受到他的羞愧。太阳升起于锚地之上。我们经过酒吧,沿着拱廊走。我不再怕他。

"不会再发生了,"他以喑哑的声音低语,"再也不会。"

我们于太阳底下饮咖啡,在咖啡铺的唯一一张桌子上。他向我表露的神情,仿佛是一个男人邀请一个女人。我们喝得太快,烧着喉咙,因为我们不知再说什么。一个人的窘迫致使另一个也瘫痪。我们像两条蠢笨的绯红鱼儿。胖墨菲才让我们放松下来。他走来,摇晃着硕大的身躯。弗朗西修士的庇护所放他在城里转悠。墨菲离开时,感谢白天的到来。他的脸庞在街道尽头闪耀。他朝我们看了一圈又一圈,目光里闪烁着一束快活的微光。

"嘿,瑞德,莉莉!已经起来了?"

当他放下全身的重量,椅子发出呻吟。两个男人对视一笑。瑞德重新坐直,鼓起上身。我再次缩得更小,脸也红了。墨菲在他的口袋深处寻找硬币。

"我给你们买一杯咖啡!莉莉,要来份点心吗?"

我不敢答应,不敢在这两个只摄入威士忌或可卡因的高大男人之间回答"是"。墨菲起身,椅子随之挺直,他回到咖啡铺,滚动着肥大的屁股。

"这是个很老的朋友。"瑞德说。

"我知道。他跟我提过你。"

瑞德长久地看着我。他皱了皱眉。他定了定神,垂下眼睛。他没资格做回男人样,至少,昨晚发生的一切之后,他没那个资格。

"对。"他终于说——并点燃一支烟。

"你会待在'叛逆者'上吗?"

"它得作供给船,整个夏天,这不是适合我的活儿。"

"对,但等到冬天,在白令海,用铅丝笼捕捞小鳕鱼,再是螃蟹呢?"

"我不知道。如果我经过那儿,如果亚重新掌船,如果他一直需要我……我想是的。这是一艘好船,'叛逆者',亚也不是一个坏船长。"

墨菲带着咖啡回来。一个微笑再次浮现于他的脸上。他转向我。

"这是个好伙计,瑞德,'伟大的瑞德'……你可以信赖他。"

瑞德尴尬地笑。我又脸红了。墨菲握住我的手。

"手差不多啊,妈的。我从没见过一个女人有这样的手。看,瑞德,她的手跟我的一样宽,一样硬……但满手伤痕,很多缺口,你从不戴手套吗?"

"哦,不是,我戴。但手套被刺破的话,我就不管了。"

"应该照顾她啊,瑞德,你跟她一起工作,得照料她点。就好像她的手出了问题,她自己熬过了,而你什么也没看见?"

"闭嘴,墨菲,毕竟是我每天早上给她一些药,也是我去找船长,让她歇工的。"

"或许我们应该走了。"我低语。

我们起身。墨菲向我眨一眨眼,瑞德这会儿站得可直了。

我们一言不发地回到船上。瑞德找亚道歉,他不在。达福与西蒙没完全醒,以一种愁苦的神态看着我们到达。我们拿起木桶。我们重新投入工作。城里的咖啡香味已飘远，瑞德和我重新保持距离。达福与西蒙往上层甲板升起延绳钓，走到阳光底下干活。我们待在挡雨板的阴影下。瑞德醒酒之后，便不再骄傲。我看到他经常停下来，扯下手套，把手放在嘴唇上。他呼着气，搓着手。滚烫的面孔上浮现一个博取同情的鬼脸，他可怜地吮着自己的手指。

"不舒服吗？"

"这些手指……有时能感觉到。应该是某个冬天，用地曳网捕鱼时冻到了……经常不舒服，但是今天早上比以往更糟。"

达福跳上甲板，似为恢复气力的健壮运动员。阳光笼罩舷梯，也洒满他的周身。

"莉莉告诉你我们捕了多少鱼吗？"

"她什么也没说，除了我不想要她的咖啡，还有你拼命摇晃我，毫无效果，我像个生了病的杂种。"

"一万一公斤，你有理。不过，对于黑鳕鱼而言，算是个不太理想的消息……这一点是我看得准。"

"是吗？"

"我们被耍了。我们肯定得罚款。收成的百分之四，不会超过这个极限。"

"算过要多少钱吗，这笔罚金？"

"据我所知，至少五千美金。直接算在我们头上。"

"我们掉了家当，又超了鳕鱼，这一季一个子儿也赚不了，你啊，还大笑……两年多来，我像头野兽一样工作，却一无所获。"

我找到休息室中的达福，要了一份三明治。

"他没那么厉害了吧，瑞德？因为昨晚的事？"他问我。

"有点因为那个。还有，他的手不舒服。他说他的手指有一天被冻坏了。"

"他应该上医院看看。今天下午，我们要把剩余的诱饵带回工厂，把整块冰打碎，从小底舱中移开。如果他的手指冻坏，那以后也不行了。还有个严重的后果，会引起愚蠢的流言。"

"对，他可能会生坏疽。"我回答。

亚带他上医院。他们不久便回来了。船长大声叫嚷，让我们上罐头食品厂。瑞德没有生坏疽。我翻开我的枕头，帮他找了一些可待因镇痛片。他从褡裢里找出小瓶，就着酒吞下三片药，一片片地吞。

我和西蒙徒手将一万一公斤的鱼卸货，只睡了两小时。这会儿，蹲在底舱里，我又用镐子破着冰。我不累，或许永远也不累，也许因为干活的欲望十分强烈，我毫无倦意。诱饵盒被我们搬出，却从手中滑开。柔软而光滑的小东西消失于底舱浑浊的水中。船长大吼。

"这不是我们的错……"我低语。

我们在一锅发咸的糊中行走，冰已融化，纸盒已分解，我们回收着枪乌贼。我们的手套被刺穿。瑞德愈加频繁地停歇。他的脸挛缩着，仿佛哭了。

"我来干吧，"我说，"我们人数足以应付。"

他固执地拒绝。达福搬来一个泵，用来抽水。冰结在底舱的深处与旁侧。我抓住瑞德手中的镐子。

"让我来吧！"我更大声地说。

他犹豫片刻，随后回到甲板。洞眼里只剩我，奋力铲除最后的冰皮。寒意侵入我的手指，仿佛指甲也已脱落。

"莉莉！从里面出来吧，现在，可以结束了。"

他们在上头喊我。但我还不想停下。我身上的力气使不完。

"来吃中饭，莉莉！"

我从昏暗的洞眼里探出头。外头是太阳。我眯起眼。船长、达福、瑞德和西蒙围着我。我看着他们四个，一个接一个地看，忍不住大笑，快活地摇晃身子，又转过头，享受夏日的天空。我闭上眼睛。重新睁开眼睛时，男人们还在我的身旁。他们盯着我，神情越来越讶异，也越来越温柔。

"好了，莉莉，里头到底有什么好玩的呢？"

亚和达福一人握住我的一只手腕，把我从底下拉出来。我又大笑，同时升上来。

"我飞啦！"

我们揭开船的绳索。"叛逆者"重新发力。我对着舷墙蹲着。阳光在水面上弹射，令我的肌肤发热。我柔软的棉质长裤下，小腿的肌肉结实，裤子则已在某天发白，仿佛第二层皮。腿上可感受夏天的热量。我闭上双眼。重新睁开时，我发现瑞德蹲在几米远处。我长长的大腿可是女人的腿，我发誓他懂的。

"太阳不错。"他说。

回到港口后,天气就变了。一场细雨落下。雾从西方飘来,已然笼罩山头与我们身上。船坞渐渐模糊不清。亚又出门了。我们重新开始工作。

"我打赌我们是干到最晚的一拨。"

"有可能。"

"我们还剩多少延绳钓要收拾?"

"三十来根。"

"不算多。"

"但还得收拾呀。"

"明天去捞家伙吗?"

"是呀。没准儿累得够呛也一无所获。随便找到什么,都会叫我惊讶。"

"我没法带女伴去夏威夷了,确定无疑。"达福说。

"这回不行……我这儿少的是一根半,你呢?"瑞德回答,停下活儿,一条大腿屈向胸脯,脚后跟踩在桌上,双臂谨慎地交错。

"跟你差不多。但我不算一个真正的延绳钓手,或许算个捕蟹的吧。"

"这也没啥区别啊。"

我的灵魂已死,一种悲伤把我钉在地上,我才意识到目前的情形不会一直延续,不会持续很久了,船上的生活,男人们,船。很快,一切将终结,我要沦落街头,心空荡荡的。白日拉长。西蒙吼叫。挡雨板下,半明半暗之间,天灰蒙蒙的。夜晚或许不再到来。

"看来，我买个回程票都困难了。"他说。

"你确定他们付你半份工钱？"

"我上船时，亚是这么说的。"

"我大概是四分之一工钱。"我说。

"这不公平，"达福说，"你跟我们干一样的活儿，和别人一样值班。"

"是呀，"我说，"这不公平。"

"至少捕捞鳕鱼是这样……大比目鱼就算了。"

西蒙一言不发。桌子尽头的瑞德也安静着。我松开钓鱼钩和铁笔，看着它们。

"我够便宜的咯？"

"我讲这个不是为了惹你生气，莉莉……"

疲惫一下向我袭来。我深感失望。我不再刀枪不入。

"别人会给我些零花钱……这双让男人害怕的手，也许还算不上劳动者的手？为什么夸我干活又快又好，为什么高尔登和亚森想要我上他们的船？因为我工钱便宜？"

"我不是这个意思，莉莉……"

我把手套扔在桌上。我回到休息室。我放下头发，长久地梳着。发丝如波浪般倾泻在我的肩头。我进入舱室，拿了我的美金，换了汗衫——我最喜欢的，背后写着"飞翔直到你死亡"。我又出门，经过男人跟前，头抬高，浓密的长发散披着。我一眼也不看他们，离开船。雨很柔和。我的心滞重。让他们干活去吧，他们不需要我。我走上光亮的船坞，穿着绿色的靴子，自觉十分高大。

我在"托尼家"连着喝了两杯啤酒。我又出门。我沿着拱廊走到"船家"，这家老酒吧人多得要炸。我钻入已结了一层污垢的大吧台，在一个上了年纪的印第安女人旁，她举着一小杯德国烧酒，面无表情。一些男人嘶吼着大海之歌。还有些扑在酒杯上，我看不清他们的脸。光线昏暗，画中赤裸的女人几乎无法分辨，融化于墙上的阴影中。

女服务生走向我。她疲乏不堪的脸上总是抹着大量脂粉。我们相视一笑。她认出我来。

"请上一杯兰尼埃。"

她给我上了，啤酒之外，还有一小杯我不喜欢的德国烧酒，我就喝了一口，以免她再来倒。

"上我家吧，"她还说，"我们得不时地离开这个男人的世界。他们一旦让你干完活，用尽你的力气，就不会给你好脸色看，他们还看中你的屁股。这些人可不好对付，相信我。"

"他们要付我四分之一工钱。"

她暴怒。

"不存在什么四分之一工钱，这些大烟鬼，我跟你讲，脑子打结的……是让你别干了。如果你没干活，他们对你肯定很冷淡。你得怀疑他们。永远别信任他们。尤其小心你的屁股。"

"我不害怕，我懂得保护自己。"

男人们渴了，吼着要喝。她眨一眨眼，离开了我。一个男人靠近，向我指了指一张空的凳子。

"我能坐吗?"他说,"你是印第安人吗?"

"不是……"我回答,"但你可以坐。"

"我早上看到你经过时,以为你是个印第安女人,一个从附近村子来的矮个子印第安女人,在码头的一艘地曳网渔船上捕捞鲑鱼……"

他说着,声音低而柔和,声调悦耳,有些惊讶,遥远得仿佛他离这儿有四千公里远。我看着他的靴子、手和肩膀,他晒成棕褐色的脸庞,他是渔夫。他说自己在正对港务监督长办公室的红色大船上干活,"因纽特夫人"。说他今年捕捞艰辛,还有之前的三个冬天,为他那想要生活在夏威夷的妻子。现在,她已在那儿。而他还得继续干活,并不停歇,以支付他从未见过的房子的贷款,他甚至也不想了解,因为他生活在北方,而非海滩边上一个灿烂而火热的地区。他生活在树林里。

他的故事是一曲悲歌,节奏舒缓,如泣如诉。他有点醉了。他又说:"我做猎人的时候是那么幸福。哦,我真幸福……森林里的漫长白日,在静默、白雪与寒意之中。哦,我是那么幸福……"

他的声音还在不断重复,直至变成令人遗憾的陈词滥调,仿若一声叹息。他望着虚空,目光穿越跟前的昏暗酒吧,伸向笔直的虚空,超乎昏暗的烟雾之上。他或许又看见高大的树木,他在雪地上行走,鞋子发出嘎吱声,风刮过顶峰,响起一阵雾笛声,声响被无尽的树林压低。

"那你得回去啊……"

他转向我。他爆发了,猛然间发作,控制不住泪水。

"可你一点也不懂！得支付房子的钱……这是我的妻子啊！我得帮她支付她那蹩脚房子的钱。我总得回到这悲惨境地。或许直到我死。冬天的白令海……你不明白这是什么，你啊，你不懂的，这种悲惨……那儿太悲惨，结霜的雾天，还有铲不完的冰，要不然你就得死，身子也折断，你失去的伙伴……"

"哦，抱歉。"我低语。

他缓和下来。

"你要不要跟我一起去森林？"

年老的印第安女人朝我微笑，透过唇边香烟的蓝色烟雾。一些男人叫着，半坐在他们的凳子上。将换班的女服务生喝着她的威士忌，一饮而尽，又飞快地点了一杯。我的啤酒空了。我想走了。

"我叫本。"我起身时，渔夫说。

"再见，本。我叫莉莉。"

我从酒吧走出来。已是夜里。雨不停地下。我穿越街道，回到船坞。一个男人从出租车办公室那一角转过来。他朝我跛行。我认出他。常在公园看到他，坐在一张长椅上度日。有时，他也喝醉。但今晚没有。我们面对面时，他停下。他的昏暗眸子似两口黑井，在我身上打量，眼神像个海上遇难者。他讲话的声音像被人削过，带着我听不清的喉音。我摊开手，表示无奈。他耸耸肩，继续走他的路。

我回到船上。只剩瑞德在甲板上盘绕绳索。我给自己弄了一杯温热的咖啡。我坐在桌前叹息。在我对面，是一堆细短的白色绳索。我也开始盘绕，没别的可干……我甚至没醉，可疲惫已上身，把我钉在长椅上。我的眼睛半闭着。

"外头不怎么热了……"

瑞德走进来，坐在桌边。

"我要去睡了。你把我叫醒。"

我们重新盘绕绳索。

"你盘得太小了。"他说。

"没有。"

"真的。你看……哦对，你有道理。"

"他们都出去了？"我问。

"你看到了呀。"

"我去了酒吧。"我又说。

"啊。"

"我喝了不少啤酒。遇到不少人。"

"不要听任何人的话。这儿有些混账东西。"

"不光是这儿。我清楚怎么回事。我来的地方也有一些……我和辛迪交谈，那个'船家'的女服务生。她甚至建议我上她家睡觉。"

"你得保持距离。她屋子里有很多麻醉剂。她还是同性恋。"

"或许不是这样……"我低语，"再说我没发现什么不对劲的。"

瑞德应该是在外面着凉了，他与我坐得十分近。他的大腿贴着我的。他清清嗓子，犹豫着，随后以低沉的声音开口。有些结巴，黄色的眸子嵌入指间的索套。

"为什么今晚不在旅馆开间房，离开一下船……毕竟，船上的生活令人窒息。应该换换脑筋，冲个漫长的真正的澡，或许可以泡浴，看看电视，放松一下，或者随便……"

我大笑："或者随便什么……"

我的笑声令他狼狈。可他还在坚持。他的小腿抵着我的，感觉十分滞重。亚这时进来了。他醉了。

"莉莉，"他大叫，"来，我有话对你说……跟我到操舵室。"

我跟着他。他那苍白而又湿润的眸子扩张。他的脸上毫无血色。

"我打电话给俄克拉荷马州……我什么都跟妻子说了。我们达成一致。我和她分开，各养一个孩子。我们可以结婚，莉莉……我们上夏威夷。我账户上有足够的钱，可以买一条船。我们一起在温暖的大海上捕鱼……"

我退缩到楼梯处。

"不，"我说，"我不打算结婚，我不想成为你的妻子，你已经有一个了。我想待在阿拉斯加。"

我伤害了瘦高个儿，曾对我说"有激情很美啊"的男人，远在我被聘上"叛逆者"之前。我下楼梯。他跟着我，想要留住我。休息室没有人。瑞德已离开。或许他渴了。瘦高个儿追着我到舱室，想跟我回去，我推开他。

"莉莉，"他说，"莉莉，等等……"

如果再这么继续，是我要哭了——如果他再以受伤的狗的眼神注视着我,要哭的是我。我推开他。我的手感觉到他的肋骨。最后一次,我看到他擦伤的脸庞,失落的大小孩,随后,他走了。今晚,如果他喝了加奎宁的杜松子酒,喝到在地上翻滚,那是我的错。我陷在床铺的穴内。把自己整个埋入睡袋。我卸载了十吨鱼,拿着镐子与底舱里的冰搏斗,我赌气,逛了一圈酒吧,遇到一个忧伤的猎人。我的船长想带我上夏威夷捕鱼,瑞德则想带我上旅馆。小刀般的马诺斯克永远等着我。这一天真是够了。男人们都去了酒吧。我听着船侧的水声流淌。

中午。我们等着船长。他迟到了,还醉着。他看起来精疲力竭。男人们不发一言,低着头。我们解开缆绳。"叛逆者"离开港口。达福与瑞德以点头示意。

"是的。他最好睡下。他太累了。"

他们不再说任何别的。他们慢慢地送他去睡觉。瑞德和达福相互替班,将船开到钓鱼绳可能漂到的水域。

大海静止不动,光芒四射。天空下,我们在舷梯上层修补了最后的延绳钓。启程前,铝质挡雨板被拉出。瑞德利用滑车绳索,从甲板卸下一批木桶,面庞染红,被港口的水面反射的光芒刺得目眩。我从城里回来。亚森陪着我。他给了我一管口琴。我看着一个,又看另一个。我想着巴罗角夜晚的太阳。

"你跟我来'银河'捕鱼吗?"亚森问我。

我犹豫了。我不知道。

"我们将是海上的吉卜赛人,"他又说,"你会学着喷火,我走私,我们从一个港口到另一个……我们像真正的海盗那样喝酒,你在吧台跳舞,而我吹口琴……"

我们在强烈的光线下工作。阳光拂过我们的面颊,烧着额头,令嘴唇干燥。阳光吞噬我们的面庞。西蒙低声歌唱。瑞德面无表情,额头低到他的延绳钓上。一些海豹趴在岩礁上。

"我想成为一只海豹,在太阳底下暖和身子……"我大声地说。

西蒙和瑞德大笑。

我们已散开一只连着两百根绳索的抓斗,超过二十四小时,穿过我们捕鱼的海域。延绳钓依然找不到。亚来到甲板上,加入我们。他醒来后便十分冰冷。最终,他把我忘了。翻篇吧,莉莉。我只是一个被他发号施令的水手。

"我们继续往东寻找。"他宣布。

这样,我们离科迪亚克更远了。西蒙脸色发白。

"但你跟我说……我的飞机呢?"

船长立即反击。

"你真觉得我们就这么捕鱼吗?"他大叫,"我们干八小时,然后返回,脚伸入桌下,看电视?你真觉得我们烧完这些瓦斯油,一无所获,我们就放弃搜寻,钓鱼绳或许就在几米远的地方……我们像野兽般拼命干活以后,还要为此赔付?在海上溜达一圈,再消耗同样的碳氢燃料,准点回去,让这位先生坐上飞机?下回不要上船了,矮家伙,应该待在你加利福尼亚的家里。"

西蒙在亚面前第一次挺着头。他站直,因怒火而苍白,咬紧下颚。他用清白而勉力支撑的声音说:"你跟我保证过的,当我买机票时……这是你提出的，我跟随你的条件。我得到你的承诺……"

亚嘶吼着避开。达福在操舵室里，什么也没看到。瑞德缺席，也什么都没看到或听到，不能说什么。我忽然对瘦高个儿产生了藐视，他船上主人的角色，对瑞德也是，强壮男人们的静默和暴躁，这些相当强力的男人，在经验上胜过我们的他们，他们藏在紧锁的额头后的神秘知识，紧急时刻他们雷鸣般的声音，我遽然轻蔑这一切。沉默所表达的冷漠意味与屈服一样多。

两个新手交换了一个无助的微笑。船长消失于操舵室。西蒙只要没离开，就属于船上。卸下大比目鱼的货载，一整晚被擢升到瑞德的位置，早上像个男子汉那样与达福握手，这些令他骄傲的举动已被人忘却？他盯着天际线，一种焦虑引起的怀疑潜伏于他蓝色眸子的最深处，他极力平息，不想整个儿陷进去。我没法帮他。我递给他一支烟。我们静默地吸烟，活儿不停。我的目光滑过瑞德，拒绝看他。我望着天空。我究竟什么时候能上巴罗角？

第二天，第一回尝试后，抓斗便捞到一根钓鱼绳。随后是另一根……气氛变得轻松。亚承诺给西蒙重买一张机票。我们清洁完最后一根延绳钓。木桶码在甲板的每一侧。我们把它们系紧。今晚的饭菜，有瑞德在临时烧烤架上弄的大比目鱼。我们先睡。瑞德准备好一切，再叫我们。太阳炙烤着他，像一杯烧酒，比他晚上喝饱的那种更强力。

我们返程。绿色的群山转为淡紫。大波柔软的柳叶菜在低飞的老鹰下飘动。亚森说这是他最喜欢的花儿。我们还剩一点时间在一起。男人们的心思已在别处。亚不再与我谈论上白令海捕鱼的事。我羞涩地重新向他提起。他依然含糊其辞，又缓和下来。

"我回俄克拉荷马州。我们看吧。或许……"

我们谈及工资。

"就为了这么一点，我不该这么辛苦干活。"达福说，"我们冬天能赚回来，到了捕蟹季……"

他大笑。

西蒙乘坐第一班飞往圣地亚哥[①]的航班。瑞德收好支票，不发一言地走了。

我拿的不是四分之一工钱，而是一半。足以让我买双好鞋。正值打折。一双"红翼"[②]。"最棒的。"亚森这么说，不用穿靴子时，他从来只穿这个牌子。我还剩几张皱巴巴的钞票，小心翼翼地放在枕头底下，和我的证件一起，还有黏糊糊的糖果和口嚼烟盒。一切来得太快。

---

① 美国加利福尼亚州第二大城市。
② 一种美国工装靴品牌，创立于明尼苏达州红翼镇。

/　　海上人杰　　/

渔季已结束。所有人离开了船。我也定了下一季的工作。我们将甲板上最后一块铝质挡雨板卸下，瑞德，高大的水手，操控着起重机，手里拿着啤酒，额头汗淋淋的，脸涨得通红。

　　我走上船坞。我清洗完装鱼的底舱，乔伊则用铁丝球擦拭操舵室四周。我走着，美丽的"红翼"穿在脚上，骄傲地听着沥青公路上自己的脚步声。天气晴好。我饿了……也许就在街角的超市买一杯咖啡和一小块面包……忽然，一阵恐慌攥住了我。如果他们已经走了呢？如果他们都走了呢？我要死了。一切如波浪般上身……我独自返回，从很远很远的地方，我希望一艘船可以收留我，我在巨大的静默之中低语，头几个夜晚只闻风声，我横卧于木头房子的地板上，望着昏暗的天空——阿拉斯加的天空，剧烈的风，而我在室内。于是我想着想着，便睡着了。我想要一艘船收留我。我上了船，我找到我的船，较之最黑的夜更黑。船上的男人们粗鲁而又健壮，他们拿走我的床铺，把我的包和睡袋扔在地上，他们大喊，我害怕，他们粗鲁又强壮，他们很好，对我而言太好，我抬眼看着他们，他们全是我的上帝。我嫁给了一艘船。我献上了全盘人生。

　　我跑起来。我疯了，海鸥仿佛一束束白光，码头传来动静，男人们洪亮的声音，一根桅杆升上的声响，滑车绳索也被扯上去，摇晃于蔚蓝的天空中，一头鹰在翱翔，色彩变幻，狂风大作……船上，再无一人。甲板空荡荡，赤条条。我们挂在上层甲板突出部分的防水衣已不在了。除了我的。我那"救世军"的黄橙色、不成套的破防水衣，已穿孔。我僵住，立于甲板上，刺目的光线下，盯着空空如也的吊钩。渔季已终结。他们走了。我居然没死。我匆忙地奔向舱室。床铺空着，一双鞋孤独地躺在地上。再无他物。还有：我的睡袋，我胡乱卷起的衣服抵着一个脏乎乎的枕头。他们走了。我们甚至没有告别。我颓坐在一张床铺上，呆滞着。我成了孤儿。我想要一艘船收留我，两个月前我就这么低语——一种永恒，冒险之旅的最初。也已终结。我付尽全力。我还将献上一辈子。我在男人堆中睡着，因他们而温暖。我属于他们。我的一颗心全归他们。

乔伊在门框处现身，皱起他那狭长的印第安人眼睛。

"你在黑暗中干吗？"

他一只手提着一瓶"百威"，另一只手拿烟。他肯定喝了不少，神采飞扬，暗哑的脸上瞳孔发着光。

"他们走了？"

"对，全走开了！你不会觉得他们会留到圣诞节吧……我把舱室和炉灶全擦得发亮。现在我等着高尔登，要知道我们什么时候开始安置家什……水池和油罐，吃饭的家伙……可别待在黑暗里，莉莉，来甲板上喝杯啤酒，高尔登不在。毕竟，我们也配得上一个短假。"

我起身，跟着他。乔伊从冰箱旁边拖出一箱啤酒。甲板上的阳光灼烧着我的眼睛。他递给我他的烟盒。

"随便拿。永远随便拿，不用问。"

"谢谢，乔伊……渔季什么时候开始？"

"一周后，我们得离开科迪亚克。从某刻起，鲑鱼的捕捞便开启，但一开始，对我们而言没什么活儿干，没什么要填满船上，地曳网渔船每个晚上会给我们带物资。"

他友善地看着我。

"你会看到，对你来说将是轻松的一季，跟你刚完成的毫无关联，每天固定工资，持续三个月……九月你就会有钱，可以出门晒太阳……"

我低语，几似呻吟："如果我告诉高尔登，这一季我不打算干了呢？我觉得我不再有勇气面对无聊，我只想上巴罗角……我不干的话，他会怨我吗？"

乔伊震惊地看着我。

"但是，莉莉……在这条船上当供给员，度过一个渔季，是不容拒绝的啊。你想去那儿做啥呢？"

"去看世界尽头。"

"地球是圆的，莉莉。根本没有所谓的尽头。那儿你什么也看不到，我们跟你说过了……一个荒芜的地区，一些悲惨的人，整年大醉或吸毒，要么两头不落，靠社会补助金或石油津贴过活，全都梦想着上别处，一些失去一切的爱斯基摩人，尤其丧失了他们的尊严，只想一口吞了你。并且，你想怎么到那儿呢，那么高？你赚的还不够买机票……"

"我搭便车。"

"费尔班克斯①之后,公路就被切断了,你的皮肤在那儿会毁坏,只能看到一段很快结冰的岩石。"

"公路之后,有卡车道,用来保障输油管道。"

"你疯了,尤其你很累,你得喝杯啤酒,歇上几天。两个月来,你基本上没日没夜地工作……你跟这些比你厚实一倍的男人一样干活,他们可是干了一辈子。我准你休假,立即休。明天之前,什么也不用开始。我会告诉高尔登,是我让你出去转转的。他会理解,这是个好老板,你将看到,他从来不吼人。他也懂行。"

"好的,"我说,"谢谢,乔伊。"

我们喝了一瓶啤酒,抽了些烟。高尔登没来。于是,我离开"叛逆者"。我沿着船坞走,经过西阿拉斯加罐头食品厂,后者散发着令人作呕的气味,飘于城市之上——天气已变化。之后,又经过渡船码头。"特斯特米纳"号入港。我看着男人们升起上舷梯。我继续走在塔古拉路上。我朝船舶工地走去,有人叫住我。我转过身。白色公路上,两个轮廓在黑影中。一个十分巨大,仿佛每一边都在晃悠,另一个身影更长,留着火红色的长发,太阳底下闪闪发光,好似戴着一个金头盔。他们朝我走来。

我认出墨菲。另一个,我曾在公园与他擦身而过。我等着他们。太阳令我的颈背发热。

---

① 阿拉斯加州一个自治性质的城市,接近北极圈。

"我们正找你。"墨菲说,喘着气。

"我?"

"我们有些东西给你……"

墨菲向我伸出手。他的掌心肥厚,巨婴般的粗胖手指也张开,手上有一个镶嵌着红黑两色薄片的小盒子。他的同伴从口袋里拿出一颗假珍珠做的宝石。

"哦!谢谢……"我说,"但为什么呢?"

"只是一份礼物……"墨菲回答。他的脸有些充血,又因一个大大的微笑而发皱。

"但为什么呢?"

"因为我们很喜欢你,就这样。我们很高兴你在这儿。"

他们重新走开,如同来的时候那样。我又独自一人上路。我抚摸着光滑的木头,将首饰放入盒中。我饿了。我又进城。马路上都是人,渔船全回归。酒吧的门大张,好像里头透不过气来。一些叫声,一些大笑,一些狂暴、野蛮的喝彩,有时,昏暗的穴内漏出钟声。我本该踏入这些阴暗的巢穴,野兽之笼。可我不再有勇气。我沿着其中一个迅速走过。他们没跟我道别便走了,没有一起醉一场。可他们曾答应过我的。我难过得想死。我饿了,想吃爆米花,我转到酒水铺那一角。

我们撞了个满怀。瑞德。大个子水手。他再次丢失了渔夫的光彩,肩膀拱着。他步伐不稳,仿佛走在异国大地上,对于路程与方向皆无把握,脸庞猩红,眼神迟疑。海中狮子又变回了熊。

"所有人都走了……"我结巴地说。

"是的,"他说,"糟糕的季节。是时候换换脑筋了。"

"啊……"

"你去哪儿?"

"我……我去找些爆米花。"

他微微地笑了。仿佛出于害怕,他闭上双眼,喘了口气,鼓起胸膛。他用一只手缓缓擦着额头。

"我可以请你喝一杯吗?"

我说可以。我们进入酒吧,离酒水铺两步远。我们犹豫了片刻,在忽然切换的阴影中,大叫声,烟雾……随后,他朝柜台走去,我跟着他。有两个空凳子。我们飞快地喝了一杯啤酒。我们或许害怕,不知该说什么。我们已下船。彼此再无干系。

"从这儿出去吧。"他说。

外头有太阳,风,人群,以及他走入的酒水铺。他径直走向一堆"加拿大威士忌",看也不看,便拿起一瓶十盎司的——瓶子是塑料的。他并不停步,又走到店铺深处,打开一扇玻璃门,抓住一箱十二瓶装的新鲜兰尼埃。一切才用了不超过一分钟的时间。收银台后的肥胖女子长久地打量我,嘴唇苍白且滞重,又向他转过身去。她在想什么?她令我害怕。我脸红了。我们走出去。

"你要不要喝一瓶啤酒?在太阳底下。我并不真正喜欢酒吧。太多吵闹声,太多烟雾。并且太贵了。"

"好的。"我说。

"嗯?你发出的声音我一直听不懂。极少能听清。"

"好的。"我稍许大声地说。

我们把酒吧甩在身后,走上通往渡轮的公路。我们静默不语。太阳灼烧着我们的脸庞。海潮尚低。海水的气味,新鲜,有些淡,掺杂着食品罐头厂烟囱发出的呛人臭味。

"真难闻。"他说。

"哦,我呀,甚至这个味道我都喜欢。"

他向我投来一束尖利而又惊讶的目光。

"我希望有一天能上渡轮。"我又说。

"不到一周,我就会上去。我有些朋友在安克雷奇。那儿或许也可找条船上去。要么夏威夷。"

"夏威夷?"

"我那儿有个兄弟。他跟他该死的老婆住在大岛上。我想在南太平洋捕鱼。"

"我想去巴罗角。"

"我在船上就听说了……你在那么高的地方做什么?又想怎么去呢?"

"搭便车,我要去的。"

"你会手足无措。"

"我不怕。"

"你没法全身而退。我清楚你在公路上会遇到的整个情形,你独自在偏僻的道上……我在诺姆①住过几年,相同性质的地方。

---

① 阿拉斯加州苏厄德半岛南部白令海岸的小港城市。

酒精和毒品。法律在那儿顶个屁用……面对冰冷的大洋，之后，是绵延几百英里的树林，随后是荒漠化的群山，一切的尽头……你觉得你一个人撑得住吗？"

"或许我得买把武器。"

"你会用吗？"

"不会。"

我出来的地方也能死人，我想着。

"可我还是想去。"我说，声音低了一些。

黄色的眸子又看着我。

"你是个逃犯吗？"他低语。

"我觉得不是。"

我们经过水面。太阳下，水光闪烁。随后是小港口，我们几乎走到等待的渔船之间的木头浮桥。我已不知道是否该继续跟随他。他看起来滞重而又疲惫，兴许带着辛酸，大海，真正的大海如此遥远，外海离我们如此遥远，水手面朝大海。相反，马路上人非常多，酒吧嘈杂，而这个男人疲乏地走着，袋子沉重，放满啤酒。我还是继续跟着。

很快，既无房屋，又无船，什么也没有，唯有一大片地面，塞满生锈的、坑坑洼洼的铁丝笼，扭曲的铁皮，堆在翠绿草丛与淡紫色柳叶菜之中的铝质轮胎，一些破烂的三层刺网和发霉的绳索。他停下。他用手指擤鼻涕，往远处吐痰。又一次，他缓慢地举起一只手，窘迫地，覆上汗湿的额头。他羞涩地微笑。

"我们可以坐在这儿……海水尽头是干净的。"

"好……"我说。

我们在箱子后面坐下。跟前是航道,上头有艘船越开越远。我觉得,他们应该看见我们了,我们两张绯红色的脸越过草丛,惊讶于这两座迷失于废铁之中的灯塔,离连接公路与"狗湾"拱桥仅两步远。

"我们几乎在桥底下。"我说,声音发紧。

他没回答。没什么可回。他打开一瓶啤酒,递给我。他点燃一支烟,一阵咳嗽令他晃动,随后,他往远处吐痰,有力地呼吸,来自我熟悉的男人,那个朝着海大吼的男人。

我们喝完整瓶酒。喝得很快,因为我们不知道该说什么。我们太热。喝完酒,我们手中不知该拿什么,嘴里也不知该塞什么。他向我笨拙地伸出一只手臂。他环住我的肩膀,把我卷向他。

太阳落在他的整张脸上。他躺在草地上。我看着他的黄色眸子发出的光芒,虹膜的红色纤维,发沉的眼皮,灼热的皮肤上纤细的血管,我闭上眼。我重重地吻上他的嘴,用我的嘴贴上他温热且鲜活的嘴。我身下的他滚烫。矮小且柔软的我在他身上起伏。他重新起身,反扑我。他用整个重量压着我,叹息着。他又笑。天哪……天哪……他说。

我们走在白色公路上,脸颊烧着,顶着蔚蓝的天空。他扑上我之后,重新起身。

"我们不能待在这儿。如果有人看见我们……上旅馆吧,你愿意吗?"

我们坐下。我擦去嘴唇上他的唾沫。他数着口袋中皱巴巴的钞票。

"我钱不够……"他转向我,窘迫地开口,"如果你先帮我垫着,我今晚之后还你。"

我翻遍自己的口袋。我有三十一美金。

"比这更贵吗,旅馆?"

他善意地看着我,轻声笑了。

"看来你不常上旅馆……这显然不够。但小港口那儿,我认识个人。船一会儿就到,去看看。"

那个男人在,表情庄重,在一条小型地曳网渔船的甲板上,显得高大且笔直。他的灰色头发飘在肩头,由一根褪色的蓝色发带束着。他的胡子很长,被一阵微风与头发吹在一块。他看着我们靠近,并无微笑。铁灰色的眼睛一眨不眨。瑞德低声与他交谈。我站开,脸颊越发滚烫。啤酒或羞愧。男人从口袋里拿出钱包,给他一张钞票。

"够吗?"

这个冷酷的男人看着我们离开,在太阳底下,静止不动,结实的手臂交错在瘦削的胸前,银色的头发与飞翔的灰白色海鸟混在一起。我们又走上港口的马路,不发一言。

"我想要爆米花……我饿极了。"经过电影院时,我低语。

他走进电影院,点了最大份。我想起他包里还有威士忌。他走出来。

"混在一起味道不好吧，塑料，配威士忌？"

"这个威士忌不是用来久放的，没法跟酒瓶里的味道比。"

他微笑。

随后，我们到了旅馆。城里有两个。

"为什么不是另一个？"我问，"为什么不选'明星'旅馆？"

"'明星'旅馆，我跟朋友去过几次。也许开了十次房吧……大型聚会。'谢列科夫'这儿不一样。"

接待处的女人们让我有些害怕。我迫不及待地进入房间，飞快地远离这帮人。进入卧室，我忽然觉得冷。宽阔的手臂围住我。粗粝的手掌捧着我的脸。抵着腰间的墙壁很冷。"逃犯"被抓住了。我几乎要哭了。他脱去我的套衫，除去我的T恤。我抓住他的头，蓬乱的鬓毛，强壮的颈背。我注视着他。我压抑住啜泣的冲动。他把我轻柔地推到床上。他很热，且棒。

"给我讲个故事……"他低语。他的声音低沉而舒缓，压下去，略微嘶哑。他低吼着。"给我讲个故事……"

过了一会儿，他用牙齿咬开一瓶酒，依然睡在我身上，他喝上一大口。

"你要吗？"他压低声音问。

"要。"我回答的声音更低。

他已经喝了。他俯向我。他用嘴喂我，一口烈酒，滚烫的琥珀色，令我窒息。他又来到我身上，烫金的眸子不再放过我，越陷越深，直至燃烧我的灵魂。

他睡着，我看着他。带着惊讶与窘迫。沉重的白色胸膛缓缓起伏。浓密的毛发交错于宽阔的上身，几乎是火红色的。忽然，一阵咳嗽将他摇晃，打破卧室的宁静。这阵可怕的轰鸣却也不能使他醒来。我压着床单，藏在羽绒被里。一头真正的狮子睡在我身旁。微睁眼皮，克制呼吸，我窥视着。此刻的外边，港口变换颜色与气味，海潮涌上来。夜晚的风。海鸥。马路上的奔跑。我饿了。我一只手伸向空瘪的胃，尖拱形的肋骨。床头柜上有爆米花。我偷偷伸出手臂，拿回五颗，塞入嘴里，咬得嘎吱作响。舌头上是黄油和盐颗粒的味道。黄色的眸子睁开。我吓了一跳。我吞下爆米花，为自己的狼狈而微笑。一只沉重的胳膊环着我的肩膀。他回过神，回到我身上。他厚实的手指滑过我的脸颊。

"那么久以来，你是降临到我身上的最好的事。"

我想着船坞和海鸥。想在夜晚的空气中奔跑。

"那么久了，我没和一个女人……"

他的手离开我的面颊，抓住床头柜上的一瓶酒。他坐起身，喝上一大口。他咳嗽。

"你要吗？"

"好……不……一点儿。"

酒太烈。我不喜欢威士忌。

"我们会再见吗？"他说。

我始终想着海鸥。

"我不知道……你马上要走了，而我要上船。鲑鱼出来后，'叛逆者'就要启程。"

"我们还是能见面。你也可以跟我来。"

"上渡船？去安克雷奇？"

"去安克雷奇或夏威夷。或随便哪儿。"

我低声大笑。

"不包括巴罗角咯？"

"不包括巴罗角。"

他拿起烟，帮我点燃一支。

"谢谢。"我说。

港口即将入夜。我透过玻璃窗窥视的天空已然失去光彩。或许，高尔登在船上等我。或许已经等过我。心间涌上一阵厌倦。我不再想要上船。我累了，想找归宿。巴罗角，或是奔跑于船坞。

"你让我离开吗？"我低语。

他没听见。

"你让我离开吗？我就是喜欢自由地去我想去的地方。我只希望别人让我奔跑。"

"好，"他说，"好，当然……"

我讲得越来越快，低垂双眼，又抬眼。我喘上气。

"我不是一个跟在男人屁股后面的姑娘，我想明确这一点，男人我不在乎，得放我自由，要不然我就走……毕竟，我一直出走。我无法阻止自己。如果别人逼迫我留下，我会发疯，在一张床上，一间屋子，会使我变糟。我不好相处。做一个小女人，那不是我。我要别人让我跑起来。"

"我们能再见吗？"

"会,"我低语,"或许。"

于是,第二天晚上,他邀请我上饭店。他让我走——这一回依然。我朝港口奔跑。夜色尚未降临。海鸥,夜晚的风,低潮的淡味,工厂更为厚重及肮脏的味道。一些男人从酒吧出来,步履蹒跚。墨菲在街道尽头叫住我。我朝他跑去。男人笑起来,露出一口烂牙。我喘不上气,几乎窒息。我大笑。

"接口气,莉莉,你从哪儿逃出来的?"

我反手捂住嘴,压下最后一波笑意。

"瑞德呢?还好吗?他离开船了吗?他现在在干吗?"

乌鸦冲入铁皮箱,超市员工正往里头装当日垃圾。我没回答。我看着地上,天空,遇难水手雕像前露出的垃圾箱。

"所有这些乌鸦⋯⋯"我说。

于是,墨菲让我走了。

"叛逆者"再无一人。休息室的桌上堆满空易拉罐。烟灰缸满溢。乔伊在桌上遗留了一本《藏春阁》[①]。

高尔登给我一个星期。我们回到旅馆。去了"明星",因为便宜些。"下午来吧。"瑞德对我说。狭长的胶合板建筑与公路平接。正面为白色,上头有灰尘的痕迹,边缘灰暗。我在一扇微开的门前认出一个工具袋。我偷偷瞥了一眼接待处,没人。我推开门。墨菲在那儿,懒洋洋地坐在一张人造革扶手椅中。他在街上无聊。

---

① 英国男性杂志,于 1965 年创刊。

瑞德在长沙发上。两个男人对着电视机，烟雾缭绕。墨菲打开一箱火腿罐头，铺在面包芯上，涂抹蛋黄酱。他小口喝着一杯可乐，因为已再次戒酒。

"酒精让我暴躁。"他说。

"可卡因呢？"高大水手嘲笑他。

"哦，可卡因更糟。但我现在没法子。"

因为我有一天说过，我喜欢伏特加，瑞德带来一瓶二十六盎司的。他对着瓶子喝，有时调一杯酒，再拿一罐可乐，递给墨菲。墨菲很高兴。他评论电影。

"显然这很蠢，"他说，"丰乳翘臀，但是无脑的漂亮小妞，很有钱的家伙，蹩脚的大房子……但这儿不像公园或庇护所。庇护所还不错，对你来说简直是天堂，因为几乎没啥女人。一个有三十张床的巢穴，再适合你不过了。但男人混一块，能拿脚臭和打鼾怎么办呢，尤其晚上，走廊里堆起四十来个人……有时，我很想上安克雷奇转一圈，看看我的孩子和孙辈。"

"你啊，墨菲，你已经当祖父了？"

墨菲大笑。

"四十三岁，有八个孙子孙女了……有时，我去看他们。我在其中一个家里待着，或者上'豆子'咖啡馆。那儿还不错，吃食很棒。我们上那儿的次数比上庇护所还多百倍，什么人都可以睡。并且，在安克雷奇，更容易找到室内工作。"

他往嘴里塞进一大口面包。瑞德盯着电视，神情阴郁。墨菲喝完可乐，其他都不碰。

"我的真正职业,是搞建筑。这儿,我时不时地打鱼,这对我有好处,相对于可卡因及别的一切,我从来不愁在船上找不到活儿干,在一艘大船上,坚固的大船,配得上我的体量和力气。"

"你是没见过墨菲发火的样子……"

"对呀,你最好不要看见,我会变成疯子,鉴于我的体重……"

我带来些比萨。大个儿水手面露不悦的神色:"我刚在马路上跑过。"他咬上一片比萨,又反胃地吐出。

"你从垃圾箱翻来的吗?"

墨菲柔和地看着我。

"你不该这么对莉莉说话……"

我垂下眼睛,长久地抚摸着受伤的手。大个儿水手的眼睛喷着火。他注视我,带着嘲讽之意。他指着我肿胀的手,朝墨菲讲话,我那罕见的手比很多男人都大。

"哪个男人想被这样的手抚摸,你说说看?"

墨菲笑了,不带恶意。电视里嚷嚷着。我沉默。我的手指交叉在一起又松开,直至他们安静下来。可是,昨天,他还说希望这双手一直在他身上,我的手……我想着海鸥。潮湿的下午,街道上,船体四周的海水闪烁。两个男人喝着,吃着,有时其中一个咳嗽,往一个空易拉罐里吐痰。

"我忘了什么。"我说。

大个儿水手转向我,在房间的阴影之中,脸庞如发亮的铜器。他很遥远,看起来愤怒。

"好吧……"我说。

"你再骂骂咧咧,她就不回来了。"墨菲说,舔去勺子上的蛋黄酱。

他朝我微笑。大个儿水手一言不发。他喝上一大瓶伏特加,直接对着瓶嘴。又点燃一支烟。他怒气冲冲地盯着屏幕,忽略了我们两个。我起身。我正跨过门槛,他叫住我。

"那你回来吗?"

粗鲁的声音里,透着这股不安的语气。我转过身。黄色的眸子里,眼神闪烁。瑞德身子塌陷,眼里生出恐惧。无声的请求。我尴尬地低垂双眼,又抬头,看着墨菲,摊开在扶手椅中的胖墨菲一脸无辜,他塞满面包和蛋黄酱的嘴张着,盯着眼前的电影大笑。我想倒在瑞德脚下,抱紧他的膝盖,额头压着他的大腿,用这双被他嘲笑的手触碰他的脸。

"是的,我会回来。"我说。

我在门槛上摇晃,在房间的滞重空气与外头的大太阳之间。很快,我跑起来。我逃往"巴哈洛夫"公园,与悬钩子的浆果和黑加仑会合,横卧草丛,乌鸦在高大的树顶下发出生硬的叫声……我在船坞上偷喝一杯咖啡。这个男人夺走了我的生活,这不公平。

我返回时,气喘吁吁。墨菲微笑。另一个不看我一眼。电视机一直开着。香火腿已没有,只剩面包和蛋黄酱。电视剧已换茬,但还是闹剧。我从口袋里掏出几条巧克力,想要得到原谅。我坐在脏乎乎的地毯上。等着挨骂。我觉得大个儿水手很快会走。我则上船。

一只手放在我的颈背上。我低垂眼皮。他的虎口发力,把我压弯腰。他让我不舒服。

"来我身旁。"他低语。

"他想对我做什么啊……"我绝望地想着。我转向他。"你对我做了什么啊……"他的声音变得柔和。他颤抖的天鹅绒般的声音。

"来,我们洗个澡。"

墨菲已睡熟在邻床。也许是假睡。

"给我讲个故事……你是我想要去爱的女人,一直如此……给我讲个故事……讲吧。"

他对我那么好,他还想给我更多。

"你想要什么,我还能给你什么,让你更幸福?"

"我很幸福,拥有一切……你给了我很多。"

他是如此坚持,如此长久地纠缠我,如果我不开口,他便会让我不停地呻吟,我把头埋入他微热的腋窝,闻到十分强烈的盐与海水的气味,大个儿水手身上的咸水沾上我的嘴唇……我,衣着不正规的水手,身上脏乎乎的,尽是鱼的血、肠衣和涎沫。我低语:"我想要一件女人的衣服,真正的女人衣服……"

他不明白。

"我想要一根紧身带。"我一边说,一边呼出一口气。

他大笑。

"那很美,"我低语,"也更私密,我们就不会觉得下面是赤裸的。"

他皱皱眉。

"你经常穿着吗?"

"一次……穿上后我是那么美……无人知晓。我感觉自己是一名穿着'救世军'服饰的皇后。"

"你跟我来安克雷奇吗?"

"好。"

"你来夏威夷吗?"

"我办不到。很快得重新上船了。"

"那你跟我来。安克雷奇……紧身带……旅馆……"

他每蹦出一个字眼,腰身便一击,既深且缓。

"你还喜欢我吗?"他问我。

渡船哀鸣。我们在上头,大个儿水手不似从前。皮夹克已磨损,牛仔靴也一样,可他还是上了蜡。他的渔靴,Xtratuf 牌[①],在硕大的工具包里,扔在脚边。肩上一只老旧的包,藏有他的酒瓶(船上禁止酒精),手上拿着一个塑料袋,一个装满绳索的垃圾袋,里头还有带给他安克雷奇的朋友们的大比目鱼,来自我们最近一次捕捞。

"这就是你的全部家当?"他说,"你的渔靴呢?"

---

① 一种氯丁橡胶靴品牌,流行于阿拉斯加及北太平洋地区。

"我不需要靴子。我五天后就回去了。"

我们约在渡轮上。甲板和纵向通道塞满大学生、来自本土四十八州的游客,于渔季之中出发冒险,在罐头食品厂里找活儿。下雨了。我们身处甲板的挡雨板下。坐在船上,我们望着科迪亚克远离。很快,大个儿水手便掏出他的酒瓶。一个小年轻愤慨地看着我们。当大比目鱼解冻,开始滴水,他整个儿恼火了:包是漏的,一股细流淌到他的行李处。但大个儿水手没注意他。我拉拉他的袖子。

"他不高兴了,那个家伙。被弄湿了。"

"他只要换个地方。"

"没有了,没地方。"

"算他倒霉。酒瓶可能也让他烦了。毕竟他在这儿无事可做。如果他看到酒瓶不舒服,这个地方就不适合他……"

随后,他饿了,我们上餐厅。大个儿水手的胃口骇人。他点了双份调味牛肉。我们喝了葡萄酒。天气很热。厅室窄小。氖管灯光过于强烈,加上弗米加塑料贴面的桌子,令我目眩。他的脸通红,就像醉了。我们走出去,夜幕降临。大家已躺下。挡雨板下可倾斜的座位已不剩。他拖我到甲板的更远处。

"我们坐那儿。"他说。

我们往甲板上展开我的睡袋。地板因浪花而潮湿。

"你睡吧,这会儿。"

他在我身上叠起他那宽大的睡袋。他横躺。头部放着酒瓶的褡裢。他让我抵着他的身体。我们上头是天空。云朵奔跑在白色的月亮上，月亮如此白洁光滑，可说像一张脸。星星颤抖着。有时，一点雨轻戳我们的额头。其他人聚在有遮挡的地方睡觉。但我们不是。我们，我们处于黑色波浪的浪尖，沐浴着新鲜的毛毛雨。大个儿水手把我拉向他，抵着他，我们在睡袋下做爱。他滑开时，我大笑，风奔过我的腰间。

"我想睡了，求你……"我以极小的声音恳求。

可大个儿水手从无倦意。最后，我有些哭了，于是，他吻着我，拍着我的屁股。他叹息。他拿起酒瓶，倒上最后一杯，注视星星。他数着星星。低哑的声音与奔走的水流掺在一块。最后，只剩他的气息上下起伏，从胸膛轰鸣，而我的额头紧贴他的胸膛。

甲板空荡荡的，渡船静止。我们醒来时，已停泊码头很久。太阳爬得老高。我们匆忙折起睡袋。我大笑。

我们走向城里——苏厄德。天气晴好，我们饿了。最后一批游客在码头四散。我们沿着唯一一条笔直的马路走，两边是低矮的房屋，路从海边出发，隐没于树丛，直至很远的地方，林子深处。第一家咖啡铺营业中。瑞德把他的工具袋重重地摔在入口处。

"现在吃点东西！"

我们找了个靠窗的座位。我坐下。离我们两张桌子远，渡船上被我们烦到的大学生转过头。当大个儿水手将装大比目鱼的袋子扔在脚下时，他站起身，走出去，袋子这会儿完全瘪了。一个面颊丰满的矮个儿女人给我们拿来咖啡，她圆滚滚的肚皮上，紧贴着的围裙上印有粗大的玫红色爱心。

"对我而言，这是一顿丰盛的早饭。粗粮。"

"对我的话,薄煎饼。"

"我们现在做什么,瑞德?我们乘公交上安克雷奇?"

"我打电话给以利亚和艾莉森。他们来接我们。"

"以利亚……艾莉森?"

"我的朋友。我通知了他们。他们在等我们。"

"我以为……"

"什么?"

"以为就我们两个去安克雷奇。"

"我们是要去呀,不是吗?"

我朝着树木笔直走。或许走入深林。公园巨大。我止步于第一张长椅处。我拿出一支烟。喉咙发紧。我不应该离开岛。不应该离开船。我们要上别人家。在一栋屋内。我们将落网。一棵高大的黑松木在我头上颤抖着。我吮吸着桌上落下的一根针叶。吞下时,喉头感到一阵轻微的灼痛。

一个男人坐在我身旁。我没听见他靠近。他在我们之间放下一箱啤酒。

"你要一瓶吗?"

我抬起眼,男人凝视着我。眸子幽暗,内眼角有褶子,如同两条潮湿的鱼儿,黑发似藻类。

"不了,谢谢。"

"你没有烟吗?"

我给他烟盒。

"你从哪儿来?"

我朝着海堤的方向，宽泛地指了指，阳光下耀眼的白色码头，闪烁的海水。

"渡船……"

"你上哪儿？"

"安克雷奇……我不知道。"

"你是个逃犯吗？"

大个儿水手找到我。他向我的邻座投以凶狠狠的目光。生着鱼眼的印第安人带着啤酒离开了。

"不要烦恼，莉莉，"他说，"我们上安克雷奇，就我们俩，没别人。但我没钱付五天的旅馆。"

"好，"我说，"当然，我也没钱。"

"他们是我的好友。我下船后总住他们家。以利亚，我小时候就认识他了。我们没走同一条路，但交情没变。他们知道我是谁，不会烦到。"

"好的。"

"时不时住上一间屋子，还不错，你不这么认为吗？"

"我不知道。"

"来吧，现在得上那儿。我们走吧，他们快到了。"

"先吻我一下。之后就不行了。"

我们摇摇晃晃地朝着公路走去。他穿着磨坏的旧皮衣，我则是"救世军"的夹克衫。我们从大海进发，从树林钻出。我不想让步。他也不想。

但很快，他们到了。白色汽车停在路边。以利亚第一个走下来，脸庞光滑，一头十分明亮的金发，眸子为蓝色。他将大个儿水手拥入怀中。瑞德有些僵直与笨拙，还以拥抱，两人大笑。艾莉森也从汽车上下来。她用一只手按着赤褐色的长发，以免被风吹乱。她微笑。她很漂亮。

大个儿水手带来的活物惊到了他们。没准儿，他们原本等着看一个胸部丰满的女招待，一个酒吧舞女，一个声音高又粗的女渔夫……永远想不到是这样一个头发被小刀修短，面露惊恐，举止似小孩的女人。我躲在引以为傲的褐色的"卡哈特"[1]里头迟疑着。这件工作服在我周身作响，仿佛一面旗帜。我将手藏入不成形的口袋。瑞德不客气地看着我。我望着他们身后高大的黑色树林。我们上了车。我缩在横排后座的深处。我变得缄默。

到了安克雷奇，大个儿水手骗了我。那儿没有紧身带，没有旅馆房间，我们本打算待上三天不出门。以利亚与艾莉森年轻貌美。他们有一栋屋了，一个挂着蓝色帘子的白色小屋，周围是其他白屋，还有一条狗与一个六个月大的小孩。而我们，我们从何处来？我注视他们，想着心事，在一把椅子、一张长沙发或一把扶手椅里坐上三天，足足三天哪，静默不语，越来越沉默与悲伤。无话可讲，无事可做。我想逃避。"叛逆者"在等我吗？我想回去捕鱼。

我试着帮艾莉森。我清空洗碗机，一个玻璃杯跌碎在地。

---

[1] 一个美国工作装品牌，创建于 1889 年。

"还是去坐下吧,"她说,"你在度假呢……"

男人们在电视机前交谈,坐上美丽的皮沙发。艾莉森温柔地看着我。

"你也来坐呀。"

我坐下。白日漫长。一直得坐着。先是长沙发,再是桌边的椅子。艾莉森试着让我开口。我的声音似乎透不过气来,我结结巴巴。我想念"叛逆者",数着时日。

早上,当大家还在睡觉时,我悄无声息地打开玻璃窗,溜到外头。我坐在低矮的草丛里。我看着眼前的蔷薇、大门的栅栏、乳白色的天空。有时,我看到一些鸟儿飞过。流氓,我想着,走运的家伙……它们能飞啊,它们。我的目光收回,重新盯住栅栏,这种沿着船坞走开的愿望,独自一人,悬而未决,在尚且无遮挡的清晨亮光之中,空无一人。

一天晚上,以利亚与艾莉森出门。我们又面对面,不知所措。外头天空晴好。

"出去吧。"我说。

我们在一行行白色屋子中行走,满眼白屋。空气清甜。笔直的马路完美地平行,没有名字,以数字排列。我们在拐角转弯。纵向马路也是一样,但以字母排列。一只黑鹰飞过我们头顶。我抬起头。一阵低沉而生硬的叫声划过天空,后者被傍晚的太阳镀金。瑞德牵起我的手。我们在迷宫中漫步。

"以利亚和艾莉森人很好,"我说,"但我们什么时候出发,就咱两个?"

野鸟经过。天空再度赤裸。大个儿水手没有回答。当我们在这些马路上转悠够了，便返回。

瑞德又打开电视机。他递给我一瓶啤酒。我坐在红色地毯上。他来与我坐在一块。他把我推翻在地。他睡在我身上。午夜的铜管般的光线从玻璃窗外射入，环绕着他战场一般的脸庞。很快，我赤裸着，在红地毯上露出白身子。眼泪涌上来。还有快感，像是一阵巨大的寒意。他硕大肩膀的乳白色皮肤。可我身上发生了什么，我想着，我身躯麻木。他拥吻我。我用双手捧着他的脸。他吻我，牵动他的下颚及面颊。就好像他喝过什么。

他们比预期的早回来。我们没听见他们推开门。瑞德顶着我。

"我必须精疲力竭才睡得着。"他把声音压低一半说道。

我一下重新起身。瑞德已用他的夹克衫遮盖我。他们吓了一跳。以利亚的脸变得很红，艾莉森十分苍白。宝宝抱在她的怀里。然后，他们笑了起来。大个儿水手在客厅中央，还赤裸着。我低头看着地毯。他宽大的脚白乎乎的，陷在红绒毛中，对我而言，较之他全身的裸露更为失礼，玻璃窗外的天空映衬着他的身躯，他浓密的鬓毛下绷直的阴茎，在午夜太阳的赤铜微光下，近似红棕色。背景则像摆放这个性器的首饰盒，他甚至不打算遮掩。艾莉森往别处看。她咳嗽。

"我们是不是得去睡了？"

大个儿水手怨我。我们不敢相互对视。唯一幸福的是他们，养着狗和孩子的夫妻。而我们，我们一无所有。

"我害怕房屋,"有天,我对他说,"害怕墙,害怕别家的小孩,害怕美貌又有钱人士的幸福。求你了,我们离开这儿吧。"

我们留下来。我们相爱时,既可怕又可悲。他美丽的眸子燃烧着我,又令我绝望。他比任何时候都孤单,甚至比在海上呼叫的男人更孤单。很快,他开始妒忌。一个夜晚,我离开他,睡在一张长沙发上,他几欲发疯,因为抑郁。他纠缠着我:"为什么这样对我,你做了什么,你去了哪儿……向我发誓你不是跟他们在一起,既不是跟他,也不是跟她……到底去了哪儿,到底为什么……"

"你咳嗽,太过强烈,别人会以为你在叫嚷。我太热了,你让我窒息。我想要睡在花园旁边。我想去外头……我半开着玻璃窗,感受夜晚的空气……我想走,远离这儿。"

我们在小卧室,夜里我逃离,彼时,睡梦中的他因为咳嗽而咆哮,他的胸膛仿佛要撕裂。而我,处于失眠的孤单之中,我的焦虑增长,我嫁给了一头狮子,已吞噬我的夜晚,某天也将吞噬我。他睡在我身上,不让我离开。他探入我的身体,一次次猛击我,他想要我大叫,要那个逃犯就此死去。永远留住我。他充血的脸在我上头熊熊燃烧,他长久地呻吟,他的嘶叫刺耳,叫人心碎,是一种呜咽。

我们静默地走在马路上。这是溃逃的一天。我们离开了美丽的屋子。安克雷奇的郊区延展开去,雨中呈灰色且脏乎乎的。斯佩纳德[①]:一些忧伤而又规整的门面,沿着笔直的大街依次呈现,

---

① 即安克雷奇的郊区。

唯独被汽车特许经销商炫目的氖管灯光打断,一个仓库的宽大地面,一个熠熠生辉的酒吧。他渴了,我想。他的酒瓶空了许久。我们将携带的东西放入一家便宜的旅店,此处和剩余的旅店一样灰蒙蒙的,色泽黯淡。但这是我们的庇护所。我们今夜的家。现在,我们走着。来到红绿色氖管灯照耀的街道拐角处——一个酒吧。瑞德直起身,加快脚步。

是"Pj家"。一个赤裸着腰身的女孩为我们打开门。她拿起我们淌着雨水的夹克衫。她朝我们微笑。我们深入洞穴。几个男人坐在阴影里。我们找到一张桌子。另一个女孩身着紧身带,来负责点单。伏特加和啤酒。一副吊袜腰带挂住黑色长筒袜,在厚而长的小腿上被扯出声响。一条蝴蝶状的细带式紫色泳裤,在她隆起的光滑臀部上闪烁。舞台上,一个有些肥的女人扭动着腰肢,一只手放在她缓缓解开的吊袜带上。她鲜红的大嘴像在亲吻话筒。她唱着,以一个嘶哑却富有旋律的声音呻吟着。我入迷的目光随着她。大个儿水手一口气喝完他的伏特加。他又要了一杯。数小时缄默之后,他终于对我开口。

"你是第一次到有舞女的酒吧吗?"

"对。"

"烦到你了吗?"

"没有。"

女孩们在桌子间跳来跳去,胸脯跟着一起抖动,转动的聚光灯在她们红色、蓝色或黑色的小腿上投射出金光。她们大笑。他想让我感受深刻。他又试着让女服务生过来。他低声同她讲了两个词,拿出一张钞票,按在桌上。她向我一眨眼,放下她的托盘。于是,她开始脱衣,缓慢地,但她看的不是他,而是我。她向我微笑,仿佛我是她的姐妹。她的胯部起伏,一开始缓慢摆动,随后越来越快。她背部的肌肉波动着,从圆润的肩膀直至柔软的腰身,大腿不时地惊跳。当她脱光了——花的时间并不长,她拿起钞票。

"谢谢,"她对大个儿水手说,"你们还想喝点别的吗?"

他给我点了一杯伏特加,又为我买了一件印有酒吧名的T恤。我们离开。大雾降临。我很冷。大街似乎永无尽头,街上只有雨水与汽车。我牵着他的手。流浪的悲伤使我们和解。公路上,有个酒水铺。他又加满十盎司伏特加。

"我饿了,"他说,"你要来份比萨吗?"

街角,我们碰上一个蹩脚的快餐厅。我们穿过马路。瑞德推开门,一个无聊的女孩看着我们,眼神并无光彩。她打着哈欠,接受了点单,移开一绺忧伤的头发,重新坐下,等着。于是,我们走了出去。我们坐在潮湿的人行道上,等待比萨。雨水滑过我们的面庞。他点燃一支烟,天空呈铅灰色,光线晦暗,显得脏乎乎的,投射在他疲惫的、被酒精侵蚀的脸上——悲惨天空。我们是那么冷。长久以来,头一回,他真正与我说话。

"家在哪里?"他说。他的褡裢露出酒瓶。他往脚下吐痰,又用手指擤鼻涕。

"在哪儿呢,我家?"他继续,"我什么也没有。我从一艘船到另一艘,从科迪亚克的船坞到荷兰港。没有女人,没有孩子,没有房子。我付得起,就睡一间酒店房。哪怕野兽也有一个巢穴。"

他的肩膀塌陷,暗淡的发绺落在他发红的额头,酗酒男人的粗粝皮肤。他从褡裢拿出酒瓶,喝上一大口,又将伏特加递给我。

他咳嗽了很久。当他终于喘上气,他点燃一支"骆驼"牌香烟。那女孩叫唤我们,我们并无回答。

"我累了,你知道,我是那么累。"

缺乏巢穴的男人并不等待答复。我沉默。世界压垮了他,冰冻的荒芜之地,对于绝望者毫不宽容,正像落日时分的微弱光线,挫损了他焦糊的面庞,令他变丑。而我感受到了这一切,在这条泥泞不堪的斑马线尽头,我背上起了一阵哆嗦,一股轻盈的水流,如同一阵气息——我的翅翼始终在那儿。对我而言,也是流浪,但不尽相同。

我们吃了比萨,沿着灰蒙蒙的大街重新上路。雨并未停。我们手中的纸板箱被打软。越来越冷。但我们不怕任何事情。旅馆已不远,家乐福一角的光线鲜红,一根月牙状的黄色小氖管灯在大雾中摇曳。

我们返回,关上门,苦难已尽,回到家里,我们拉上窗帘,遮住马路上脏乎乎的天空。我们溜入被单里,在大床的白色之中相拥。最后,我看到他微笑,头一回看到这样羞涩又带着一丝疑虑的微笑。

"你让我害怕。"他低语。

他的额头在我胸前摩挲,他长久地保持这个动作,我听着,他心脏的跳动,大街上的车水马龙,雨水,明天我将出发。他仿佛猜到我的心思，压低声音说："明天，你要走了。"

"是的。"

"我没法要求你留下。我能给你的有限。"

"我没要求任何东西。人应该单独赢得自己的人生。"

"女人都喜欢舒适的起居，一栋房子。"

"我不是。我想在外面生活。"

"但毕竟，我呀，我想要安定。"

"那捕鱼呢？"

"捕鱼挽救了我的生活。唯一一桩足够强大、将我从这一切拉出来的事情，"他做了一个泛泛的手势，"但是，给自己造一栋小房子，哦没错，我也很希望。我们会有个孩子，起名叫瑞德。"

"跟我在一起的话，你遇上的可不是一般人梦想的那种女人。"

"很久以来，我早已不指望遇到任何人了。"

"我是一个'逃犯'，一头在公路上奔跑的野兽，我没法改变。我最后会进庇护所。"

"我们结婚吧。"

"我想回去捕鱼。"

他拥抱我，紧贴着他。

"我们结婚，一起捕鱼。"

"我不要待在陆地上。我觉得我宁愿被水淹死。"

他直起身，拿到酒瓶，他没松开我，有那么片刻，他的胸膛压着我的脸庞。

"你要喝一次伏特加吗？"

"不……好吧。我们一起喝得太多了。"

"我一直在喝,但你不是,对你来说不算什么。"

他喝上一大口,喂给我。我咳嗽。我大笑。他的眸子在黑暗之中闪烁。他也大笑,我看到他卷翘嘴唇下牙齿的光亮。

"现在一起睡吧。"

"就是这样,睡吧。"

五点,接待处的某人敲响我们的门。休息告一段落,得返回世界,外头,马路上。我从他硕大的手臂中轻柔地抽身。

"再睡会儿,"我说,"我得走了。"

"我会来看你,"他说,"我从夏威夷给你写信,我等你。永远等你。"

大雾笼罩安克雷奇。我的飞机飞入一片不透光的天空。一旦飞上一定的海拔,便变作了夏天。我不会再去安克雷奇。大个儿水手还在睡觉,躺在我们的被单里,我留下的那一片温热的空当中。我身上留着他皮肤的气味。空姐给我一杯咖啡和一块饼干。我跟前的一些男人要了一杯啤酒。他们谈起荷兰港,以及一艘开往深海的船。飞机降入科迪亚克岛。我的喉咙发紧,我要回到大海……我重新见到一些拖网渔船,它们在停泊地休憩,大洋遍布着星星点点的小船,还有卷起水沫的航迹,我忽然明白,我得回来。我的心跳加速,我要返回捕鱼。

我在机场的小间里,拿起脚下灰熊皮制作的包。一些穿长靴的粗壮男人拿起他们的包。我走出。有太阳。还早。我走到公路上,空荡荡的。我伸出大拇指。一辆出租车停下。司机探出身子,为我打开车门。

"我回城,"他说,"车费我已拿到。我载你一程。"

我上车。我把稀少的行李放在脚边。矮个儿男人看不出年龄,头部似鸟,虚弱苍白,灰色眸子十分暗淡,嗓门很高且尖,有些嘶哑。他给了我一支烟。他的手很细腻,半透明,让人觉得像玻璃。

我们沿着大海行驶。公路笔直,可以开到海岸巡逻队基地。没有一棵树,大地漆黑且光秃秃的。随后是吉布森湾①和第一批棉树。我们的车还开着。稀疏的树林变厚。我右边是由碳氢燃料供给的船坞及沉默的巨树,船皆停泊于第一批罐头食品厂前,令我灵魂发痛,令我肚子打结,召唤着我,力度不亚于瑞德。"托帕石"已返回。"阿留申夫人"与"萨迦"自我出发便没动弹。

司机讲话快又多。他叫爱德华,出生并成长于亚利桑那州,出于偶然,带着不确定性,到了阿拉斯加。烟头溢出烟灰缸。在横排后座上,书到处乱扔。广播打断了他,有人呼喊他载一程。

"来'托尼家'一晚,我请你一杯。"他在第一座浮桥前将我放下,一个头发蓬松的高个儿男人等着他,穿着跑步服和破洞的汗衫,肩上扛着一个垃圾袋。

"叛逆者"的甲板无人。太阳暴晒。于是,我走到"狗湾"。在拱桥中央,我倚着栏杆。我下头是海鸥,幽暗的蓝色海水深层次地缓慢起伏。我模仿瑞德吐痰。我继续我的路。长岛的漆黑深林在我跟前,天空布满小球状云朵,十分蔚蓝。我到了小港。我走上几步,闭上双眼,海水的气味与密林的怪味混杂,从公路另一端传来。疲惫袭来,我长久地吸着空气,忽然自觉轻飘飘。

我走到"银河"。没一丝动静。亚森应该还在睡。我瘫在甲板上。腰下的木头温热。水流冲击船身,发出汩汩声。一切都在高高的桅杆上,一只造作的乌鸦盯着大山。天空闻起来像藻类与贝

---

① 阿拉斯加州科迪亚克岛附近海湾。

壳。亚森从船舱里出来时,我几乎睡着了,他头发散乱,面庞肿胀,带有倦意。

高尔登坐在休息室的桌旁,丰满的手指捏着一杯咖啡。我回来时,他弯下头,朝我微笑。一个女人跟我打招呼,微微点下头,又走出去。

"这是迪尔娜……"高尔登飞快地说,不时轻声咳嗽,"你在安克雷奇过得愉快吗?"

"是的……但回来更棒。"

他清了清嗓子。

"我有个坏消息,莉莉……我很抱歉,真的……船的保险公司不肯为你的意外买单。安迪这一季不打算聘用你了。他觉得你的证件不符合规范。太危险了,他说。"

矮个儿男人结巴着表示歉意,他两眼圆睁,目光落到自己交叉的双手上。

"我对此真的无能为力。"

勿忘我色的眸子又看向我,如同孩童的眸子一般明亮。

"但你可以待在船上,只要'叛逆者'还在港口。"

我在酒吧找到亚森,他也叫了一品脱"吉尼斯"①。

"亚森,我们可以一起捕鱼!"

亚森为之狂喜。他把头探入空中,发出一声疯狂的喝彩。

---

① 世界第一大黑啤品牌,于 1759 年创建于爱尔兰。

"得为此庆祝,水手啊!今晚我们喝个大醉……两杯龙舌兰,两杯!"

我想念大个儿水手。他知道后,会说什么,又会做什么?把船淹了?

"亚森,"我说,"我遇到麻烦了……"

亚森等着听一个来自逃犯的最坏消息。

"我有个朋友,一个大个儿,一个非常高的男人……"我喘过气,以更低的声音说,"他疯狂地嫉妒。或许他会杀了我们,如果他看到我们在一起。"

亚森皱了皱眉,两个眼珠骨碌碌转。

"他在哪儿?"

"在安克雷奇。不久会上夏威夷。"

他大笑,点了另外两杯龙舌兰,一些伏特加、朗姆酒及"白色俄罗斯"。

"我们会是海上的疯子,"他在椅子上坐直,大叫,"你什么时候教我喷火?我们什么时候玩一票走私,在阿拉斯加的每个港口大醉?"

我回到"叛逆者",港口闪烁并跳跃着。我笔直地走向我的床铺。我睡下去,陷进去。早上,当我醒来,乔伊给我盖上他的睡袋。

天气晴好。我像熊一样吃东西。和亚森一起,我们将"银河"重新粉刷。夜晚降临,我们有时会爬上桅杆。在悬空中荡着小腿,玩着令人害怕的游戏。风咆哮着，猛然涌入拱桥下，底部的波浪向前滚动。我们感到头晕。一些燕鸥飞过，轻轻触及我们。它们俯冲下来，叫声尖锐。带着尖利的鼻音，混入海鸥清亮的哭声。我们回到地上，心狂跳，瞳孔大张，被一阵眩晕攥住。于是，我们喝上一些伏特加和朗姆酒。但是，我常常更偏爱奶昔的纯洁。"就像童年的感觉。"我对亚森说。

今天，我们把"银河"开到大港口。我们把它系在码头，低潮时对船的水下体进行整修的地方。海水退潮之际，我们从船体上刮去水藻和帽贝，覆上一层防污剂。我们在淤泥中行走。海鸥盘旋于空中，云朵流转，往宽阔的外海移动。海潮涨得过快。一切都在跃动，前行，飞翔，金光簇射。而我们，我们是橙黑色，防污剂染上头发，还有黏答答的油漆和泥泞。墨菲从船坞经过，挥舞着手。

"有瑞德的消息吗？"他大叫。

我抬起头，脚磕上横梁①。我在泥泞里，无法直起身。我大笑。

"他很好！"我喘过气，说道，"他一直在安克雷奇，等我有了钱，就去夏威夷跟他会合！"

一些鸟儿从墨菲头上飞过，他模糊的轮廓贴着天空，脸上带着狂喜，像一朵硕大的向日葵。太阳射得我眼皮下出现金色光斑。海水已涨到我们的腿肚。是时候回到船上了。

---

① 平行摆放的巨大横梁，用来放置船身，退潮时，对船进行水下体的整修。

我们等着海水上涨,重新启航。亚森给我看他床铺上挂着的一个玻璃浮标。

"它很古老,没准儿来自上世纪。或是战争年代,我不晓得……它来自日本。在海上漂了十几年,随后被我发现。我们去捕鱼时,会找到其他一些浮标……在尤加尼克湾[①]的海滩上,沿着整条西海岸,罗基波因特[②],卡勒克,依刻里克……"

"哦……"我幻想着说道,触动微蓝的浮球,这个球的形状不规则,有星星点点的气泡,锁在有气孔的玻璃里,"我多么想变成一个浮标啊……"

"靠近我,紧紧靠近我。"那个生着一张遭蹂躏的脸、仿佛轧坏的石块、总现身于公园和公共车站之间的男人让我留步,纠缠不休。我用尽全力把他拥入怀里。

"谢谢。"他说,随后上他的路。

我遇到墨菲。他从麦当劳出来,手里拿着一个汉堡。

"你还在干活?"

"对啊,墨菲,我们月底要去捕捞黄道蟹。"

"你干得太多了,莉莉,要像我一样,度假。来庇护所住住,每晚都有伙食供应,能冲澡,还有一个你自己用的宿舍,或基本如此。度假吧……冲个澡,你穿上裙子,喝个大醉……"

我大笑。

[①] 阿拉斯加湾科迪亚克群岛附近的海湾。
[②] 加利福尼亚州的一处岬角。

"但是,他等着我呢,我的船长,我不能延宕……"

从更远处,墨菲看着我,叫道:"那你完成了吗?你最终喝醉了吗?"

我也喊着回应,越过马路和船坞:"还没有!"

"银河"粉刷完毕。亚森等着他的铅丝笼。还没到。"叛逆者"启程。我在"活力六月"上待着。我无所事事地开走,从塔古拉工地出发,走到巴哈洛夫公园,溜入黑加仑丛中。有时,我睡在一片灌木后头,在巨大的雪松下,或高度惊人的铁杉[①]后。喋喋不休且生硬的呱呱叫一直把我弄醒,来自我四周的乌鸦,它们立在桤木上。我想引它们来我手上啄食,可它们不中意爆米花。于是,我站起身,走回渡轮码头,坐上去,望着船只来往。大个儿水手一直在安克雷奇,住以利亚与艾莉森家里,铺着红绒毯的美丽屋子。每晚,我从港口的电话亭给他打电话。他严肃的声音传出。

"你一个人睡吗?"

我爆发出大笑。

"当然!"

他半信半疑。

"嗯,"他又说,"港口所有小狼狗肯定都围着你转。"

"我或许要和亚森一起捕捞黄道蟹。"

---

① 一种松柏目植物,能达到七十米高。

"是谁?"

"一个'冒险者'的伙计,找一名水手。"

"你上酒吧吗?"

"不常去。我更喜欢在麦当劳吃个冰激凌。"

"你跟我一起来夏威夷吗?"

"嘿,小孩!"

我背后一阵汽车喇叭响。我数着剩余的子儿,坐在最爱的长椅上,朝着整座港口。我转过身。是约翰,在一辆老旧的小型载重汽车里,车已于某天刷成白色。他放下窗玻璃,呼唤我。

"我明天需要你。帮我准备一条管沟,用来铺设管道。一天下来,二十美元,可以吗?"

"可以。"我回答。

"你马上要捕鱼了吗?"

"我不知道。亚森一直在等铅丝笼。"

"我明天七点来接你。"

他开走了,直至"B and B",平板车在那儿哼哼唧唧地刹车。我看着他从一团尘埃中下车。下午,几乎算热。一个伙计沿着码头走,挺着将军肚,垂着肩膀,他走到我跟前,放慢脚步。

"我可以吗?"他低声道,指指长椅。

他睁大圆眼,有气无力的小嘴试图微笑,僵直的淡色发绺挂在脸上,像个无精打采的孩子。

"可以。"我回答。

男人坐在我身旁。我们静默地看着停泊地。地曳网渔船的船队几乎已满当。鲑鱼在船上等着。捕鱼三天后结束。

"拿着这个……"他对我说,声音难以辨认,递给我一些皱巴巴的纸。

矮个儿男人飞快起身,已走远。我展开纸,是三张饭票。我起身,想赶上他,可他已消失在出租车办公室的街角。

上午,约翰给我留下一把铲子、一个水平仪、一把尺和一堆沙砾,他往地面上飞快地铲了一小阵。我只须把一切整平。大约百米高。他晚上回来。管沟就位,管道可以铺设。我闭上双眼,精疲力竭。他的眸子变得柔和,也闭上了。他身上散发强烈的威士忌味。他给了我二十美金,高声打嗝,要我第二天七点等在塔古拉船舶工地。

自从约翰上个月拿下这块悬岩,船便一直停在干船坞。我觉得他喝得太多。我给整艘小型木质纵帆船的船体洒上水,以防船壳板回缩,捻缝时也不会破裂,一天洒上若干回。我擦拭,抛光,重新上釉和油漆。"摩根"是船中奇迹,二十六英尺,细长的龙骨船,便于在深海区域行驶,船身呈圆形,如同一个酒瓶肚,以抗衡汹涌的海浪,通体细长而雅致,直至船首。

"这是我所拥有的最适合海上的船。是林德伯格[①]穿越大西洋的那一年制造的,在 1927 年,你能想到吗?而它像新的一样……"约翰自豪地对我说。

[①] 美国飞行员,史上第一个独自横越大西洋而不着陆飞行的人,于 1927 年完成此项壮举。

我刷着船的水下体，如同用马刷刷一匹高头大马。我回到浸过油的木头船舱，拿上一杯咖啡，待在驾驶椅上。我把手放在林德伯格掌舵的古老圆轮上，身后是轰隆生铁的小火炉。我收回目光，盯住地图桌，这些地图铺开着，沾有棕色斑点——咖啡？我返回干活。

有时，我听到渡船的雾笛声。我跑去看渡船开过。一个晚上，我干完"摩根"上的活儿，想要赶上渡轮。我逗留得很晚。从梯子下去时，差点滑倒。我跑到陡坡处，但渡轮已越过航道上的浮标。我望着它消失。我长久地挥舞手臂，可我的招呼似乎只为大海接收。"特斯特米纳"重新启航，离我越来越远。我返回。路边，老旧的平板车在十点太阳的柔和光照下，投以金色的影子。

一个早晨，我待在桅杆的高处，穿着亚森给我的有油漆斑渍的旧外套，我垂下眼睛，他在那儿，大个儿水手，他来找我，想带我去火奴鲁鲁[①]。他坐早晨的渡轮抵达。约翰放我离开。

"去吧，孩子，休息几天……佩吉跟我们说要下雨，你不必给船浇水，毕竟你也不会上漆。"

我们从塔古拉船舶工地走远，走到沙砾道上，生有柳叶菜和悬钩子的路堤之间，堆着生锈的铁箱子，破旧的三层刺网，一辆平板车的车架，一艘长着荆棘的受损船。天气晴好，还很新鲜，大地与淤泥也不难闻，还有腐朽之木与铁锈发出的难以名状的气

[①] 美国夏威夷州首府，港口城市，又称"檀香山"。

味。大个儿水手脸上通红，动作笨拙，我在他身旁跳舞，浅黄褐色的眸子盯住我赤裸的肩膀。他拉起我的手，停下来。

一天，我们来到"狗湾"桥下，宽大地皮上的混凝土桥拱，我们脸色绯红，身处草丛，顶着蔚蓝的天空。我们来到城里，驻留于第一间酒吧。我们喝着啤酒，他跑到厕所呕吐。他又试一回，可一喝啤酒就不行。

"来，现在我们去开个房间。"

我们在酒水铺买了加拿大威士忌和伏特加，又去超市买烟、果汁和冰激凌。我们返回"谢列科夫"，因为这儿更美。接待处的女人们不再令我那么害怕。卧室里，床罩上洒满阳光。我已饿了。于是，他喂我吃冰激凌，给我灌酒，睡我身上，虎钳般的大腿环住我的身体。像是一只当了母亲的雌性鸟儿，一口口喂我。他将调羹探入我的嘴时，冰激凌从中滑落，滚到我的脖子上。

"哎哟，好冷。"我说。

他用舌头卷起那块冰激凌，灼热与冰冻碰一块的感觉很棒。我浑身都沾上了，之后，床单也变得黏糊了。他用牙咬开瓶盖，喝上一口，随后吻我，伏特加从我的唇间流入。我大笑，差点窒息。

"你是我的。"他说。

我们睡了。不时入睡，都睡不长。他醒来时，便打开电视机。随后一支烟。他抓起一瓶酒，喝上一口。我闭着眼。我假装睡着。我听到他喝酒时发出的长长的叹息。从他的身体里。他巨大的身躯在我旁边休憩，如同余速已尽的船，停泊于碳氢燃料所供给的船坞旁,神秘的泰坦①巨人之一。但我不喜欢他的电视机。它令我想逃,就好像他用陷阱抓住我,令我想要沿着船坞奔跑,直到上气不接下气。我鼓起勇气的时候,便请求他关了电视机。

"你懂,告别这些人、这些声音吧,他们跟我们一起在卧室里,而我想跟你单独待一块。"

于是,他关了它。之后又打开。他控制不住。我望向窗外。我想念风,想念港口的船,想念鸟儿和天空的色彩。我感到自己倔强的身体想要奔跑。我有些无聊,这也不错。他又来抵住我,用嘴巴喂我。他买了些来自加利福尼亚的美丽多汁的蜜腺、面包、鸡肉。他递给我一块。

"这鸡很嫩,甚至吃不到骨头。另外,也不贵……"

蜜腺的汁液流过我的下巴,淌到我的脖子及苍白的上身,还有肋骨间的凹陷处。像是一只可爱的母猫,他舔舐着我的皮肤,为我清洁……他粗糙的舌头舔遍我的胸脯。他逗弄我。我大笑……

他给我讲了个故事:

"曾经有一条河,我上那儿捕鱼。倒映在水面上的树影婆娑。柳树下的河水呈黑色。我们还是孩子……我弟弟有一艘海豹皮小艇。我们出发。小艇底部有一条毯子,一盒有些锈斑的罐头——用来制作咖啡,一块面包,一些红豆,以备没东西吃的时候……一些火柴。我有一把小刀,用来雕刻。一个小型图腾,末端生有

---

① 希腊神话中统治世界的古老神族,为天穹之神乌拉诺斯和大地女神盖亚的子女,共有十二位泰坦神。

乌鸦脑袋。小刀是我用来划开鳟鱼的。它们的鲜血流过刀面，我的乌鸦也染红了……很美……夜幕降临，我们生起火。弟弟带木头来，我则准备鳟鱼。还有火，因为我更年长。夜晚时分，我教弟弟识别星星。还有些猫头鹰……起飞时，它们的翅膀会发出噼啪声——我弟弟害怕，一头高大猫头鹰的低沉嗥叫声，还有些零星的、干巴巴的叫声，其他声音更尖利，也更哀怨。就像单调的歌声，悲伤，如此悲伤……一天，我弟弟带来一瓶酒。二十五盎司的陈年威士忌，还有一瓶劣质烈酒，被我弟弟忘在平板车里。为了纪念这一天，得喝个大醉，尤其我的父亲。我们在星空下喝酒。十分美妙。之后，我们两个都吐了。毯子几乎烧起来。我倒在河里。很冷。我们发誓再也不碰这破东西。"

我大笑。他直起身，他皱皱眉，我们躺在床上。被单沾上了冰激凌渍。

"别笑我。我们两年没碰这东西。我十二岁，他十一。之后就不一样了……之后，有女孩，有郡里举办的舞会，然后是快速舞会，再后是酒吧……女孩一直有。之后，我们想要变成男人。河流，星星，已终结。"

我望着玻璃窗后的天空。我想着河流，黑色的河水，想着上头跃动的金色树叶。

他微笑，为自己而笑。

"我在树林里长大，你知道。那里很美。我和弟弟出门。母亲等着我们。没日没夜。我们回去的时候饿着肚子，身上是淤泥和划痕，在某个上午耀眼的阳光下，或一个夜晚，蔓延到树林的阴影下——这种从皮肤上泛开的震颤,我们的额头为阳光所灼烧,因为苦恼而生出刻痕,如同一轮荣耀的光环。我们是年轻的狮子。"

他低沉的声音又响起,似乎一声叹息。

"随后是啤酒……结束了,我们追逐着酒吧和女孩。然后,我和父亲上公路。我们找伐木工的活儿。又是在林子里,但情况不再相同。我们从一座城市到另一座城市,从郊区到村落,从客栈到酒吧,从缅因州[①]到田纳西州,从亚利桑那州到蒙大拿州[②],经过加利福尼亚……俄勒冈州[③]的高大森林,雾蒙蒙的太平洋海岸……我们醉得可怕。过我们的酒吧人生。活儿也很重,可以把人杀死。我们从棚屋睡到旅店,从旅店睡到夜间庇护所,再从庇护所睡回棚屋。一间房子对我而言就是一间酒店房间。"

他微笑:"有时候,我们让女孩上门,拿工资的时候,我们能定上一间房。如果我们没完全喝醉。一天,我们喝到监狱的角落去了。因为打架,我们对打。为了个舞女。"

"大海救了我,"他说,"我不停地喝,直到二十八岁。从童年的树林,到阿拉斯加的树林,我一直是个醉鬼。随后,我上了船。这儿。我喜欢这个。极度喜欢。我再也不能酩酊大醉,除非回岸上。大醉。"

大个儿水手继续说着,在阿拉斯加的广阔北部,一个夏夜,

[①] 位于美国东北角的新英格兰地区,被称为松树之州。
[②] 美国西北部一州,黄石公园所在地。
[③] 美国太平洋沿岸一州,原为土著印第安人聚居区。

被上午十点铜管般的阳光镀金的房中。他平躺着，发烫的脸庞转向我。他说话，以低沉而又缓慢的声音，略微低哑。他说："为了入睡，我必须精疲力竭，不管通过什么途径，一直是这样。通过酒精、性，或是工作。"

已是夜里。我们淋浴。他站着，抵着我，显得十分高大。我为他擦洗：强壮的胳膊，幽暗而毛茸茸的腋窝，他的胸膛，粉红的乳头，藏在焦黄色的浓毛下，毛顺着往下，在隆起的上腹部渐少，直至变成一条线，又从下腹部生出，在大腿间的幽暗空隙，形成茂密的一团，那儿栖身着奇怪的生物，被我带着敬意及类似恐惧的感觉擦拭。他在我的手指下勃起。随后是他坚硬的臀部，白色大理石般的小腿，还有那双总让我想起红丝绒地毯的脚——我忍住不笑……我的手平整地滑过他的身躯，又升到他的肩膀，我在那儿停靠了片刻。之后，来到颈背的深色沟壑，游走在他强壮的肌肉与脖子之间，他闭上双眼。他微笑。我给他的大胡子抹上肥皂水，手指抚上他滞重的一轮眼皮，眉牙，乱蓬蓬的头发，高额头……又轮到他。他宽大的手用肥皂长久地擦我的背，我同样坚硬的小臀部，我的脚，此时他的动作更为精细。最后，是我的头发。他按压香波时，过于用力，溅射到我的眼睛，火辣辣的……他吻我——肥皂味。我大笑。

深夜，我们外出。并不远。我们走到港口。我们坐在纪念碑下，在海上遇难的水手影子下。路上，他又买了威士忌——或伏特加。或朗姆酒。可能还有鸡，味道太棒，以至于我们连骨头也要吃。还有咖啡,因为房间里有咖啡机。给我买了些饼干。我们望着停泊地的船。他说了什么。他转向我,脸庞的一半被水手石像的阴影吞没。他给了我一瓶酒。我大笑……我又抬头,长久地凝视着雕像,盐与风侵蚀了它的线条。此刻,我回忆起这个女人,拉芒什海峡①上的她,转向天际线,脸庞同样被大海、狂风及等待的痛苦所消耗。

"哦,瑞德,那个死在海上的水手没有脸了。"

"是的……"

"我在法国见过一座纪念碑。是一个女人,等待她的水手,脸也被侵蚀得差不多。"

瑞德发出一声短促而苦涩的笑。

"这儿的女人不会那样等,她们上夏威夷,腻烦了便再找一个男人。或两个。"

"为什么这么说?何况,是你上夏威夷,不是我。"

"你会等我吗?"

"哦不!我宁愿捕鱼。有你,或没有你。我甚至不希望有人在岸上等我。"

"啊,你看。"

"你不明白……这不一样!我并不想要一间屋子,我不再需要,我啊,就想活着!我要出走,和你们一样捕鱼。我不会等待。不,我不等待。我奔跑。你们可以走,你们一直在跑……我也想

---

① 又名英吉利海峡,分隔英国与欧洲大陆的法国,并连接大西洋与北海。

上大海,而非夏威夷。"

"你不来夏威夷吗?"

"来的,瑞德,来的。某天。但首先,我得去捕鱼。"

他不再说什么。我羞涩地靠近他,盯着黑色的天际线。他伸出一根手指,缓慢地滑过我的脸颊。我们返回。他打开电视机。又关掉。又打开。

在水手生涯中,他习惯半醒的状态,一直如此。夜断续着。他睡两小时。三小时。他又起身,点一支烟。他稍微走走,在房间里转圈,又将电视机轻轻打开,坐在前头或面对窗户。他抽烟,拿起床头柜的酒瓶。他注视着月亮——当其在场,天空,永远这么注视着。他猜测房屋后头是大海。

突然,一阵急剧的风抵住我的太阳穴,令我醒来。大个儿水手又来睡在我身上,似一件发烫的大衣。电视机音量已被调到最低,画面光线游弋于他的脸庞,映射着他皮肤上不规则的颗粒,他向我俯身。黑暗中,可听到他低沉的声音。

"给我讲个故事……"

可是,开讲的还是他。

"曾有一只水鸥——也许是一些水鸥,但对于我们而言,就是那只水鸥……你明白,这些飞得极高的鸟儿,翼展尤其宽阔……我们蹚过河以后,便来到捕鱼的湖旁。天空与湖水……广阔无垠。在那儿,我们捕捞十分美丽的鲤鱼。还有鲶鱼、红点鲑鱼、弓鳍鱼……我们害怕上那儿。首先很远,海豹皮小艇涉水不佳。实际上，它一文不值。一旦起风……我们就走运了，你懂的。我们行进到那儿时，夜色似乎更为辽阔。我们睡在陡峭的岸上。我生火。我弟弟带来木头。我准备鱼……似某种仪式。回想起来，这是我与大海缘分的开端。对于大洋的热望始于这个湖。但我还不知道。当然，我什么都还不知道……

他用肘关节支起身子，咬开瓶盖，饮上一大口。他将我拥入怀中，我感觉到他温热的气息，还有威士忌的味道。

他又说："有这样一只水鸥，我跟你讲了，这些水鸥……它们在夜里叫喊。有时，像一阵冷笑，令我们不知所措，尤其当月光照射湖面，树影婆娑……随后，转为悲痛、哀怨的叫声，变得低沉，行进于水面上，湖水又深又黑，叫声冲到月亮上，如同一阵疯狂的大笑。我们在毯子下紧紧相挨。我们发誓天一亮就逃开。早上，夜里传出叫声的湖滨上只有一堆树枝——水鸥的巢穴，里头发出类似小猫的微弱叫声，令我们觉得自己好笑。当我闭上双眼，有时还可听到那种叫声。我会起鸡皮疙瘩，能感到寒战，令脊梁震动。"

"你母亲呢？"

他短促而悲伤地笑了。

"我们让她心烦意乱。我觉得，对于我们离开的事实，她现在已平静一点了。我父亲来照料我。他不再喝酒。他希望我也戒酒，但他不开口。我也并不想。我陷入泥潭时，他给我寄一点钱。一次，他送了我一个睡袋，绝对好家什，肯定是他下血本买的……那会儿，我在安克雷奇的街头游荡，是个冬天。"

"你不去'豆子'咖啡馆?"

"很少。有时去喝个汤。但我立马离开。我一向不喜欢生活在人群里。我更喜欢睡在公园里,和其他流浪汉一起。要么单独一人。我在雪里挖个洞。睡袋里的我并不冷。还不错。"

"有一年,我没捕鱼,我想建自己的屋。我父亲拥有林子一角,地皮不贵。我在拖网渔船上度过收成不错的一季。我疯狂劳动,近似病态。小屋有所进展……随后,冬天到了。大雪切断了小道。我储存了不少酒。我一向未雨绸缪……"他说,"别人发现我时,已是几周后,我半死不活……"

"半死不活……因为什么?"

他没回应。他点燃一支烟,随后低语:"当你闭门不出,跟怪物在一起……"

三天后,还得起身。

"我今晚离开,"他说,"跟我走。"

"我可以先去捕蟹。"

"这个亚森是谁?"

"一个很年轻的小伙儿,在自己的小船上。我们在'叛逆者'上工作时,你看到他经过船坞。有时,一天结束,他在我们面前留步。这是他第一次独自捕鱼,也是第一次做船长。"

"你跟他睡了吗?"

"从来没有!我只想回去捕鱼。"

"跟我来夏威夷,我们在火奴鲁鲁找一艘船。"

"还不行。我还不想离开阿拉斯加。"

"嫁给我。"

我们走到船坞处看看。我第一次放下自己十分长的头发。我自豪地走在大个儿水手身旁,解开发束,属于女人的浓密长发于风中飘荡。他也为之自豪。

"跟我讲些什么,"我对他说,"不然我会寂寞。"

他低沉的声音立马能令我舒服。于是他缓慢地开口。

"我想要你永远跟我在一起。"

这话很美,也很棒。海滩上只有我们。下起一阵毛毛雨。灰蒙蒙的。海鸟及其叫声溶解于雾中。我们很冷,但还是尝试在细沙上做爱,在两块黑色岩石之间。

我又说:"跟我讲些什么,不然我太寂寞。"

他在我身上,缓缓顶着,雨水滑过我们的眼睛,岩石挫伤我的肋骨,衣服也绊着我们自己。

"我也寂寞啊,"他说,略微一笑,"我们应该尝试……"

我们得赶紧回去,因为海潮已涨。不久,我们走过的通道便要被切断。我们坐在一个树干上,受限于海滩与道路的范围。他从褡裢里拿出一瓶伏特加,还有冰激凌。他给我喝的,上头浇上冰激凌。他将自己的随身听递给我。汤姆·威兹[①]。有时,他把头

[①] 美国加州歌手,作品包含深刻的社会批判意识。

靠向我,一起听:"我们今晚启航,赴新加坡。"①

一个小伙儿从我们跟前走过。他向我们打上一声漫不经心的招呼。

"他在这儿干啥?"大个儿水手缓缓道,"这是我们的海滩。"

"是呀。或许应该因此杀了他。"

"跟我来夏威夷。"

"还不行,今晚不行,我要去捕蟹。"

"你得留心自己。"

"好的。"我说。

"你不要上巴罗角。"

"还不会去。"

"如果你没了船,如果高尔第要开走'活力六月',你得去庇护所。你在那儿会是安全的。"

"我总是可以找一辆破车,过上一夜。海滩边上不少废弃的卡车,'救世军'组织旁边。"

"你疯了。我不能走。我得留下来,跟你生孩子。"

我低声大笑。

"为什么要跟我生孩子?"

"为了让你远离腐烂的破车。"

我们等着渡轮。夜色已降临很久,落到辽阔的海滩上,我们

---

① 汤姆·威兹的歌曲《新加坡》的歌词。

在雾中等待。我们躲入他的汽车,一辆永远不会开动的废旧汽车,在庇护所后头。他宽大的手环着我的脸。路灯刺目的光线下,我注视着他发肿的样貌,他赤褐色及颗粒状的皮肤,湿润的双眸如宝石。我认为他是英俊的。我认为他最英俊,最高大,最炽热。他希望我还爱他。他永远不会餍足于爱、性及酒精。

"不……"我低语,"不,我们可以见面……在庇护所旁的老旧汽车里,周围全是泥浆……"

他坚持。于是,我用嘴爱他。最后,我哭了。对他而言,这样很受用。他看到我眼中的泪水。

"你想要我吗?"他将我抱紧,顶着我说道。

"不。为什么我想要你?"

他把我的脸捧在手心。黄色的眸子探测着我的。

"我很抱歉。"我又说。

"你上庇护所吧,"他在黑暗中说,"找瑞德谈谈。我父亲。他来负责。他叫瑞德。你得让他知道你做什么。他会把你的情况告诉我。他也会把我的消息捎给你,如果信件还没到。"

"瑞德,跟你一样?"

"对。也是瑞德。我会和弟弟在夏威夷待一阵。在岸上。正是找活儿的时候。我会等你。"

"你弟弟一直住那儿?"

"部分时间。瑞德在大岛上有间棚屋。他在大楼里工作。这会儿,他在夏威夷有个工地。我要上那儿。"

"瑞德吗,你弟弟?他也叫这个?"

"对,他也是。"

"那你们都叫瑞德?"

他大笑,以他低沉的声音,轻轻地低吼,将我搂紧,又喝上一口威士忌。

"我是瑞德·麦克。但我更喜欢别人叫我瑞德。我们再一起生个小瑞德。"

雨水又落下。挡风玻璃上淌着细流。渐趋疯狂的水流终于盖过我们,稀少的行人也不再看得到我俩。

瑞德又点燃一支烟。

"很久以前,"他说,"我祖父是南卡罗来纳州的伐木工人。他很倒霉,一棵树压到他。他可能要死了。我祖母还很年轻,她跑去向圣瑞德祈祷。她对其发誓,如果她的丈夫能恢复过来,所有后代都取他的名字。她每天点燃大蜡烛。他就这么恢复了。"

"女人呢,她们叫瑞迪特[①]吗?"

他喝上一大口,拥吻我,结老茧的手掌覆上我的太阳穴。

"从此就没女人。"

夜里,渡轮轰鸣。长久以来,它轰鸣着。得上那儿。他抓牢水手包,甩到肩后。雨水打到我们的额头上,新鲜而轻盈。风拍击着他深色的鬈发。他的脸庞淌着水。我想起孩童时见过的一幅画,或许是该隐的孩子们在暴风雨中逃亡。

---

① 原文为 Judith,为与 Jude(瑞德)相应的女名。

"你像一幅古画中的某人。"我说。

"西西弗[①]?"

"也许吧。"

瑞德·麦克·林奇,兴许正是西西弗,为世界所压垮,为狂怒与激情所燃烧,还有酒精、盐分与疲乏。抑或是另一位,肝脏为老鹰所啃噬,直至时间的尽头,为将火种带给人类[②]。我已不清楚,本质上却也不重要,他两者都是。

我们抵达渡轮。我们在蒙蒙细雨中等待,雨水也混入浪花。一个女人买了票,在码头底部,问他包里有没有酒。当然没有,他回答。

"你回吧,现在。"他说。

"我还想待着。"

于是,他飞快且有力地拥吻我。

"你是这么久以来落到我身上的最棒的事。"

"你跟我说过了。"我低语。

"我还会再说。你要着凉了。你的丝巾呢?"

我把脸凑向他,丝巾解开了。微风吹拂。他把它系上。我一次又一次地把脸凑向他,渡轮已鸣咽。我们重新道别。

"我们得结婚。"

"是,也许我们该结婚。"我说。

[①] 希腊神话中的人物,因触犯众神而受惩罚,须将巨石推上山顶,日复一日,永无止境。

[②] 指普罗米修斯,也是古希腊神话中的人物,触怒宙斯而受惩罚,被锁链缚在高加索山脉的一块岩石上,被恶鹰啄食肝脏,日复一日。

"我们结婚,今年冬天上荷兰港,找一艘船干活。"

我在细雨中返回。晚些时候,我从自己的床铺上听见渡轮,它在夜色中抽泣。我想起来,我忘了给他弄个发辫,他要我帮他编的小辫。

一大清早,我便出门。天已露脸。天气晴朗。我走到出租车办公室。后头有盥洗室,一个女人从中走出,随后是一个男人,两人穿得很暖,身上是老旧且油腻的男式外套。他们手牵着手。女人看着很年轻。她脸颊圆圆的,呈赤褐色,黑色发绺散着,嘴边有黄色痕迹。或许她呕吐过。她差点跌倒。男人抓住她,让她倚靠自己。

"你这会儿别动了。"他对她嘟哝道,语气友善,"我来走,你靠在我身上……像这样,对。"

她笑着,任凭他引导,双眼微闭。像一个被他用手臂夹紧的布娃娃。男人又抬头。他粗糙的脸上十分浮肿,眼睛仿佛被锁住,绿宝石般的双瞳泛着明净的光泽,四周是红色血管,视线落到我身上。

"我的朋友瑞德呢?他还好吗?"

"是的,他很好。他在安克雷奇。很快会上夏威夷,我也要去找他……"

"你代我们问好。西德和蕾娜,你跟他说……"

他们走了,跟跟跄跄地,似两只黑蜣螂,显现于天空与港口明净的水之间。他们缓慢地沿着站台走,停下来,仿佛有些犹豫,有一刻失去平衡,又起身,继续走,兴许朝着公园。

鸟儿相互召唤,叫声奇特。鱼儿跃起,还有些水獭、鼠海豚①围着船起舞,相互追逐,又聚拢在彩虹色光束下。我们在天空与大海之间,仿佛夹在臂弯里。亚森大叫。他一直叫,又害怕。他之前从未当过船长。他抱怨我奔跑、蹦跃,不听他的指令,讨厌我爬上锚,抵着水流,浑身充血的样子。他梦想着一个爱尔菲②,在甲板上轻盈而又优雅,一个喷火的女子。他梦想我们成为两名疯狂而又美丽的海盗,尤加尼克湾最好的渔夫,不久更成为阿拉斯加最棒的渔夫。但我并不与他分享床铺,捕捞黄道蟹极为辛苦。每一晚,船锚一滑移,他便忧惧。我沉默,跑开。每当他大喊大叫,我便随意做些什么。

"做出点水平来!见鬼!"当我将"银河"系在尤加尼克湾的罐头食品厂的墩柱上时,他大吼。

我害怕时,做不出水平,真想这么回答。

水泵力道变弱。我们得往机子里加油,活儿还不能停。淡水一旦匮乏,时光便变得难熬。我们把船上的所有空容器装入小舟,平底锅、酒瓶、咖啡壶,又回到绿色的小湾,那儿淌着一条溪流。

---

① 生活在北大西洋欧洲、非洲和北美洲东岸的一种齿鲸。
② 北欧神话中象征空气、火、土等的精灵。

我们加满油。水泵重新将灵魂注入泰赫湾。亚森不再嘶吼。他几欲落泪。

"我去弄点咖啡,亚森,然后我们再看看……"

海湾里停下一艘红黑色的供给船——"午夜太阳"号。我们重启小舟。船上三名工作人员看着我们抵达,讶异里夹杂温柔。我们很惊惶,看起来挺失落。亚森几乎缄默,我结结巴巴,吐出些没人听懂的词。船长从操舵室走出,这是个好人,对我们施以援手。暗哑色的浓密长发与胡子后头,露出一张被皱纹剪切的脸,他径直走到我们跟前,仿佛一头熊。亚森重新打起精神。

"'午夜太阳'正好满载,今晚返回城里卸货,"那男人对我们说,"但明天他们就得回来。他们会拿走过道上的泵。所以,先回去吧。"

他准备了咖啡,拿出饼干,让我们吃。

"我能使用船上的电波订一间房吗?"

"当然可以。"

"谢谢……你在科迪亚克跟我们喝一杯吧。"亚森登上操舵室前说道。

"我上酒吧的份额有限。"他对我说,又递上咖啡。

"您不喝了吗?"

"我再喝就要死了。我在街上游荡的时间够长,又尿又吐,像是一头可怜的爬行动物……这一切结束了。"

男人灼热的目光停在我身上。他朝我微笑。

"再来块饼干。"

他与我们谈论上帝。我们离开他时,天色已很晚。他陪我们上甲板。天上满月。在泰赫湾,我想我感觉到了他的上帝。一艘地曳网渔船缓慢地靠近"午夜阳光",甲板梁的红色镶边深埋入水。

"'卡苏库瓦克[①]女孩'今晚真够满的。这是我卸下的最后一艘。"他对我们说,"之后,我就得走了,孩子们……赶上潮汐,通过'鲸鱼'道口就没问题。明天等着我。我会有房间。"

他合上底舱的舱盖,抓起一条漂浮在流水与融化冰块之中的鲑鱼。他将它递给我。

亚森点上底部的煤气。散落丝缕的方巾下,他皱着眉,下颚突出,走入夜色。小舟在冰冻的空气中,滑动于黑色的海水之上,月亮映射水面,闪着波纹。回到船上,他便要睡觉,不发一言。我蹲在船上,生吞红色鲑鱼,用牙咬,仿佛一头快活的动物。鱼卵散落在我的嘴里,这滑腻的海鲜被我的舌头舔舐,滑入我的喉口,渐次融化。月光沐浴着甲板。"卡苏库瓦克女孩"也在水中,离我们不远。一支炽热的烟构成一个红点,在舷梯上微颤。

"我想去海滩,亚森,没准儿会有日本浮筒……"

太阳已高照。我们静默地吃了午饭。有天晚上,他那两只细细的胳膊把我拖向他的床铺,却被我推开,自打那会儿起,亚森便不再讲话。

"海岸上有大褐熊。"

[①] 科迪亚克岛上的二级市镇。

"我会留心。"

于是,亚森带我上海岸。他给我留下一个喇叭。

"你想回或遇上麻烦时,往里面吹气。我一听到信号就来。"

小舟重新出发。我沿着海岸走。海滩边上满是飘扬的树林。树木光滑而又美丽,被海水与时光刷白,但并没有蓝绿色的球状物,并没有经年累月漂过海的那种东西。于是,我去寻找熊。我从桑葚与覆盆子丛的背面嗅着。一只鹰平卧,额头紧贴沙地,舒展的翅翼粘着已发干的淤泥。忽然,我的腹部仿佛被插上一把刀,火辣辣地疼痛,我失去平衡。我一下跪在海滩上,离散架的老鹰十分近,泪水满眶,看不清东西。总算我还能吹响喇叭,召唤亚森。

"午夜阳光"带着新水泵返程。但无论是好心船长的药剂或祈祷还是亚森的药茶,都无法令疼痛止歇。我在床铺上痛得扭作一团。第二天,他们让我撤离。亚森通过电波高频召唤而来的小型水上飞机停在海湾。双手僵直地置于肚子上,蜷曲在飞行员旁的座位上,面朝屏幕及天空,水手的诅咒折磨着我。我想到自己亲手杀的鱼,想到所有那些诱饵。我攻击了那么多还在抽动的白花花的肚皮,我杀戮了那么多鱼,是该付出代价了。天空堕入座舱。抑或是我们被其吞噬?

医院没收留我。中毒,他们说。会过去的……我回到"活力六月"上,从未如此悲伤与可怜。"叛逆者"在码头。高尔第在通道上碰到我。仓促而热烈的相遇。我与他们一起离开。我有时间进城，大个儿水手的信还在邮局。他在夏威夷。他在一个海滩上等我。他喝朗姆酒与"百威"。他交了一个朋友，后者与他分享很棒的食物与啤酒。前一晚，有人在离他们的帐篷两步远的地方被割喉。来找我吧，他又说，我当然会怕你和那些发情的男人一块，在海滩上喝酒和过活，但我又怎么知道你跟科迪亚克的小狼狗们干了些什么呢……来吧，莉莉，来吧……我们最终要生出冰激凌宝宝。

在"叛逆者"上待十天。每一晚，从地曳网渔船转移鲑鱼的货载。船上有个女人，黛尔娜。她很美，时常执掌船。她也凶狠。我们女人想被接受的话，没有权利犯错，她对我说，毫无转圜余地。可有一天，太阳已升起，时速为五十海里，她消失于舱室，陷在床铺里，晕海令她精疲力竭。我坐在操舵室里，乔伊身旁。一些白色海鸟缓慢地盘旋于桅杆的光晕之中。我们身处黑色波涛上。乔伊教我使用那些操控装置。不错。

有时候，下午，船都在作业捕鱼，乔伊坐上小舟，去到海滩。阿福格纳克岛[①]和舒亚科岛[②]的大片森林延展至很远的地方，越过松木上头的黑色峭壁。我不敢请求陪他。他独自去。而他总是带回奇特而美丽的东西，生着一张庄重而明亮的面孔，属于那种童年即在树林里度过的人。狍子的犄角，抑或老鹰的羽毛，受波浪抛光的树枝，磨损至仅剩纯粹的弧形，露出树之为树的本质。一

[①] 阿拉斯加州南面岛屿，属于科迪亚克群岛一部分。
[②] 同属科迪亚克群岛，为其北部岛屿。

天，他发现一颗硕大且坚硬的蘑菇，打算将它晒干，用来作画及雕刻。

日落时分，我们开始干活。黛尔娜和男人们大呼小叫。我依然惊惧。这是流放，我想。这一天，大伙儿都睡了，甲板上艳阳高照。我横卧于床铺，双目大睁，于半明半暗之间，我想到夜色中的供给船，前夜还在佩雷诺萨湾①等候。无法告诉别人，无法向没见过这一切的人解释——是的，夜色之中的巨型供给船，巨大的铁船，名号个个关乎生死传奇……它们的马达轰隆，绞盘嘎吱作响，穿着橘红色衣服的男人在风中热烈地作业，钠灯的光照下湿淋淋的脸庞，如同映射于黑色海水的电影画面，非同寻常，震撼人心。不，这一切无可讲述。谁可理解？

一天，我们回到港口。我冷到骨子里。我想到"我们回家吧"这一句——然而没有任何家。从来没有。我梦魇了。我们重新出发……后来，我还跌入放鱼的底舱，数以千计的鲑鱼在脏乎乎的水里游着，水很厚腻，满是黏液与血——仿佛维耶科达湾②。我们潜入夜色，到达伊佐特湾，那儿有些别的船，等待我们为之卸货，再重新装载。我们在夜间行进。

岛屿向我关上其黑色的岩臂。我找到"活力六月"，钥匙藏于舷梯侧缘下，可闻到瓦斯油与防水衣的气味。洗衣房里，我认识了一个打高尔夫、捕捞红色鲑鱼的男人。我拖着自己的腿，去他的船——"珍妮"号。他准备了咖啡与爆米花。之后，我感觉好

---

① 科迪亚克群岛附近的海湾。

② 与下文的伊佐特湾同为科迪亚克附近海湾。

些了。我走出来，走到邮局。工作人员递给我一封信，我认出上头硕大的书写。老旧的信封由黑色的糨糊封着——柏油？我走到巴哈诺夫公园，径直来到高大的雪松下。那儿，我横躺着。我打开瑞德的信，皱巴巴的，和前一封一样沾着油渍与咖啡渍。我读了信。云朵飘过大片的夏日天空。我睡着了。梦见自己在一艘船的甲板上。暴风雨环绕着我。波浪压碎在我裸露的额头上。浪花冰冷。一些男人在我身旁劳作，裹在巨大的防水衣里，没有面孔的男人，属于亚的电影片段。而我几乎裸着，涉足于快要与我等身的灰蒙蒙的水里。我毫不惧怕。疲劳或寒冷，都不怕。男人们对我满意，我干得不赖。我成为一名真正的渔夫。醒来时，阳光透过树枝，逗留在我的脸上。我站起身。小型巴哈洛夫博物馆前，兔子蹦跃，留下痕迹。于是，我走到公路上。穿过去。正对着蓝色的海水与渡轮。晚上，它将再赴荷兰港。我可以上那儿，我想着，找一份捕蟹的活儿。但不是季节。何况，我拖着这条病腿，在甲板上能干什么呢？这是流放，我又想道。我返回，收拾包袱。我来到操舵室，窝进一张可折叠的扶手椅中，在此等待。

约翰敲敲窗玻璃，我认出窗后那张瘦削、苍白的脸，浮肿的眼皮下浅色的眸子，无甚光彩，有时眨个不停，似乎被太阳刺伤。我开窗。他折起细薄的嘴唇，露出一个几乎腼腆的微笑。他瘦骨嶙峋的身上穿着蓝色工作服，亚麻色的头发上顶着一个脏乎乎的鸭舌帽。

"情况不太妙啊？"他走进来说道。

我让他坐下。刚好煮了咖啡。我递给他一支烟，他把口香糖吐在垃圾桶里。

"你应该跟我走,离开一段时间。我的房子在贝尔公寓,离这儿二十英里。我帮你制作植物膏药,很快能治愈。"

"谢谢,约翰,但我更想待在港口。"

"我有时写些政治性质的小册子。你可以跟我谈谈你的看法……"

"你写什么方面呢,约翰?"

"关于生活。"

"哪天拿给我看看。"

他耸耸肩,嘴上再次苦涩地折叠,略带嘲讽。

"我还是很需要你的帮助,等你行了之后,等你的腿好一些。我要打理花园,还有条管沟要挖,'摩根'不时得浇水。不能再那么干,林子也得湿润,捻缝的活儿可以不干,但还得确认一下。甲板还须抹上一层亚麻油。"

"等我好了便干。我已快身无分文。我等着安迪的一张支票,但从他那儿拿钱得等很久。"

"我没法给你比上次更多的钱,你懂的,'摩根'上干的那些活儿,还有失败的渔季……每天就是二十美元。"

"二十美元也总是够我吃的,还能攒一点。"

"你知道一月后,我们会开启一波大比目鱼的捕捞?二十四小时不间断。"

"知道。"

"你可以在一条好船上找份活儿。现在你已捕过鳕鱼,最近一次是大比目鱼。你已有本事赚一笔了。"

"我不知是否还有那么一天,是否敢回去捕鱼。我老遭遇麻烦。下次我会不会翻船?"

他大笑。

"捕鱼的事故会发生在任何人身上。"

"捕鱼季开启时,你也去吗?"我问。

"我还不知道。我从来不喜欢这种,他们所谓二十四小时不停歇的活儿,一种赛跑……要胜过别人,而且总有个蠢驴,想开得更远,因为他想捕捞更多,超出船的能力。"

"首先,我想干的话,腿得恢复。没人希望甲板上有个残废。"

"是的。"他说,"如果你来我家,我弄些植物膏药,马上让你好起来。"

"我不想从这儿挪身。"

"等捕鱼季开始,你愿不愿意我们一起?我给你一个很棒的份额。一半对一半。我有三千公斤的配额。每半公斤超过一美元……我知道些大比目鱼的独门海域。你负责看着家伙,给延绳钓上诱饵,修复钓鱼绳,清洁放鱼的底舱,去冰,剩下的我来负责。指挥船,找到鱼。"

"再看吧……如果我的腿恢复。"

他起身。

"你没有别的烟了吗?我这会儿得干活了,有个花园要整,我很喜欢花园。让我挣得和捕鱼一样多。"

约翰走开。水流撞击船体,汩汩作响。船身的阴影下,虽昏暗,也不错。苍蝇飞遍船员舱的窗玻璃,无休止地想要钻入。有时被我抓住,再次赶出。可它们总要回来,然后死去。这让我焦虑。我别过头,望着阳光灿烂的船坞。我想到应该开始缝腰带,一根私密的皮带,将我的肚皮与腰身相连,如同第二张皮,上头我要挂一把小刀,一把锋利的匕首,安置于我亲手做的刀套里。

我想到露西,一年夏天,我在奥加纳甘①的大太阳下遇见她。印第安人露西是我的朋友……那一天,我们红扑扑的脸颊,她的蓝色眼影,她的大笑,还有花花绿绿的褶裙敲打我的腰,我们面前是白色公路,灯杆状仙人掌,荒漠……"如果我跟你走,他要杀了我,"她笑着说,"我也会想死他……给你自己配一把刀,你的小刀,我们像是野兽,得保住身家。"

我开始制作皮带,拿出我的彩笔匣。我作画,画一些长着翅膀的男人,一些美人鱼,大个儿水手在半明半暗之中,我睡在他的大腿上。兴许我得去捕捞大比目鱼。收成好的话,我就上夏威夷。

我走出去。光线刺目。我沿着荒芜的浮桥走着。经过五彩的船时,神色多虑的高个儿金发男人正从舱室走出。他做了个手势,邀请我上船。我跨过栏杆,坐在底舱的舱口盖上。

"我是高迪。"他说。

---

① 隶属加拿大的不列颠哥伦比亚省,与美国接壤。

"我是莉莉。'卡亚地'是什么意思?"

"郊狼,一种不同凡响的动物,有点像乌鸦,天生具有超自然能力和疯狂的智慧。郊狼永远在那儿,在我们中间,仅仅变幻面孔。"

"对于一艘船而言,是个美丽的名字。"

"是的。你回来以后,我看你一直跛着脚。我有一种药剂,或许对你有好处。一种给马儿涂抹的搽剂。立马生效。"

他返回舱室,我听见他翻一个纸板箱。他走出来,递给我满满一小罐透明的软膏。

"效力很强。用后要洗手。"

"哦,谢谢。"

"我固定在一个印第安部落见习行医,亚利桑那州南部,"他继续道,"有一天,我要成为医师。"

"啊……你现在不捕鱼了吗?"

"我捕捞鲑鱼,捕捞了几个星期。还不坏。随后,我们开始不断出现故障,液压动力不足,渔网严重破损,因为被投放在岩石过多的深水处,最后,原本这一季一起捕鱼的尼基弗洛斯把我们抛在公路上……"

"哦……"我说,"真遗憾……"

"你呢?"

"我等着好起来,返回捕鱼。毕竟,我希望吧。我还没有很多经验,但总有开端,不是吗?然后,我会上夏威夷转一圈,如果可以的话。"

"为什么?"

"为见某人。"

"啊。"他回答。

我们静默片刻。光线在水面上跳舞。

"你来这儿多久了?"我又问道。

"我先去了越南,然后来这儿。哦不,不够准确,来科迪亚克之前,我曾多次航行。我和一哥们在费尔班克斯干活,勘探黄金。闹掰以后,我转向来到这儿。"

"你捕过蟹吗?"

"不,从没有。让别人干吧。"

"啊……你从哪里来?"

"来自越南,"他说,他的目光摇曳,随后转为一种奇怪的凝视,"哦不,那也是从前……越南也是之后的事……"

"啊……你出生于哪里?"

他似乎感到犹豫,惊讶地望着我。

"我出生于……出生于东部吧,我觉得,德克萨斯州与新墨西哥州之间的某个地方……你要来杯啤酒吗?"

"哦不,"我说,"我有活儿干。"

潮汐涌上来,伴随着微风与海鸟。我抬起头,看向堤岸,走上舷梯。木头房子的百叶窗似乎从山丘侧面观察着我。咖啡铺被太阳晒得发白。上头是葱绿的山与遍布的花。黑色沥青人行道上,漂亮的女服务生坐在外边的桌旁,她们并不喜欢我,不知为何,一边抽烟,一边放声笑。她们美丽的头发在阳光下闪亮,映射着港口的海水。我蹒跚地走。我走啊走,避开公园和酒吧。我坐在轮渡码头。面前是蔚蓝的航道,远处是长岛的树林。

"叛逆者"返回港口。很晚了。旧金属上的铜锈照耀着天空。我在浮桥上遇到乔伊。他暗哑的额头片刻发亮,深深凹陷的黑色瞳孔闪过一丝光彩。

"我们没东西可吃了,"他大笑着对我说,"我得想想,找些什么,在我口渴之前。"

于是,我给了他刚准备的鱼汤,还有司克姆给我的鲑鱼头。鱼眼浮于表面。我觉得它们还不赖。它们也是汤的一部分。

乔伊第二天又来了。下着雨。蒙蒙细雨。海鸥的叫声在雾中显得忧伤。他敲一敲窗玻璃。我坐在阴影里。我望着船员舱玻璃窗上的苍蝇。

"我带你喝一杯……在这个腐烂的天气,干不了其他任何事。"

"汤还不错吗?"

乔伊露出奇怪的笑容,并无回答。黛尔娜未必喜欢他的眼睛,甚至未必喜欢他,无论他是怎样一个印第安人。我拿上一件套衫,跟他走。

还早。"托尼家"刚开门。我们坐在吧台,乔伊点了两杯"百威"。正对着我们,一个白发男子与苏西喝着咖啡。他穿着一套呢绒西装,戴着一顶柔软的毛毡帽。我认出两月前在"叛逆者"对过上诱饵的某人,彼时,披头士唱着外出航海的曲子。他在阴影里玩着电动弹子。

"你好,瑞恩。"乔伊朝着他的方向说道。

"他叫瑞恩?"我说,"他有一艘美丽的船……"

"'命运'?曾是一艘很美的纵帆船,可现在腐朽了。总有一天,他们会一块淹没,瑞恩和他的船。在港口。"

"他不能做什么吗?"

"瑞恩啊,这个人累垮了。除了啤酒和他的电动弹子……"

一个家伙走入,眸子看起来疯狂,光滑的头顶淌着雨水。细长的胡须拖到皮带上。苏西站起身,向他指了指门。他抗议片刻,才又走出去,收紧的帘线此时已放下。

乔伊递给我一支烟。随后,他与我谈起树林。他是那么喜欢供给船的渔季,夏天,他说,可以逃开船,奔向海岸。那儿,他可以找回童年,栖身于深林,埋入岛上麝香味的土壤。彼时,他十二岁,有一把卡宾枪,人生即将展开,世上所有树林、群山与天空在眼前,如同一片张开的广袤领土,无人涉足,独属于他。

"当地小孩都有这样的经历。男人们在此长大。"

"女人呢?"

"女人我不清楚,或许要少一些。看情况……我的老婶婶们,她们在外面长大。我母亲,或许吧,我从没问她。她的童年与我无关。"

"我也喜欢这么奔跑。"

"啊,你看。但之后会过去,也必须过去,得长大,莉莉,后来接班的是啤酒、工作、有伴侣的生活……你生的孩子会重新跑入树林，有天得轮上他们。"

"为了啤酒及其他？为什么不跑入树林，而上酒吧？麻醉自己，以及其他一切无益的？"

"我不知道，就这么着。我猜是为了不要死于无聊，无聊或绝望。并且，我们身上有野兽。得让它安静。你重击它，会好一些。"

我喝上一大口啤酒。我叹息。是的，野兽。

"可为什么？"我又说，"为什么这事总要终结，穿越树林与山间的美好奔跑？"

"因为就这么回事。事物的法则。会有烦恼。一切随着年岁湮灭。"

"哦不，并不总是这样。"

"是这样的。再来一杯啤酒，放弃这个念头。你将与别人一样，看着吧。很快，你会跑到船坞和酒吧之外的地方。会有一天，生活来接管你。"

"不是我。我永远不会。我要去捕鱼。也捕蟹，有一天。"

"留心点。"

"留心什么？"

"一切。生活，这儿，到处都要留心。"

我们喝了很多啤酒。戴软毡帽的矮个儿男人没离开他的位置。他为了"血腥玛丽"放弃了咖啡。瑞恩抽离电动弹子台，贴近吧台，这会儿，他喝着酒，神情闷闷不乐。两个身上散发诱饵和盐巴味道的小伙子相互猛烈地喷射"野格"①。乔伊的肩膀渐渐塌陷。悲伤且阴郁的目光似乎打量着我。

"那你到底打算要什么呢？一开始你说巴罗角，为些莫名其妙的缘由，现在你又钻在捕蟹上。有时，又是夏威夷，为个男人，我猜……如果是为了一个女人的美丽双眸，我倒要惊讶。"

"首先，我想捕鱼。我想一次又一次地筋疲力尽，希望再没有什么可以阻止我，就像……就像一根绷紧的绳子，是的，无权放松，绷到有断裂的危险。之后是夏威夷……巴罗角嘛，有一天吧。"

"捕鱼……你们都一样，你们这些来此地的人，像异端的教徒。对我而言，这是我的国家，我没见过别的，没去过比费尔班克斯更远的地方。也不追求不可能之事。我只想活着，抚养我的孩子。这座岛，就是我的家！看吧，我就是个笨蛋，一个脏乎乎的印第安黑人……"

"不，乔伊，我不喜欢你这么说话。"

酒吧满员。而我们，我们已生根，屁股粘着座位，肘关节牢牢地贴着坚硬的木质吧台。白发男人一直在那儿，正对着我们。我朝他微笑，他挥手，两名水手从各自船的甲板上相互致意。乔伊又开口，他的声音变得迟缓。

"那你是抛下了你的国家，为了捕鱼和冒险……"

"我离开了，就这么回事。"

---

① 也称圣鹿，一款德国利口酒。

"吓！你是不计其数的人中的一个，从远至一个世纪的地方来这儿。第一批人很凶猛。你们并不相像。你们寻找的东西是不可能找到的。一种安全感？甚至也不是，因为你们找的，或希望邂逅的，似乎更像是死亡。你们找的……兴许是某种确定性……一种足够强烈的东西，能让你们抵御恐惧、痛苦与过去——能拯救一切，先救你们。"

他对着瓶嘴，缓慢地喝，眼皮微闭，又将酒瓶置于吧台，睁开眼。

"你们就跟所有上战场的士兵一样，好像生活还不够得劲儿……好像得找个赴死的理由。或得为了什么受罪。"

"我不想死，乔伊。"

他垂下头，开始嘟哝："脏乎乎的印第安黑人。"我喝完啤酒。谢过乔伊。我返回"活力六月"。雨水一直落下。

雨下了五天。我的腿已消肿。皮下微蓝的痕迹转为淡紫色。乔伊又经过，我给他备了咖啡。他的脸庞恢复平静与忧伤。

"耐心点，莉莉。"他对我说，目光转向窗户，那儿射入一束暗淡的白光。

外头也是死气沉沉的天空。

"耐心点。你想要一切，立马就想要。我们那天在酒吧讲了些蠢话。有时我就这样，受够了那些从这儿下船的人。我基本上更喜欢真正的淘金者。但你们，你们寻找另一种意义上更加强大、也更加纯粹的金属。"

"这些话很宏观啊。"

"但实质上,你也许有道理,昨天……老兵们,高迪,瑞恩,布鲁斯……乔纳登,所有其他人……他们不是来寻死,至少,不是必须寻死。自然是最好的护士。他们在这儿找到了,通过捕鱼,生活的欲望,生猛的欲望,与真正的大自然作真正的搏斗……任何他者,无论人或物,都不可能赋予他们这种欲望。任何其他地方或许也不行。"

"我们并不都从越南来。"

"对,并不都是。有一些先锋,随后是一些想被人遗忘的法外之徒。如今,什么人都有,想逃开悲剧或自己造的孽。所有造反者,这个星球的一切变态,意图重新开始生活的人,最后落得干重活的下场。梦想家也是,就像你。"

"我的话,攫住我的是一种晦暗的欲望,去天际尽头看一看,在'最远的边境'之后,"我低语,"但有时,我觉得这曾是一个梦想。也还是一个梦想。什么也不能拯救,什么也不能被拯救,阿拉斯加就是一头空想的怪物[①]。"

乔伊叹息,将他的烟头摁灭在空的沙丁鱼盒里,他忽然看起来很累,昨晚肯定在酒吧喝得太晚,脸色为之懊恼,并不自喜。

"并不是空想的怪物。这一点,至少你可以确定。睁开眼睛,看看你的四周……"

"我看着,哦,我看着呢。"

---

① 希腊神话中一种狮头、羊身、龙尾的吐火怪物。

"要在别处,很多你们这样的人已经死了。或是被监禁。"

"但是乔伊,为什么你们都爱奔跑,为什么人要奔跑?"

"一切都在跑,莉莉,一切都在前行。海洋,高山,地球,当你走动……当你走在地球上,后者似乎与你一起前进,世界仿佛从一个山谷到另一个山谷,群山,随后是隘谷,水流冲下,汇入河流,再流入大海。一切都在奔跑,莉莉。星星也是,夜晚与白天,光线,一切流转,我们也类同。不这样,我们就死了。"

"瑞德呢?"

"你的大个儿水手最好也还动着。要不然,他就被淹了。"

乔伊离开。已是正午。我不想跟他去"破浪"。横卧于床铺,我吃了一盒沙丁鱼。在船的腹部,几乎入夜。我听着。雨水落在上层甲板上,发出规律的声响,像是一阵轻微的噼啪声。一只海鸟从远处悲鸣。海水撞击船身,嘶嘶作响。我把额头抵着潮湿的木头。敲门声把我震醒。之前我睡着了,还做梦。我从睡袋脱身。甲板空无一人。一只小小的剪水鹱平卧于浸水的木头上。管状的鼻孔隆起,沁出小珠状的血滴。

"无聊透顶。"墨菲说。

"对,无聊透顶。我们可以上安克雷奇转一圈,换换脑筋。我可以看看我女儿,或许她总算找到我的书了……你呢,你看看你的孩子,你的孙子孙女……也许又有新的了。"

"然后,我们跟'豆子'咖啡馆的伙计问好。"

"我觉得西德和蕾娜已经出发了……你跟我们一块吗,莉莉?我们一起乘渡轮。'特斯特米纳'今晚来这边。"

"我也想,但我还不行……"我叹着气回答,"安迪还没付我工钱。"

我们看着雨水落下,坐在港务监督长办公室的挡雨板下。遇难的水手像坠入雾里。

我经过"船家"时,瑞恩同我打招呼。

"来喝一杯啤酒,莉莉!"

我犹豫了。他眸子的颜色与港口的板岩色水光相同。沾了灰的金发环绕着脸,他还挺俊。

昏暗的酒吧几乎无人。女服务生已换。在吧台一角,裸女画下,三个上了年纪的印第安女人静静地喝酒。瑞恩似乎忘了我的存在。

"你的船呢?"我说,"你什么时候拿它出来捕鱼?"

他过了很久才回答。

"有一天吧,或许。"他简短地嘟哝。

"啊……你从哪儿来?"

"我来自世界的屁眼,本土四十八州的某个地方。很久之前的事了。我已忘了。显然,我要把这些狗屁地方全忘光……你呢,你在这儿干吗?"

他并不看我。

"我来捕鱼。"

"那你已经捕了。你什么时候回去?"

"呃……我不知道。或许再也不回了。"

"你没有男人吗?"

"没有……毕竟,不在这儿。讲到底。"

"我们这儿不需要你这样的人。我们自己就很好。不需要来这儿体验的游客,被男人抛弃,经历过绝境后,再大书特书。"

我站起身,凳子都被带倒了。我的脸通红,嘴唇颤抖。我踌躇着,走向出口。别人可能以为我大醉了。

雨终于停了。墨菲与史蒂芬已不在。西德与蕾娜缓慢地登上庇护所的坡道,一小队人等在边上,晦暗不明。我沿着码头走,掠过仓库的门面。我再也不会上酒吧了,我想着。我匆忙地返回"活力六月",差点滑倒在湿润的浮桥上。小剪水鹱已无气息。

我重新整理早上解开的包。巴罗角或夏威夷,我又想了一回。船坞上有些男人在叫喊。随后,一只鸟儿扇动翅膀,窸窣地飞着。我隐身于床铺的阴影下,仿佛一只窝在洞穴里的动物。我听到拖轮的声响。等着渡轮悲鸣。后者并未抵达。小刀般的马诺斯克投影于整座舱室,我想起另一种恐惧,一个烟雾腾腾的酒吧便构成唯一的视界,某人身着皮夹克,脚穿坑坑洼洼的牛仔靴,一间潮湿而又昏暗的卧室,如同酒窖,床垫甚至就放在地上,地面或许已腐坏。这是一种焦虑,一种梦魇的既视感,我遇难的人儿身躯下,兴许已爬满蠕虫,他还等着我,如同等待他的杀手,两个酒瓶之间,掩着胰岛素注射器,悲伤的小狗守候着我的归来,门背后的密林中,有双耳朵竖起,从未打算轻举妄动……

我十一点醒来。我起身,穿衣,戴帽子。准备离开。然而,去哪儿?天空几乎比落日时分更暗淡。最后,我又感到无力。我再次睡下。早上,天气晴好。感觉好些了。

我走在温热的马路上。我的腿滞重且发痛。我在酒吧前加快脚步，穿越半睡的城市，经过麦当劳，继续走到邮局。我给大个儿水手写了一封长信。他却没有给我任何东西。我又走开，走到我的挂车上的黄色小屋，它一直在售。我放下腿，坐在木头阶梯上。我梦想它们属于我，梦想拥有一间毛茛①色的袖珍小屋。我要把它建在空旷的地面上，永远在那儿，等我捕鱼归来。想法美丽，令我满怀喜悦。我重新起身，分开茂密的草丛，走过去，越过瑞德的废车，我们曾在里头避世。我登上海岸，直至庇护所。门开着。入口右边，一个大大的咖啡暖瓶置于桌子中央，周围一圈杯子，还有糖块，一个饼干满出来的花篮。一个男人坐在办公桌后，额头倚着一本花名册。我咳嗽，问起瑞德。男人抬一抬黝黑的眉毛，下头是我熟悉的黄色眸子。我脸红了。他大笑。

"你为瑞德来吗？"

我结巴道："是的……不过，是为了夏威夷的瑞德，我想找庇护所里的瑞德谈谈。"

他站起身，微笑。强壮的男人，伐木工的肩膀，脸庞突出，

---

① 一种多年生草本植物，颜色为鲜黄色。

深刻着皱纹和古老的印迹，面上的诸般刀痕来自一种极端的生活。他看到我的目光盯着暖瓶和饼干。

"喝些咖啡吧……"他对我说，"我是瑞德爸爸。你呢，你是莉莉。"

"我以为他没收到我的信。"

"我两天前与他通了电话。他问我你有没有来过。除此以外，一直还没活儿干。他说起想上火奴鲁鲁找条船。他等着你。"

他有着与大个儿水手一样的嗓音。这副老皮囊将我拉过去，拥抱我。我垂下双眼。阳光浮动至灰色的门窗玻璃上。他走向装咖啡的短颈大腹瓶，倒满一杯递给我。

"拿块糖吗？"

"不了，谢谢。"

"一块饼干？"

"这个我要。"

当我将手伸向饼干篮，他忍不住大笑。

"在你旁边，显得我的手像婴儿……你这会儿还有活儿吗？"他问道。

"也许帮着挖一条管沟。待我可以就开工……"我忧伤地回答，"我跌到'叛逆者'的底舱里，受伤了……我也希望参加下一季大比目鱼的捕捞。我一有钱，就去找瑞德。"

"你有睡觉的地方吗？"

"有。我有'活力六月'。"

他依然微笑。我不清楚为什么。

"你也叫朱诺①?"

"不,我叫莉莉。"

"如果你遇上问题,就来庇护所。从来很少有女人。你会过得很好。一间宿舍,四个淋浴器,独独给你。晚上有汤。"

"好的,我知道……墨菲跟我说过。"

"一旦瑞德给我打电话,我就将你的消息告诉他。信件有时太费时间,你懂的。"

他的目光最终落在我的手上。

"不久以后见!"

我重新走出来。太阳令人目眩,晒得小型公路发白。我遇到两个回"谢利科夫"旅馆的男人,海员包挂在他们肩上。我继续走向港口。一辆雪佛兰小汽车停在我跟前。它突然刹车。尘土扬起,形成金黄色的光环。安迪摇下车窗,呼唤我。我慌张片刻,他则微笑。他嘴唇的褶皱嵌于方形的下颌,像一头肉食动物。

"你干活吗?我找人重新粉刷'蓝美人'。报酬不错,够你抽上三周烟。"

"什么时候?在哪儿?"

"要么就在'塔古拉'工场,明天七点开工。'蓝美人'在船坞上,筏板旁。"

他离开。我又忘了问他要我的支票。

我重新粉刷机械室。安迪付我一小时六美元。别人是十美元。

---

① 英语中"六月(June)"的发音类似于女名朱诺。

我听到他们在外头。他们擦船体，升起螺旋桨，更换被电解、腐蚀的锌质船板。他们大声说话，有时带啤酒来，因此能听到开易拉罐的声响，回荡到我耳朵里。

随后，我渐渐听不到他们的声音。清除舱底油污的三氯乙酸，还有马达，跃入我的脑海。油漆令我难以忍受。我给自己的脸庞裹上一条头巾。依然无法抑制头晕。我向安迪要了一个面具，他给我拿来些灰尘过滤器。也不顶用。有时，我上甲板透透气。光线刺目。我脚步蹒跚。我喝上一杯咖啡，抽上一支烟，顶着天空，呼吸空气。如果我干得又快又好，安迪允诺由我给桅杆上漆。我回到机械室，以最快的速度干完活儿，在他派人上桅杆顶替我之前。别人都走了。我独自留在船上。

早上五点，一阵暗哑的声响将我唤醒。我套上裤子。一个身材极为瘦狭的男人站在休息舱里。

"你好，"他说，"我是汤姆……一个新来的雇工。"

我又躺下，穿戴整齐，躺在有些脏的被单下。他像一只鸟儿一样，用头从门缝中钻进来，问了我三遍我是否寂寞。

"我不寂寞。"我回答。

我直起身，从床铺上问道："你真搞笑……抱歉我也问一个同样愚蠢的问题，你吸食可卡因吗？"

"可卡因？你懂那玩意儿？不，我至少两周没碰了。"

"我什么也不懂，没错。你很搞笑，就这样。"

我继续睡觉。

汤姆返回之前，捕捞了一个月的绿青鳕。收成不佳，他告诉我，神情黯淡。泛紫的黑眼圈，正似他瞳孔的色泽，显得他的眼睛硕大至变形，他的脸部狭长而消瘦，尽露疲态。他的视线攥住我。他说话时，他的喉结十分突出，不断抖动。像是被囚的小鸟，夹在瘦瘦的喉头里。他继续着，坐上栏杆，小腿神经质地摇晃着，仿佛他随时准备跳到甲板上。

"我的时间已花光。一分钱也没赚。几乎鱼死网破，我可以逃走。现在这份给安迪干的短工……能让我在重新上船前赚上三笔，也已经迟了。待在城里往往更累，毒瘾或酒瘾的问题……又能怎么办呢，带着自己身体里的这种狂怒，这份疯狂？除了强力压制，还有什么真正的法子能令它平息？精疲力竭，才一切安好。越激烈越好。"

"你也是个英雄。"我漫不经心地说。

汤姆冷笑。

"一个英雄？"

"是呀，神话里的一个天神什么的。"

这一回，他善意地大笑，推搡了我一下。

汤姆教我提起很重的分量，利用我的大腿作为杠杆。我们在邻船"利维坦"的甲板上操练。一天，我搬动一个三百公斤的捕蟹笼，一下子，从船上的食品储藏室提到栏杆处。

"现在，你可以上'无聊海'捕蟹了。"

"为什么是'无聊海'？"

"因为这片海要多糟有多糟，波浪高达五十英尺甚至更高，平静之时,要多无聊就多无聊,一片真正的荒漠……周而复始——也称康复治疗。"

"为什么是康复?"

"因为这是奴役般的强制治疗,克服毒瘾。"

"啊。你觉得我有一天会上那儿吗?你觉得我行吗?"

"顽强坚持,永不退缩,你跟其他人一样,会到那儿的。"

一天晚上,我回到巴哈诺夫公园,船上有两个人,坐在休息室的桌旁。男人光秃秃的头顶在氖管灯下闪耀,卷着可卡因。细薄的胡子埋入他的大腿。我认出几天前被赶出酒吧的那个人。他卷起一张美元钞票,长久地嗅着,转向我,眸子发亮,目光有点疯狂。

"你想要吗?"

"哦不……"我回答,心里却想要。

"我经常在港口上看到你……"他又说,双眼灼烧,"我是布莱克。我可以让你惊到,你懂的……我可以让你叫起来,只要你愿意跟我走……"

汤姆大笑。我与他们坐在一起。男人们说着船、船长和毒瘾。我口袋里有一封高个儿水手的信,令我的大腿生热。布莱克不再向我建议可卡因。他卷起一叶大麻。

"你要吗?"

"不,"我窘迫地回答,"吸完我会犯晕。"

"小小天性而已,来吧……"

我因羞耻而脸红。

早上，我睁开双眼。

"早上好。"汤姆从他的床铺说。

"早上好。"我从自己的床铺回答。

我哼着小曲弄咖啡去。

船身粉刷一新，又覆上一层防污剂，螺旋桨在阳光下闪耀。汤姆上了另一艘拖网渔船。他给了我一个拥抱，对我说："在荷兰港见，我请你在'弯头房间'喝一杯，捕蟹者最爱的酒吧……"我独自继续。我工作得又长又晚。随后，我漫步穿过城市，略微迷失，直至"B and B"。我肚子不舒服，十分口渴。当我把手放在吧台上，女服务生惊叫起来。

"它们也重新上了漆。"

我脸上沾着油漆，发绺黏答答的。我身旁的伙计为此担忧。

"你再这么干下去得完蛋……得戴上手套，别浸泡在三氯乙酸里。这种烂玩意儿有毒。"

我大笑，又点了一杯啤酒。

夜幕漆黑，我晃悠着返回。我的脑袋轻盈，我可以触碰星空。我一下子睡着了。六点，我已站起。我看着桅杆，喝了一杯咖啡——很快，它是给我的。之后重新下到机械室。

一天早上，腹部的不适令我醒来。我起身，周围全是人。我差一点没扶住墙壁。中午，我又进城。我坐着吃东西，抵着海上遇难水手的小腿。乌鸦围着我打转，每一只都分得一块蟹香鱼肉肠。斯克里姆在咖啡铺前遇上我。

"你醉了吗?"

"不,是油漆。"我回答,移开目光。

"你该歇歇……你会瘦成菜干。"

这念头让我大笑。再睁开眼,他已不见。我的眼皮上挂着眼珠。忽然失落的我杵在人行道上。一辆车停下。布莱恩呼唤我。

"你上哪儿?"

"我不知道。"

"上车!"

我靠着椅背,"老香料"①须后水很香。布莱恩通过后视镜观察我。我闭上眼睛。

"不舒服吗?你吃了什么不干净的东西?"

"我没吃什么不洁之物,晚上稍微喝点啤酒,甚至不总喝……我还有活儿,都要迟到了。如果我想粉刷桅杆,真得先结束机械室的活儿,你明白。"

马达减速时,我睁开眼。我看到市码头和"冒险者"。

布莱恩通过机器调制一杯浓缩咖啡。他给了我一块饼干。他向我指指半开的船舱。

"现在,你躺下,睡一觉。"

"你的捕蟹季会带上我吗,作为水手?"

"我们以后再谈……先睡觉。"

我朝工地走下去时,遇到安迪。他这会儿在马路上遇到我,

---

① 美国宝洁公司一种须后水品牌。

神色并不高兴。

"油漆让我生病，"我含糊不清地说，"天翻地转。"

于是，他缓和下来，给我一天休息。

"喝牛奶。多喝点。睡觉。明天再来。得尽快刷完机械室。"

"我之后真可以粉刷桅杆吗？"

第二天，一个男人将他的包袱放在甲板上。

"我从远方来，"他说，"安迪刚雇我粉刷甲板。我希望可以干这份活儿，因为我已很久身无证件……顺便，我叫格瑞。"

他整个人确实灰蒙蒙[①]的，他的脸庞至磨损的衣物皆如此，身体矮壮，脑袋陷在背肉厚实的肩膀里，他的目光奇异，温柔如阳光下融化的冰块。

"但不是你粉刷桅杆吧？"我不安地问道。

他擦了擦额头的汗，并无回应。稀疏的几丝发缕在微风中摇动。男人拿起他的包，走入休息舱，将行李放在床铺上，与我的床铺正形成角度。他打开自己的物什，拿出一本《圣经》，置于枕头旁。

"我是莉莉，"于是，我开口，"我粉刷机械室。咖啡请用。桅杆是我的。"

"晚上愉快，格瑞，我要上酒吧转一圈。这儿可不少……"

---

① 法语里"灰色（gris）"的发音类似于英语人名"格瑞（Gray）"。

光泽奇异的蓝灰色眸子温柔地注视着我。可他的厚嘴唇却有一道严肃的褶皱。

"我很早以前便知道，酒吧的事。这很糟，对你不好。我明白你需要什么，我……"

他那厚实的肩膀夹在门框之内，将我与夜晚的蔚蓝天空阻隔，还有橙色的鹤，筏板外闪耀的波光。我溜走。风鼓起。两个醉酒的女人在"B and B"门前叫骂，她们的头发拍打着空气，仿佛两头激怒的野兽。我推开门。她们跟着我。我认出坐在窗玻璃后的迪恩，他的活儿事关"蓝美人"的螺旋桨。他在桌旁一角，弹琴似地用手指轻敲，神经紧张，膝盖一阵阵地疯狂晃动。

"晚上好，迪恩……"

"哦……莉莉。"

他的目光从我游弋至窗户，并不适意。

今天是周五，对他来说是发工资的日子。安迪终于付我工钱的那天，我曾给他两百美元。我看着他，便清楚他不会将钱归还，今日不还，永远不还。

"你明白，"他说，"我剩差不多一百美元。我还等着一个伙计……"

一个伙计——强效可卡因吗？我耸耸肩，走向酒吧深处。艾德，矮个儿出租车司机，在他的凳子上激动不已，两眼放光。他的双臂在空中挥动，孩童般的小手如两只陀螺，旋转得越来越快。

"我被这堆破事烦透了！"他叫道，声音尖利。

他身旁是瑞恩，懒洋洋地守在吧台，还有个老人面前一杯威士忌，大胡子因烟碱而泛黄，厚密的白发框出一张匀称、英俊的脸。今晚，由红发乔伊为我拿来啤酒。那两个醉酒的女人从酒吧的两端相互恶狠狠地斜视。其中一个跌在点唱机前，又慢慢起身。她成功地回到吧台，挂上去，如同悬在一个浮筒上，她倒下去，镜片后头一双完全迷失的近视眼打着转。

"她可以给任何人口交！五美元就行……只要给口喝的。"还站着的那位叫道，美丽的绿色眸子发射光芒，"我呢，至少，做那种事不为任何东西！"

迪恩和他的毒品贩子低垂双眼。迪恩的目光似一条挨打的狗，他望着我，似乎在说自己值得谅解。

"安静点，姑娘们！"乔伊发出强有力的声音，"要不然我把你们赶出去！"

脸色泛白的老人在我身旁喝酒。他递给我一个装满干腊肠的小袋子。

我们吃着，不发一言。随后，他说："我叫布里斯。"

迪恩又潜入，直至我这里。另一个家伙走了。我给了他一杯啤酒。

"抱歉，莉莉，我什么也无法再给你，我一个子儿也没有。明天，或许我就得上监狱。一种古老的戒酒戏码。自从他们追着我不放……"他大笑，"注意啊，这等于让我放假……一周康复。浆洗，吃饱，有得住，拿津贴看电视……"

他要了两杯龙舌兰。我们最后一起大笑。两个头发漆黑的男子靠近我们。

"是你这个丫头吗,在'惊恐湾'生吞一条鱼?"

我想起那艘下水处离"银河"不远的地曳网渔船,生鲑鱼之夜。

"你们属于'卡苏库瓦克女孩'吗?"

"食生鱼……她可是个地道的北美印第安女人。"两人中年长的那位大笑道。

迪恩离开。布里斯和艾德之间的音量拔高,这会儿,手中持有酒杯的计程车司机叫嚷着。布里斯说,战争[①]一开始就该往越南河内投颗原子弹。艾德掀翻杯子。

"安静点,伙计们……"乔伊从吧台的另一端埋怨道。

"你凭什么这么说?"我焦虑地开口,"为什么要投一颗原子弹?已经很吓人了,不是吗?"

"正是,"他以一种低沉的声音回答,几乎难以听见,"至少一切会进行得很快。避免凝固汽油弹,避免无休止的恐慌和疯狂。"

"可是,布里斯,为什么老要用一种恐慌代替另一种?"

布里斯分开双手,姿态无力。

"因为就这么回事。恐慌永远在场。"

我不再发一言。我望着布里斯,他望向远处,目光似在凝思,或许也是空洞。

"我可以抵上性命,你明白我的,"他低语,"我立马可以,把命放在这吧台一角,如果那么做,可以阻止另一个人经历我所经

[①] 指1955年至1975年间的越战,是"二战"以后美国参战人数最多的战争。

历的事情。我的生命业已终结。剩下的日子里,哪怕可以阻止仅仅一个人目睹这一切,为此死去……"

他转向我。

"这不属于你的戏码,你呢,你该去捕鱼。"

一只有力的手搭在我肩上。我惊跳并抽身。格兰纳,"利维坦"号船长。

"就是你为安迪干活咯?他跟我讲起你都是好话……你愿意来粉刷'利维坦'吗?"

这个男人很高大,轮廓如刀刻般,双眸如火炭,一只眼睛上划着刀痕,从面颊升至眉弓。

"哦不,我不行。"

他的胯部贴着我的。我起身,穿上短外套。

"你上哪儿?"

"回去。挺晚了。我明天一早要开工。"

"今晚你跟我待一块,"他说着,把手放在我的腕口,"就这样。"

我抽身。

"谢谢你的酒。"

我开溜。我经过荒无人烟的广场公园时,迪恩正从"破浪"酒吧走出来。他走向我,步履蹒跚。

"我陪你。这时辰不适合一个女人单独出行。至少,陪你到船舶工场。"

他挽着我的手臂。我避开。我仰头大笑。夏夜的苍白天空。他拉着我的两只手。我们一起大笑。随后,我推开他,返回。海上清晰地显出那些昏死的船舶,沿着"塔古拉"的空旷地面排开。波浪拍打岩石,噼啪作响。无主之船的残躯仿佛被叩击,在游移不定的海水幕布上。公路上,可见某些座舱闪闪发光。仿佛"小拇指"①的返家之路。我静默地登上船梯,跨过舷墙,跳到甲板上,不发出一丝声响。打开的《圣经》被置于休息舱的桌上。格瑞在舱室里沉重地呼吸。他睡着呢。

格瑞重新粉刷甲板梁的镶边。有那么一会儿,我爬上去换口气。

他一把一把地刷着,缓慢而精细。

"总有一天,我要有自己的房子,"他幻想着说,"我只用画笔粉刷它。这样更费时间,却也完美。"

之后,他低声歌唱。

"红色多美丽呀……多美丽。"

上午的阳光滑至他的脖子,一阵微风吹动他的几丝灰发。他干得不错,也有耐心。油漆从袖子滚到他厚实的手指上,粘住几根黑色的手毛。他用舌头发出不快的声响,停下片刻,盯着他那双在太阳底下发亮的手。

"你也喜欢红色吗?"他又开口,声音沉闷,"血红色呢,你喜欢吗?"

我吞下唾沫,喝完咖啡。重新下到我幽暗的洞穴。机械室几

---

① 法国民间传说中的小男孩,是一个樵夫家中最小的孩子,带领六个哥哥从遥远、危险的森林返家。

乎快刷完了。

我躺下时,肚子依然不适,但不再是因为油漆。熟睡的男人传来沉重的呼吸声,几乎就在我的近旁,还有他喑哑的咕噜声,有时是一种呻吟,他做梦时的喘气声也很刺耳……我沉默地起身,卷起我的睡袋,抱在手中,来到操舵室。夜晚的天空在这里,几股水流滑过窗玻璃。外头在下雨。我在永恒的地板上睡着。

安迪微笑着,鼓起胸膛。

"明天,你上桅杆吧。"

我动手刷桅杆。下头是虚空。随后是坚硬物,先是甲板,闭合的大地则要低得多。如果我不小心,会摔下去。莉莉会像一块小可丽饼一样压碎在沥青地面上。格瑞会高兴,他中意血。我得抛光一切。我伸出一条腿,环住桅杆。支撑我的正是它。另一条悬在空中。我伸长四肢,探到最远处,整个身体几乎水平横置。我眩晕。之后,我重掌平衡,安全无虞,这种情况变得自发,如同野兽的本能。我的身躯懂得力量的法则,甚至无须思量。底下是他者。是些穷人,我想,蝼蚁般走在地面,举步维艰……可怜啊,可怜的他们。而我在空中。毕竟空中更美。一只雏海鸥,阴晦的灰色,从天线杆上观察着我。我们相互注视片刻。我继续动工。

正午。我们与格瑞一起吃饭。他拿出一块已为之祈福的面包。随后,用他的小刀切开,伴上黄油及午餐肉。陈旧的刀面已有凹口,未及磨得尖利。同样陈旧但光滑的木柄上,淌着星点甲板梁的油漆。他宽大的下颌碾碎着面包,不发一言。我准备了咖啡。我的腕口发痛,被我长久地按揉。他抬起灰色的眸子,看着自己的双手。

"你觉得我有一双强壮的手吗?"他说着,声音遥远,漫不经心地翻过手,"我对此不确定……"

"哦是呀,你的手很壮。"我回答,"我的手毕竟让我痛着呢,还得赔上整个身子。"

"疼痛是好事……疼痛是那么好,不是吗?"

我耸耸肩,转身与虚空嬉戏……栖息于桅杆高处的快感与骄傲。风在我耳边嘶嘶作响。如果踏空,我就死了。

我刷完桅杆,重新打包。格瑞带着他的包袱走远,灰蒙蒙的矮个儿身形在路上迟缓前行,渐渐变小,背永远拱着。他的包那么满,《圣经》那么重吗?片刻,我为他难过。"蓝美人"返回海里。我望着吊杆在闸墙①上往前升,船倚靠巨大的系留带,被从地面上抬起,如同一具干果壳。吊杆令其十分迟缓地降落至筏板。外海处于平潮。触水的那一刻,"蓝美人"仿佛重获新生。而我的心揪紧。我倒愿做一条被人送回海里的船。我从船舶工场脱身。一阵可怕的沮丧攫住了我。我害怕。我的工作已完结。我再次无处可去。大个儿水手等着我——但他还在等吗?安迪会付钱吗?什么时候……

海滨有这么一辆被弃的平板车。我走在高高的草丛中,攀折

---

① 指船闸的侧壁。

黑莓。门微掩,我把包推到整排横座底下,又关上门。忽然,我变得更加轻松,安迪当然会付我工钱,我也一定会上夏威夷。我上了公路,去到城里。尽管有太阳,我依然冷。我在马路上游荡。秃顶、留着汉人胡子的高大男子朝我走来。

"嘿,莉莉,今天还不需要我让你叫吗?"

我勉强地笑起来。

"不,今天还不行……我无聊着,'蓝美人'回海里了,我挺失落。我还想干活。我得赚够上夏威夷的票钱。"

"一起买醉去!之后,我会让你惊到……"

"我不想喝醉,也不想跟你走。"

布莱克叹气。

"你让我失望,莉莉……如果你真想干活,来西阿拉斯加的码头,'北方黎明'的航线上有得做。它从普里比洛夫群岛返航,很快要去埃达克岛①。"

普里比洛夫群岛和阿留申群岛②……我想到瑞德,他一直梦想重返捕鱼。

"我在岩石上待太久了……"我低语,这话来自汤姆的抱怨,一天晚上,他萎靡不振地返回,神情憔悴,如同一具为自己的躯壳所俘虏的傀儡,忽然对自己的陆地生活起了反感,酒吧,毒瘾,这种疯狂的召唤,永远将他从身躯中唤出,追寻失调、疯狂与过激。

---

① 美国岛屿,位于安德烈亚诺夫群岛的西端。
② 位于白令海与北太平洋之间,自阿拉斯加半岛向西伸延至堪察加半岛。

我走着,直至罐头食品厂。"北方黎明"正对"阿比盖尔"系着,马达停歇。我杵在码头上,几乎无法呼吸。庄重且静穆,幽暗而威严,被上午明亮的水面衬着,它美得像一座教堂。很快,它将重新出发捕鱼。它对我是过于美了,上身瘦削的矮个儿女人,手臂孱弱。船坞上一个家伙的笑声清晰可辨,与鸟声相呼应。我想要哭,仿佛自己输掉了战役。总有太多男人,到处都是,我大概永远也无法像他们那样掌握生活。兴许也上不了白令海。又一度,在他们中间,我体会到了身为女人的耻辱感。他们战斗归来,而我来自港口的马路……

水手们斜身倚着铁桶。其中一个抬起头,做手势要我下去。

"有大量活儿呢,如果你想赚几个子儿……"

蒂娜·特纳的歌声闪耀甲板深处。一阵疯狂的喜悦跃上我的心头。我紧紧抓住铁梯,加入他们。

晚上回去时,我被尼基弗洛斯拦下。他请我喝一杯,并邀我玩一局台球。我打得十分糟糕。一个男人靠近,他想向我展示如何握杆。尼基弗洛斯要发疯了。一个易拉罐被他扔出,穿过房间。它擦过铜质的钟罩,差一点撞上镜子。印第安女人乔伊发出一阵叫嚷。那男人一边后退,一边还击。尼基弗洛斯闭上眼,猛吸一口气。鼻翼抖动,如同一匹发疯的马。我尽可能地缩起来,回到我的啤酒杯后坐下。布里斯从吧台另一端朝我微笑。

尼基弗洛斯平静下来。他说将为我造一条船,要将我介绍给他希腊的母亲,她一定很喜欢我,另外,我们要在那儿结婚,从此生死与共——还扬言要杀了任何对我不敬的人。

"希腊……"他还在说,漆黑的眼皮如悲伤而温柔的天鹅绒,"已经二十年了,依然如此令我怀念。气味……当你走在山丘上,闭上双眼……你知道你可以认出任何植物,你的脚踩上的任何草,任何花,你都认识,太阳如此强烈地燃烧大地,那儿的芳香如此强烈。"

"是呀,"我说,"还有蝉……"

"蝉也是,在光线里,太阳的灼烧下嚷嚷。太阳像一把白色的匕首插入我们的肩膀。"

房间满员。"北海"的伙计们。地曳网渔船的收成不错。老板敲响钟。又到了会账请客的一轮次。

"你想上夏威夷？"尼基弗洛斯又问。

是的，我想上那儿，兴许吧，但不是和他。于是我离开酒吧。

我从庇护所的大门进入时，总能发现装咖啡的短颈大腹瓶和饼干。瑞德父亲在门口，富于穿透力的目光看着我。

"晚上好，莉莉……持续工作了一天？有瑞德的消息吗？"

我再次脸红了，低声说："有段时间没消息了。最近一封信里，他说他辛苦干活。而我呢，'蓝美人'返回大海了……我为罐头食品厂上诱饵，别人跟我说'阿留申夫人'上接下来几天有活儿干。但这会儿，我只想看看能否睡在庇护所。"

"你没有'活力六月'了吗？"

"也可以，我愿意的话。"

他给我登记册。我填了一份表格。桌旁围着不少人，三块木板置于两个搁凳上，在门口一隅。伙计们坐在他们巨大的餐盘前，里头有意面和碎肉，他们让开一些，给我留一个位子。我找到我的家人，我的兄弟们，我仅仅迟到了，来吃个晚餐。

"你来得及时……"我的邻座说，他瘦骨嶙峋，硕大的鹰钩鼻，牙齿和马的一样，"但饭菜又冷了，你得把餐盘放入微波炉转一转。"

"我不知道怎么做。"我困惑地低语。

伙计们友善地大笑。疲惫的老马站起来，帮我搞定。我狼吞虎咽。瑞德父亲站在房间一角，看着我们吃，双臂交叉，带着一位父亲的慈祥微笑,看着他的一群孩子。饭菜正是他准备的。

我们在水泥台阶上用了咖啡。我们跟前,皮亚尔峰上的天空已闭拢,一小部分轻雾挂上深绿的松木。三个赤铜色的男人用西班牙语相互交谈。我认出其中一个,曾在"守护者"上见他走来,坐我身旁。我给他一支烟。他递给我打火机。

"西德和蕾娜在哪儿?墨菲呢?还有那位大物理学家?你知道吗?"当我们重新回到宿舍,我问瑞德父亲。男人们紧挨在右侧,我独自在左侧。

"还没从安克雷奇回来……夏天呢,他们得充分利用。墨菲应该在他的孩子那儿。或是在'豆子'咖啡馆。至于史蒂芬……或许他终于找到自己的书了,你懂的,足以助他改变相对论的书。"

"是的,我懂,他跟我讲起过。"

下了三天雨,已至秋天——秋天[①],他们说。什么衰落?叶子,阳光……我们的衰败?夏日燃尽我们的翅翼,令我们如伊卡洛斯[②]一般跌落。港口水面上的阳光如同一个耳刮子,我沿着码头走,马路荒无人烟。一辆出租车停在港口盥洗室前头。司机是一个胖胖的红发男子,睡着了,头往后仰。我穿过广场公园。罐头食品厂的沉闷气味今天更为滞重,似乎从平凡的小门面中渗出。但还有些更强劲的香气从外海飘到我们这里。兴许已起风。北风?涨潮了。两名衣衫褴褛的男子在一张长椅上对骂。爆发阵阵

[①] 原文为英语"fall",此处一语双关,既指秋天,也有衰落之意。
[②] 希腊神话中代达罗斯的儿子,使用蜡和羽毛造的翅翼逃离克里特岛时,因飞得太高,双翼上的蜡遭太阳直射而融化,跌落水中丧生。

响声，大喊，点唱机的号叫，皆从"破浪"酒吧洞开的大门漏出。我穿过马路。我犹豫着，心跳不已地进门。年老的印第安女人坐在阴影中，坐得笔挺而又神气，面前是威士忌，我溜入她们那一排的尽头。最末一位向我点头致意。我还礼。她的脸色无动于衷。她拿出一支烟，用手指尖举到嘴边。女服务生朝她走来，她在刻着姓名的巨大 U 形木质吧台后头。

"出租车到了，埃莱娜……"

于是，她起身。车里睡着的红发胖男子轻柔地挽住她的手臂，协助她走到出口。她的女邻座们并未动弹。她们仅仅点头示意。

"埃莱娜今天太累了……"其中一个说道。

"当然……"另一个缓缓地说。

我点了一杯"百威"和爆米花，我从滑到长靴里的烟盒取出一支烟，蜷缩在凳子上。也像个上了年纪的印第安女人。有时候，男人们可以自便。他们不妨让我安静待着。可一个高胖的男人将一只手搭在我肩上。

"你是本地人吗，姑娘？"

我转向男人。

"不是。"

"我请你一杯……里克。捕蟹的，面对万能的上帝，以及造物主的一切强力。"

"莉莉，面朝永恒的矮个儿莉莉……有一天，我也要上白令海捕蟹。"

男人吓了一跳。

"我请你喝一杯,但不是为了听你讲胡话。跟我讲讲别的,讲讲你捕捞鲑鱼的事,你的鲱鱼季,你干活的地曳网渔船上的严酷生活……而不是捕蟹,你不明白这回事。背后是属于男人的生活。不要踏入男人的领域……你不够格。"

"我在一条延绳钓渔船上捕了一季黑鳕鱼。"我低语。

捕蟹者里克缓和下来。

"好的,甜心,但你打算在这儿干啥?你想惩罚自己什么?"

"你们可以去做……我为什么没权那么干?"

"你有更好的事要干……有你自己的生活,你的家,结婚,抚养你的孩子。"

"我跟我的船长一起看了部电影……巨大的铅丝笼在波浪中摇摆……大洋沸腾,如同置于一座火山中央,黑色海浪翻滚着,好似火山熔岩,永不停歇……这召唤着我。我也想置身其中。这便是生活。"

女服务生给我们拿来两杯啤酒。里克沉默了。

"我想要奋斗,"我喘一口气,继续道,"我想与死亡正面交锋。也许还能回来。如果我能办到。"

"或者回不来。"他低语,"这不是任你发现的一部电影,而是现实。它不会给你好脸色。它冷酷无情。"

"但我是站着的吧?我活着吧?我为自己的人生奋斗。这是唯一重要的事,不是吗?抵抗,上那儿,超越。完结。"

两个男人在后厅争吵。女服务生爆发一阵叫嚷。他们太平下来。里克望着远处,一个十分轻微的笑容浮上他丰满的嘴唇,他叹息。

"这就是驱使我们所有人投身其中的理由。抵抗。为我们的生活抗争，与那些永远超过我们的因素搏斗，它们才是最强的。挑战，走到尽头，死亡或幸存。"

他卷起一团烟草，塞入嘴唇和齿龈间。

"可你最好还是找个男人，待在温暖之处，避开这一切。"

"我会无聊死。"

"我也是，我要无聊死，如果选择一份轻松活儿……"他叹气，饮上一大口啤酒，又道，"但船也不算一种生活，没有属于自己的东西，从来没有，就是为这条船打工，再为另一条。永远得重新打包，为自己可怜的人生重新打包。总得从头再来，每一次……毕竟很费力，绝望而又费力。"

"得寻找一种平衡，"我说，"在安全感、致命的无聊与过于激烈的生活之间。"

"没有这样的平衡，"他回应，"要么获得一切，要么一无所有。"

"就像阿拉斯加，"我又说，"我们不断地摇摆于阳光与阴影之间。两者总在奔跑，相互追逐，总有一方想胜出，从午夜的太阳突然转到冬天的漫漫长夜。"

"你知道吗，正因为如此，希腊人将北极称为阳光之地？"

我走出酒吧时，被尼基弗洛斯看到。一辆黑色厢式卡车停在"破浪"门前，扬起尘土。两者都挺棒。他探出窗外，呼唤我，他抖动手臂肌肉时，上面文的美人鱼仿佛在浪花形成的涡轮中扭摆。

"跟我转一圈，莉莉！我们试试这辆新家伙……"

我犹豫着。

"我得去看看'阿留申女士',或许有上诱饵的活儿。"

"我之后带你去,我们就转一圈。"

我上车。音乐后置环绕。他给我一些烟,开动车子,令轮胎吼叫。我陷在紫色人造革座椅中。我们疯子般穿越城市,在光环里闯过三个红灯,玩障碍滑雪般穿过两个骑自行车的孩子。尼基弗洛斯心花怒放。微风涌入车窗,他将一瓶啤酒夹在大腿间打开,递给我。

"你有一辆漂亮的厢式卡车,尼基弗洛斯!"

"我从阿卡普尔科[①]来。我今年赚了不少……"

"你在那儿捕鱼?"

他喑哑地笑了。黑色的光环在他隆起的额头,还有晦暗的、晒成褐色的脸颊上跳舞。他丰满的嘴唇张开,露出洁白的牙齿。

"我还是个孩子的时候就上船了,十五岁离开希腊……从那以后就没停止过捕鱼。七大洋是现成的,我到处转……我也得时不时放个假。在阿卡普尔科,我为旅客们表演跳悬崖。"

说着这个,他脱去T恤,扔到后座。手臂上的文身延伸至整个上半身。他鼓起胸膛,滚动胸肌,看着我,微笑。我们离开港口,经过海岸巡逻队基地、萨金特湾、奥兹河,沿着正南的方向上道。

"我们上哪儿,尼基弗洛斯?"

---

① 墨西哥南部港口城市。

"公路尽头。毕竟就一端。不朝北,便朝南。我带你找太阳。墨西哥去不去?我带你看看阿卡普尔科峭壁,给你表演一个大型跳水。"

"你从很高的地方跳下去?"

他依然笑着。

"大约一百十五英尺……最难之处不在于高度,而是计算你的时间,与波涛同时抵达……如果你错过,就会在岩壁上粉身碎骨。"

"哦……我在桅杆上还以为自己多么强。"

我们长久地行驶,直至道路尽头。尼基弗洛斯将箱式卡车停在一片林中空地上。黄杉、云杉及高大的铁杉混在一起。红桤木的绛红色花序成串悬挂在路边。一种苔藓与蘑菇的气味升腾于夜晚的微光中,镀金的吉光片羽。音乐终止。我们又喝了一瓶啤酒,抽着烟。乔木林厚实而晦暗。

"一切静默,尼基弗洛斯。没有鸟吗?"

他没听见,眸子发亮,一只手臂环着我的座椅,另一只轻抚他美丽的毛茸茸的胸膛,如同一张柔软光滑的毛皮。他的微笑愈加暧昧。

"我得回去了,尼基弗洛斯,我还有条船要看。"

"你想要条船?选一条,我给你买。我们一起捕鱼。你当船长,我是水手。"

"我想回去了,走吧,尼基弗洛斯,走吧,开车……"

离港口至少三十英里。我细看昏暗的树林。有没有熊?尼基弗洛斯并未动弹。他又点燃一支烟，将一只手放我肩上。我怒火冲天，既急又猛。我打开门，从厢式卡车下去，将车门甩得乒乓响。我狠狠地踩道上的石子。厢式卡车终于在我背后发动。

"不要甩脸色了，莉莉……快上车！"

"见鬼去吧！"我回答，将一块石头扔到壕沟里。

来自南方的男人受了伤。我听到他在我背后哭泣。

"我×！但是莉莉啊，还是回来呀！"

我走在路上，脚步带着怒气。他坚持着，马达发出嗡嗡声，随之安静，我继续，厢式卡车超上来的时候，我也怕他一怒之下把我轧死，朝我身上倒开过来——他仅仅想要阻止我……于是，我重新抬眼看尼基弗洛斯，我只想大笑，我又上车。他也笑了。

"你这么做不尊重人，莉莉。"他严肃地对我说，蹙起眉头，目光转向公路。

"但我尊重你啊，尼基弗洛斯！"

他作势让我不要说话，从他的褡裢中取出一个芒果，递给我。

"请为我们两个剥一下。"

我取下挂在脖子上的小刀，将水果一切为二，切成菱形，将头一半给他。他微笑，请我先咬。我的牙齿陷入甜美的橙色果肉，汁水流到我的下巴，我将他的部分递给他，他也咬下去，眼皮微闭。我们静默地返回。我坐得笔直。彼此微笑。

"你为什么离开'卡亚地'？"我们经过碳氢燃料船坞时，我问道。

尼基弗洛斯苦涩一笑。他那漂亮的嘴巴倨傲地噘起。

"高迪压根是个疯子……我们在伊佐特湾欢聚,重新开始——又像一个闪回,可他已不认识我,他忽然觉得我是个越南人,挥起刀来。我们三个也制服不了他……我跳到当时经过的第一艘地曳网渔船上,摔坏了。换作是你,能做什么呢?"

当尼基弗洛斯将我放在港口,再去船那边已太晚。正是外海的平潮。我沿着码头走向庇护所。泥沼的味道。我抬起头。一片发光的天空泛起波澜。一只鹬摇晃地飞行,我的视线随着它。它从山上低空飞过,长久地绕轴自转,冲向地面,翅翼上扬呈 V 字形。于是,我不再望得见它。

"摩根"离开工地。九月一个美丽的上午,人们将它重新投入水中。我们两天后去捕捞大比目鱼。约翰抵达时,我在甲板上穿诱饵。他没看到我。我听见他压低声音叱责。邻船甲板上的两个水手嘲笑着这番情形。

"哈喽,约翰。"我羞怯地说。

他感到困惑。我大笑。他重重地倒在舱室的护墙板上,腾出一只手放在蜡黄色的额头上,仿佛想要重新打起精神。

"我们得加满瓦斯油,"他说,"能让我镇定下来……"

我向他伸出一只手臂,帮助他站直。他又跌倒。我们大笑。他终于站直,回到舱室。旁边的伙计们向我打着手势。约翰发动马达,我码齐木桶,解开缆绳。我们离开自己的位置,差点三次撞到船体。"摩根"从停泊地出发,呈之字形前进,将海角甩向外海。约翰转向,轻轻擦过浮筒。一些云彩在空中追逐。我非常高兴。海鸥也醉了，在光线中叫嚷着盘旋，环绕着大型白色油罐。约翰恢复了，我们停下船，并未堵塞码头。此外，也只有我们。约翰终于找到钥匙，我打开油箱的盖子。雇工将油泵给我，由我对上口子，我按压。一股瓦斯油喷出，溅到我脸上。

"油箱应该满了……"约翰说，"再拿点水……"

我用一块可疑的破布擦干自己。云朵一直奔跑在锦葵色的山上。也有小部分云掠过波浪。海鸟拖曳的叫声滞留空中……天气不错。我们坐在底舱的盖板上。约翰给了我一瓶啤酒。

"我忘了自己多么爱你……"他一边打嗝，一边说，"但我现在有个女人，一个亲切的女伴……她叫梅①。"

"就像春天？"

"正是，就像春天。但跟我们无关。你我不一样，我们两个都是艺术家，"他继续道，轻轻摆动头，"我给你钢，你拿去创造。大规模创造。非常大规模。"

"为什么是钢，约翰？"

他发出大声的呻吟，随后叫起来。他的脸痉挛着，挤出一个痛苦的怪模样。他也许哭了。可他忽然笑了。我跟他一起笑。他又给了我一瓶啤酒。就在我们上头，一辆小型载重汽车在船坞上猛然刹车。我们抬起头，看到里面走出一个女人。她的头发在风中猛烈地打转。约翰脸色发白。

"约翰！又醉酒……我给你一小时回家。不许碰威士忌，啤酒

---

① 原文为英语"May"，既是女性名字，也可指五月。

也不行!"

女人离开,如同她来的时候一样。码头上又空无一人。约翰码齐啤酒。他低下头,弓着背。

"这是梅?"我问。

"是的,这是梅。如同春天。后侧风……"

我解开缆绳。我们回到码头。正是庇护所要开门的时候。

我重上海滨时,高尔第瞥见我。我抵达庇护所,广播传出一场海啸的警报。荷兰港的居民已被疏散。

"我们所有人都上皮亚尔峰,"我大叫,"我们会看着它到来!"

伙计们都答应。瑞德父亲大笑。

"它还不在这儿,在此之前,你们还有时间吃宵夜。"

一队墨西哥人摆姿势拍照,背转向港口。他们请求我站在前头。我们一起对着镜头微笑,而我想象着身后的波浪,巨大的海浪啊,这帮快活的傻瓜等着被淹吧……高尔登打断了我们,要把我带回家,像是糟糕的女儿游荡在不良街区,被抓个现行。有个池塘,一些树,一架小型水上飞机停靠在睡莲中。

"飞机是你的吗?高尔第?"

高尔登一脸受伤状。一只蜻蜓落在他头上。他妻子把我带入一个整洁的房间。我等着他们睡着,我好陷入夜色。庇护所的看门人让我回去。已过去许久。男人们睡在他们过载的宿舍。警报已解除。

可自这天起，我想到这事便伤心，每晚八点，来自庇护所的召唤……所有这些温热的、准备齐全的饭菜等着我们，也仅仅等待我们，给我们这些流浪汉……大块奶油蛋糕、短颈大腹咖啡瓶，随意拿取的饼干……淋浴及干净的被单，男人们的温暖情谊，他们粗犷而又温柔的声音及强烈的体味。使人懊恼的是发现自己那么单薄、脆弱、易撼动、没吃没喝——丰富，如此丰富的食物，如此温情，对我这样一个很快成为捕蟹者的人……

于是，我告诉自己，真得回到废弃的汽车，随便找地方睡觉。事关自尊，高尔登及他人也需要。

约翰六点回来。我早已起床。我们在灰蒙蒙的清早出发。港口似乎还在沉睡。然而,一旦穿过港口狭道,便可见这些小船启航,就在我们跟前,被派往海上的远处。昨夜,风已起。

面朝刻度盘站着,身处"摩根"的小型驾驶室,约翰为我们导船。静默地在他一旁,我看着。束状水流上前摇动门窗玻璃。一只灰色海鸟在我们前方绕行。佩吉通过电波告知我们天气:大风预报,浪高由十英里升至十五英里,三十五节[①]的西北风将在白天升级……然后,渔夫间相互通话。好的,罗杰,他们总那么说。

"我发现这儿有很多罗杰。"我对约翰说。

他讶异地抬了抬眉毛,大笑,我都不明白。他铺开地图。

"我们要上那儿……得经过斯普利斯岛[②]……乌赞基港……谢克马诺夫角……中午,我们放家什。一旦涨潮,我们得找到它们……你来执掌舵柄?"

"我从没跟舵轮打过交道。'叛逆者'上有定向手柄,还有给

[①] 航速单位,一节等于每小时一海里。
[②] 科迪亚克群岛中的一座。下文的乌赞基港为其港口小城。谢克马诺夫也是科迪亚克群岛附近的海角。

新手准备的自动导航。"

"不难啊。首先,你固定航向……其次,当你感觉自己在浪高处,才动一动舵轮。这一时刻,才控制着你的冲力。"

我的视线不离开罗盘。操纵"摩根"时,我感觉到木船侧下方的波涛浮力,船首与我们背向的风的推力。船起先还反抗,这会儿已听我的话,似乎在我手中活着。

"有一天,我要有自己的船,约翰。"

他大笑。

"就这么继续……你要一罐啤酒吗?"

"不,约翰。海上不要。"

"那我给你弄杯咖啡。"

我单独面对舵柄。"摩根"的船首劈开灰色海水。浪涛一波波地经过甲板。如果我生了个冰激凌宝宝,我就不待这儿。

中午。我们有时间勘探水情。一有信号,我便投出信标及浮筒,随后是锚。头十条延绳钓——铺开,并无声响。从甲板投掷。已经五点。我们休息。风力变大。

"正常,"约翰说,"捕捞大比目鱼。避不开风。"

从早上起,他便一罐接一罐地喝啤酒,渐渐萎靡。我则变得坚强,朝着大海颤动,如同一张弓的弦,随着回收渔绳的时辰临近,我越来越活跃,也越来越紧张。

约翰在操舵室支援,下达外部指令。浮筒似乎介入两波浪高之间。我将钓竿送出,又从船上抬起。又将浮标索塞入转动装置。我把船锚升起,将浮标索盘绕上去。头一批延绳钓带上的是黑鳕鱼，被我们重投海里。它们已经死了，被波浪颠入空中，又软塌塌地坠入海里，形成阴晦的斑点。海鸥与剪水鹱一边叫一边追逐我们，扎入水面啄食，想要抓住一条。在沉重的天空划出一道疯狂的航迹。我盘绕钓绳。

一阵细雨开始落下。第一条大比目鱼上船。我把它吊到船侧，被约翰叱责。

"他们没教你怎么正确干活吗？你把鱼搞坏了……鱼头，挠钩得插入鱼头！之后，工厂要把我们列入黑名单了，把我们的整个收成打折。"

我一言不发，低下头，感到羞愧。

"是的，我知道。但我怕失去它。"

"拿起你的挠钩和铁耙，用铁耙把鱼从钓鱼钩上拨开。再用一只手操作挠钩，把它钩上船，另一只手操作吊钩，施加一个扭转的力道，在钓鱼钩和鱼嘴之间，猛一下，鱼就单个儿掉下来……就这样，很好，你懂了……"

大比目鱼在此。约翰大叫。我用力支撑身子，把鱼拉出海，在栏杆上蹦跃。海中巨人用它们光滑平坦的身躯拍打空气，全方位地摇晃甲板。它们不间断地上船。海浪随风起势，"摩根"滞重地前行。两条大比目鱼被带过舷墙。侧身向着黑色的海水，面庞湿淋淋的，我浑身是汗。船锚从海浪中露面，随后是浮标索，最终是浮筒。

约翰快活地大叫："你赚得机票啦，毫无疑问，赚了一大笔……你的夏威夷假期有头一笔津贴啦！"

他消失在舱室，很快又出来，手里拿着一罐啤酒。他的眼神空洞，夜幕降临，风力未减，相反，倒在增强。不再更多地杀戮。我忽然有些怕。约翰很快便醉了。这也不讨大海喜欢。我抓牢一条大比目鱼。我咬紧牙关，头发淌着海水和雨水。我拦腰抱住它，试着提到切割台上，往底舱的纵桁和边缘钉上一块木板。鱼太大了，从我的手中滑来滑去，波涛令我失去平衡，大堆的鱼尸覆上甲板，也撞到我，我们一起跌落，我没有松手。这是一种奇异的拥抱，在风中，上涌的波浪也一阵阵连续地拍打我们。

"摩根"偏航了。约翰从操舵室出来。我已清洗三条鱼，几乎跪在甲板上。他把空易拉罐丢出船外，转向我打嗝。

"不要这样……应该把它们拎到切割板上。"

"它们有时候太重了，约翰。"

"你让它们躺在桌上，然后用刀……你刺入鱼腹，找到内耳，切下鱼鳃，再往上……小膜，这儿，从这边，到那边。抽拉，取出一切，胃、肠，都得一下取出。随后是鱼的睾丸，在里头……有时，恰恰最难。你只能用勺子刮。最多用五秒钟。"

"我知道，约翰，"我低语，"我看过别人干。但五秒钟，我办不到。"

约翰已经很久不听我讲话了，他随着大比目鱼摆动。他咒骂着，大叫着，四肢趴在甲板上。

"你醉了，约翰。"我在喧哗的波涛声中大喊。

"醉了吗我？"

他重新起身。

"我要让你看一看……"

他爬上栏杆,试着在上头走,双臂分开,如同一个走钢丝的杂技演员,在高高竖起的黑色浪花与甲板之间。船滞重地行驶。

"约翰!下来……求你了,约翰!"

约翰左右摇晃。他失去平衡,手臂在空中挥舞,他跌下来。在甲板上。我松了口气。

"不能喝了,约翰,不能在海上喝,"我说道,声音断断续续,"去休息一会儿,约翰,我负责鱼,之后弄点咖啡……我们喝咖啡,约翰,再回收别的延绳钓。"

约翰起身,咆哮:"我捕了一辈子鱼……一辈子我都在捕鱼,你呢,一个从乡下尽头来的外国小矮个儿,想给我上课?"

"是的,约翰,哦不,你去躺下,求你了……"

约翰回去了。我们偏航。

月亮升上来,照亮我们。白色的鱼身布满甲板,阵阵痉挛。它们的脸孔泛白,赤裸,刺目,被翻面,朝着月亮。后者似乎也与船的侧倾一起摇摆。它们席卷甲板,几乎已是尸体,抵着"摩根"的船身,从一侧撞到另一侧。过低的舷墙有时也被越过,翻到栏杆上——如果大比目鱼还活着,便会疯狂地跃动,想要重新投入海渊,我们正是从那儿把它们拔出来的。如果死了,开膛破肚的鱼被海浪带走,这会儿,波涛汹涌。鱼身缓缓陷落,模糊的白色形状隐入夜色与海浪。我清洗着成功放到木板上的鱼。哪怕已开膛,它们还在颤动。它们得尽快死去,在我动刀之前死去。约翰在床铺上醒酒。或是又喝上了?我在甲板上涉水而行。鱼的黏液，还有内肠粘在我散落在防水衣外的发绺上。有时，大比目鱼跟我一样大，我试着伸出整只手臂抱住它———一只手探入内耳，另一只手紧紧抓住光滑的鱼身，将它提上切割台。它逃开，抽搐着跃动。我抽泣着与它一起跌倒。这是一场耗尽气力的战役，我抱紧这条鱼，在海盐与血水的呛人气味中，拖着它。待我终于做到，我给它放血，一刀下去，深深刺入它的喉口，从内耳削个切口，上头的鱼鳍紧闭，衬过手套剥开它的皮。我将这个巨大的身躯开膛破肚，它还在挣扎——这么做要发出巨大的声响，仿佛撕开丝绸的尖利声。鱼还在搏斗，狂怒地惊跳，尾巴绝望地摆动，溅了我一身血。我用舌头舔过嘴唇，我渴了，这咸咸的味道……小刀继续凶残地作业，转入鱼腹最深处，沿着椎骨直至内耳。于是，我一下子拔出巨大的一团内肠，扔到海里。海鸥叫着转向，力图抓住空中的脏腑，又探入海里……还得找到两个睾丸，像是两个隐藏在腹部最深处的鸡蛋，被软骨和鱼肉紧裹。沿着椎骨，刮去密集的黑色血水。每刮一次，大比目鱼便扭动一下。我把它放入底舱，任其摆动。有时，鱼掉到甲板上，与其他同类一起。

与这些躺尸的肉搏战令我浑身冒汗。猖狂的海水抽打着我的脸，淌到我的脖子上，渗入我的防水衣。风在我的耳边呼啸。这会儿，刮得真猛。"摩根"消失于浪高之间，月亮也在波涛之上摇摆，片刻重现。海浪翻转，天空颠倒。一颗紫红色的小心脏还在切割台上搏动，在跳舞的月亮投下的光晕中突突地跳着，赤裸而又孤单，周围是内肠与血水，仿佛还没有理解事态。简直难以忍受，我将其投入海中，与其他肠衣一起？不，我做不到这一点,脸庞尽是泪水与血水,唇上沾着盐味——还有血?自觉溃败的我记起"叛逆者"上杀的第一条大比目鱼。我抓住心脏,吞了它——这颗跳动的心脏进入我的体内,带来一阵温热,大比目鱼的生命也嵌入我的生命,就在刚才,它还被我紧抱着开膛。约翰在做什么?我感到害怕。

我跪在甲板上,掏空那些最为硕大的比目鱼。它们滞重的眼皮已半闭,惊愕地盯着我,或许如此。这儿,这儿……我呢喃着,将手滑入光滑的鱼身,我又小哭了一下,我吃了这壮美死者的心脏。随后,我不再跌倒,不再哭泣。我干我的活儿。心脏被我一颗接一颗地吞下,在我胃里鼓出一个奇特的圆状,一种冰冻的灼烧感。

最后一拨大比目鱼被放回底舱,阴晦的一面朝下,以防触及鱼肉。我用镐子敲开冰块,填满鱼肚,覆上鱼身。我返回。约翰在软垫长椅上打鼾。我点燃一支烟,备好咖啡,叫醒约翰。他好些了。我们向着下一个航标出发。约翰喝了一罐啤酒。

我们找浮筒时遇到麻烦,这个熄灭的红家伙隐身于海浪中。我抵着栏杆站着,手握钓竿,肿胀的膝盖随着侧倾的节奏,一下一下地撞到坚硬的木板。我探出身,想要钩住浮筒,几乎就要够到,却被约翰拖累,浮筒又远去。第三回失败后,我不假思索地推开他,拉起缆绳。他走开。我升起船首,让船身轻微回转。

"拉住缆绳,约翰。"

我一个迅捷的动作,拿住浮筒,抓好浮标索,置入滑轮。迎面的海风擦刮着我们。雨继续下,雨夜愈美,月亮蒙上面纱。但在这个昏暗的夜里,现在究竟几点?约翰沉默着。船倚着缆绳的中轴缓慢地前行。大比目鱼也不断地滚到船上。又一次摇晃甲板,升高船首,又来拍打我们的腿肚。我那要命的膝盖有节奏地撞击舷墙。约翰紧握缆绳。我使用挠钩。脸庞湿淋淋的,头顶翻滚的昏暗天空。云朵相互追逐,白色海鸟盘旋转向,边飞边叫……钓鱼绳不动了。

"我们下边被挂住了吗,约翰?"

我们转向,十分艰难。两人的身体都探向黑色海水,勘察涡流。某个东西,一具巨大的苍白身躯卡住了渔绳。约翰将它提上来。十分费劲。一条大鱼的尾巴从波涛中露出,一条蓝鲨被延绳钓钩住。

"把挠钩给我……拿把刀来。"

"一条鲨鱼,约翰……真是一条鲨鱼吗?"

"把刀给我,跟你说了。"

"你要做什么?"

"我得放开钓鱼绳,切断尾巴。"

"它会死吗?"

"已经死了。"

我把鱼尾巴拉到船上。

"扔了它。"

"不要马上扔。"

毫无生气的鱼身缓缓沉入海里。最后一个浮筒出现。

墨黑色的夜。很晚了。抑或极早。我们洗完最后一批大比目鱼。底舱的四分之三已满。我们放下最后十条延绳钓。我清洁甲板。

"别干了，大海会帮我们干这活儿。我们不如吃段鱼肉，我存了一条鳕鱼。快来吧。"

我们把浸透的防水衣扔在地上。约翰将鳕鱼烧熟。我揉着肿胀的双手，从腕口处便伤痕累累，直至指尖。约翰剔着牙。

"我们现在可以选择：要么立马重新开工，要么休息数小时。"

"由你决定，约翰。"

"我们睡吧。两小时。我们值得睡一觉。"

他拿出一瓶威士忌，喝上一口，拨好闹钟。我把头上的睡袋压平。脸上干涸的血迹让我发痒。我的身体仿佛折断。疲惫压垮了我。两小时，我想着。就睡两小时。真是好。我们漂移着。

我听到闹铃声。约翰未动弹。再睡一会儿，哪怕一小会儿……我又睡着。我们睡了四小时。我头一个醒来。柴油炉灶发出轰鸣声。上头是咖啡壶，咖啡底厚得像柏油。我给自己倒上一杯。我的脸烧着。身体也是。太热了。门窗玻璃蒙上水汽，背后是寒冷与夜色，被一阵阵水流拍打。我走到甲板上，那儿已被涌上的大量海水洗刷。空气干燥，鼻孔僵着，有一种灼烧感，肺里和皮肤上也是。风似已减弱，船徐缓地漂移。空木桶没有移动，正对船员舱，牢牢地系着。巨大的蓝鲨尾被我缚在锚上，随着波涛的一次次惊跳而颤动，形状似野蛮人的船首，可称幽灵般。我回去。再弄些咖啡，我摇动约翰，摇了很久，他才醒来。

是时候了，约翰。

机械的活儿。僵硬的姿势。迎面的风。大比目鱼随着潮汐变化而游走。越来越远，只剩一条眼眶空落、被抛弃的鱼，身上满是水虱。还很冷，夜也很深。海水猛烈地鞭打我们，渗入我们的防水衣。约翰狂怒地往舷墙上碾碎海星。钓鱼钩在暗哑的木船上发亮，又被这些巨大的畸形嘴部吸住。它们令甲板布满枚红色和橙色的鱼肉。约翰醒来后便沉默不语，脸庞失色，深受疲惫侵袭，闭紧的双唇露出苦涩的褶皱。有时，他停下转动装置，将马达置于死角，以恼火的神情看着我。

"等一分钟……"

他回到驾驶舱。夜色发白。透过雾蒙蒙的天际线，很快能辨认海岸的暗哑阴影，基托瓦湾那片模糊的黑色树林，在北边。约翰平静下来，目光更为蒙眬。

"我走了，约翰……轮到我回去。"

酒瓶置于他的床铺上，被我藏入枕头底下。海星又被压在舷墙上碾碎，如天女散花。约翰再次停下钓鱼绳的作业，回到船舱。这一回，他逗留的时间更久。我透过门窗玻璃，瞥上一眼。他找回威士忌，发狂地喝着，摇头晃脑，眼皮微闭。我再也无法忍耐，冲进内室，从他手中夺下酒瓶。

"不要，约翰，不要，够了！"

我把酒瓶扔到海里。约翰面如铁灰。他那半张的嘴里还流下一点威士忌。他猛然惊醒，咒骂和大叫起来："小乡下佬，还想教我怎么捕鱼！小蠢驴，拿走我的酒瓶……"

我听到一个沉闷的下坠声。直抵船身的波涛发出一阵疯狂的喘息声。我任由自己倒在底舱的防护盖上，在那儿哭泣。暗绿色的海浪环绕船身，捉弄着小小的"摩根"。我想着大个儿水手，想着躺在我身上的他，狮子般的呼吸，教我喝酒的嘴巴，想着我还未目睹的夏威夷，还没造出的冰激凌宝宝。灰蒙蒙的拂晓时分，我在雨水下抽泣。天空滞重，不怀好意。我感觉到身下美丽的海中巨人睡在它们的冰床上，裹上一层沾染鲜血的尸布。马达轰鸣。我们杀戮得太多。大海，天空，神明都愤怒。

我又冷又饿。我返回休息室。约翰跪着，面朝地面，屁股朝天，如同朝拜"麦加"。但他的麦加是哪个，他又在做什么……或许他在睡觉？我坐在桌旁。我捡起滑落在地的面包，咬上去。约翰轻声呻吟。

"去吧，约翰，"我低语，"得回甲板上，我们还有延绳钓要拉上来。"

我吃着面包，仿佛世界上别无他物，唯有此物可以真正依靠。船漂移着。约翰一直呻吟。

"我们去吧，约翰……"

我起身，靠近他。我轻柔地拍他的肩。

"得把家什收上来了，约翰。"

"我是不是失去你了……我失去你了，莉莉。"

"不，约翰，你没有失去我，没有任何人失去我，但得回去捕鱼。"

"我需要帮助。"他大叫，屁股一直朝天，面孔紧压着脏乎乎的船板。

而我，依旧专注地咀嚼面包的端部。

"我们都需要帮助，约翰，但是求你了，求你了，站起来吧……那儿，需要我们把延绳钓拉上船，我们离正午只剩几小时了。"

于是，约翰重新挺直身子。他跪着发出最后一阵长久的呻吟。我帮助他站起来，引导他到桌旁，给了他一杯咖啡，对他说："约翰，很快就结束了，我们回科迪亚克，我们休息，甚至我可以在'破浪'请你一杯啤酒，如果你想要……"

"在这儿结束一切。我们切断钓鱼绳。足够了。我们返回。"

"不，约翰，我们把东西都拉上船。也就几小时了。"

中午。延绳钓都在船上。捕捞刚结束。我们回程。约翰将舵柄交给我。他打开一罐啤酒。

"你恨我吗？"我问约翰。

"我呢，你不恨我吗？"他回答。

"下一回我们出航，你先教我一切，操纵船，液压系统，也要学习使用电波，所有这些。之后，你可以喝醉，随你的便……这一次，如果你跌到海里，我什么也干不了。"

日落之前，将起风。接近罐头食品厂时，我呼唤在甲板上睡着的约翰，他还光着屁股，蹲在用作茅坑的水桶里。他遗憾地重执舵柄。一溜船已等着卸货。我准备缆绳，拿出防压的浮筒①。我

---

① 一种特别的浮筒，船上作业时用于保护船身，减少冲撞力。

们缓慢地停下船,正对"印第安乌鸦"。船的队伍很长。不到明天,轮不到我们卸货。我肯定走了,也就永远不知道我们这次疯狂的捕捞可以获得多少吨猎物。约翰恢复镇静,眼神重现地上商人的穿透力。我们坐在桌旁。他拿出一个钱包。他失色的线条得责怪这一趟的疲惫。他签了一张支票,递给我。

"行吗?"

"好,"我低声回答,"行的。"

"我们再分,"他说,"我们捕捞了两千公斤?也许更多,多得多。我们再分……"

"谢谢,约翰……"

我跨过"印第安乌鸦"的舷墙,我的防水衣已卷入一个垃圾袋,甲板上无人,电波还通着,门打开……我登上船梯,到达码头。我大步奔跑,小腿拉动着我,几乎不受控制,柔软而有力,前头是海鸥,港口,我奔跑,雾蒙蒙的天空和大风。酒水铺和酒吧,我还在跑,"珍妮"也在码头。斯克里姆已返回。我跨过船栏,敲敲窗玻璃,喘不上气。他出来,对我微笑。

"那么,孩子,你捕鱼的收成如何?"

"看看我的手……"我呼出一口气,说道。

他紧握我肿胀的双手。

"好女孩……来喝上一杯,我买单。"

我们走入"破浪"。喧闹的酒吧客满得要炸裂。我昂头走向吧台。将我一双美丽的渔夫的手放在跟前,它们已不成形状,甚至无法弯曲。我不再害怕任何人,像个真正的渔夫那样喝酒。明天

将上夏威夷,见大个儿水手。

  莉莉,我的爱,明天如果你上了飞机,将看不到这封信。但也没有关系。今天,我辞去锯木厂的短工,上火奴鲁鲁的船坞找一个便宜的房间。活儿不够赚,钟点不够。我为之工作的家伙已经拥有这个发达国家最好的雇工——他不懂得欣赏这一点。如果你在我离开之前抵达,我会做世界上我最愿意做的事,和你在一起。但得等到我们重逢,如果有一天可能的话,来破旧的酒馆找我吧,带舞厅的酒吧,流行太平洋的浓汤——我回去捕鱼。

  我还不知道在哪儿,为谁上船打工。我的工资支票应该足够买一张机票去瓦胡岛①,找一个小房间,待上一星期。之后,我什么也没有了。多么渴望回去捕鱼。不再需要给我寄任何东西,信件、钞票、食物,或是朗姆酒。我很幸福。身无分文,没有工作,很快流落街头,但终于有了我活下去的唯一理由。

  我原本乐意回归,开启这一季大比目鱼的捕捞。但时间太紧,钱不够。一个家伙对我说过一次围着新加坡的大型捕鱼行动(也许放到之后)。我还从未乘船越过赤道,也没有驶离一百八十度的经度②。

  莉莉,我真希望你能来。你是唯一一个还能让我改变主

---

① 夏威夷群岛的主岛,位于太平洋中北部。
② 指抵达另一半球。

意的人,改变我今天得踏上的行程。我等了你很久。现在我得走了。你在我的念想中。永远。我会一直打听你的情况。也许,我会上一艘当地的船工作几天。也许我们还能重逢,在怀基基[1]或中国城租一个带家具的小房间,试着造个孩子——我们的冰激凌宝宝。下周,你一定会收到我的消息,等我找到一份船上的活儿。除非有人跟我说:"跟我走,一小时之内,我们离开港口……"

来瓦胡岛找我,在苏珊的港口鱼铺问瑞德的名字。自己保重,我会联系你。

瑞德

---

[1] 夏威夷州的怀基基海滩。

渡轮一直呼唤着我。夜里发出哀叹：来呀，莉莉，来呀……而我被钉在港口。船启航又返航。大个儿水手从火奴鲁鲁给我写信：来呀，莉莉，来呀，我们终于可以生我们的冰激凌宝宝……而我如同一艘受损的船，被系在船坞。坐在码头上，背后是马路，付费洗衣房，过于昂贵的淋浴设备，有着美丽女服务生的咖啡铺，更远处是酒吧和酒水铺，在"阿拉斯加海洋食品"渔场跟前。我前面是港口，船队出发又返回。老鹰翱翔在过于发白的天空中，海鸥来回大叫，发出似嘲笑或呻吟的声音，拖长的喧哗声尖利而又使人厌烦，还在扩大，带着悲伤的音调，简直要命。

我一事无成。看着船只出发，海潮死去又重生，听着渡轮每周悲鸣两次：来呀，莉莉，来呀……重读大个儿水手的信，字迹潦草，信纸老旧，沾着油脂和啤酒渍：莉莉，我的爱，来呀……盯着海鸥、老鹰和船。

岛屿向我关闭，合上它黑色的岩石手臂。山丘的环脊俯视着我，赤裸而又静默。生花的柳叶菜微微抖动，如同锦葵色的海潮。一个睡我身上的海员，在这场柔和的雨下，于漆黑的夜里上了一辆白色渡轮，可他的影子并未抛弃我。当我走在马路上，他的影子也与我同行，路上满是穿着靴子的高大男人，他们从一条船到另一条船，随后从一个酒吧到另一个酒吧，摇摇晃晃，再回到大海，以匀称又灵活的步子。

夜幕再度降临。岛屿向我们关闭，拢上昏暗的手臂。我沿着荒芜的码头，走过最后一条舷梯，便是高涨的海潮，我走上浮桥，直至蓝色的地曳网渔船——"活力六月"号。气味如此迷人，来自柴油机、受潮的防水衣、咖啡和果酱。我不饿。我立马躺在我的床铺上，对着船首的粗糙木质侧倾。夜幕漆黑。我抬起头。港口的光线跳着舞，构成阴影。我望见一个十分昏暗而又宽阔的天空，透过船员舱玻璃的圆形外廊。我听到浮桥上脚步响起，阵阵声音，潮水高涨，冲击船身，和缓地喘息着。正是"阿尔尼"驶离停泊地，马达声高涨又下跌，于是，我明白拖轮已通过港口的狭窄通道。睁着眼睛，静止不动，我叹息。渡轮在夜里召唤……启航的那一晚，大个儿水手，渡轮也是这么哭泣，雾笛的遥远声响在雾中召唤，悲伤，如此悲伤……来吧，莉莉，来吧……我该不该有一天也重新出发？

我在船坞上走了二十米。古老的青绿色木质地曳网渔船，自打我们启航便未动弹，高尔登的老船，一天他曾带我上这儿，当时我失去了原本被允诺的一份船上的工作——非法劳动者莉莉，船东不愿摊上移民局的事。

我在舷墙的边缘下找到隐藏的钥匙。门已鼓胀，仍坚持着，呻吟着。我走下三格狭窄的台阶，进入幽暗的洞穴。总能闻到柴油味。我打开一个壁橱，还剩些咖啡，一个糖汁水果罐头，三个浓汤罐头，一些饼干。我将装有卧具的包扔在船头，两张狭窄的床铺紧紧相挨，从潮湿的船侧直至船首，包在其中一张上。我走在小床的边缘，步履平稳，又打开可折叠的扶手椅，坐上高处。我面对屏幕坐着，小腿悬空扑腾。面前是群山，庄严而又葱绿，桅杆在稍低处，还有船，每晚都出动的红色拖轮——能听到它的马达声来找你们，直至你们的梦境，船坞，导向酒吧及城市的浮桥。周围一切，到处都是，海鸥。上头是老鹰。中间则是乌鸦。

马路被太阳晒得发白——正是低潮。从公路的另一端起，地面与岩壁的路堤已剥落，露出淤泥。马路尽头，背靠公共汽车及出租车办公室的方形小楼，三个男人坐在绿色堤坝上。是广场公园的人。他们等待。数日，数周，数季，每天晚上六点等到庇护所开门，便有浓汤、咖啡、饼干、温暖舒适的淋浴和宿舍。远远地，我认出史蒂芬，头发花白的矮个儿男人，缩成一团——一天，他告诉我，自己是学者，一位伟大的物理学家，他等着一本书，"那本书"，他女儿该给他寄的，却没寄来……可他女儿又在做什么呢？她忘了自己的父亲吗？一个高大、瘦弱、阴郁的印第安男人与他一起，还有脸上一塌糊涂的金发男人。胖墨菲加入他们。他们在绿色的堤上构成黑点。一些鹰停歇。

庇护所的人……他们在广场公园等候，也在港口的陡坡上等候。他们有些无聊。长久以来，他们逃避捕鱼。有时，他们从一条船到另一条船，给钓鱼绳上诱饵，给自己赚几个子儿，喝酒或吸食可卡因。他们为了打发时间而饮酒。他们向某个海上归来者讨钱，如果后者收成不错，便也会给，并不过于计较。广场公园的一批人和渔夫有类似的模样，或许晒得更红，脸庞更受磨损，里头印第安人的数量更多一些，女人也多。那些女人都十分疲惫，时常能睡着，额头抵着另一个没有倒下的人的肩膀，这帮人会滚到长椅下或花坛中，海水低潮时，则在路堤的低处。他们依赖酒精或可卡因。大个儿水手和每个人都是朋友。大伙儿都认识他，尊敬他。

大个儿水手带我上旅馆。在一张床上睡我。他睡我身上——"给我讲个故事。"他说。哦，天哪……他低语。一个脆弱、疑虑的微笑浮现在他被暴晒的脸上——给我讲个故事……你是我想一起生活一辈子的女人……我想要吻你，爱你，永远和你在一起，就和你……我想要一个你的孩子。给我讲个故事……他在我身上，高大而又沉重，缓慢而热烈地进入我的身体。好，我低语，好。我不知道给他讲什么故事……"给我讲个故事"——好，我说。他宝石般的眸子盯着我，他匕首般锋利，又爱意汹涌的眸子，如同猛兽的浅黄褐色眸子，不放过我，直至我沉没……我想要被这种感觉杀死，我说。于是他杀了我，缓慢地，他粗壮有力的大腿，他石头般的腰身，他插入我身体的长矛，将爱意刺入我洁白而光滑的腹部，我狭窄的髋部，如同两扇紧贴大地的翅翼，钉牢在沾有冰激凌渍的洁白被单上。浅黄褐色的眸子不再放过我，鱼叉一次次地刺入，经过精确计算，缓慢，灼烧。他的嘴埋入我的脖子，食肉动物的吻令我震颤，一阵长久的抖动，整个生命穿越我的身体，直抵我的喉头，喉部已经大张，迎接他的牙齿，他是狮子，我是猎物,他是渔夫,我是肚皮发白的鱼。

夜幕又一次降临。海潮退去。一只鸟在海堤上大叫。我等着渡轮的雾笛。渡轮名叫"特斯特米纳"。

大个儿水手是我在海上认识的。他朝着灰色波浪大吼,夜里则是黑色:"最后一条延绳钓!"——"抛下船锚!"他在马达的轰隆声中叫骂,最后一根延绳钓的末端后头,咆哮的航迹吞没了昏暗的锚,海鸥也叫喊着在空中勾勒我们的航迹。黑色铁船起速。他还在叫。他的胸膛鼓起,十分宽阔,凭着有力且可怕的声音,爆发最后一阵狮吼。他大吼,独自单挑大海,站着面对巨大的海浪,额头上脏乎乎的发绺飘荡,因为海盐而绷直,皮肤发红,肿胀,线条灼烧,黄澄澄的眸子,迸发浅黄褐色的光芒……于是,他令我生惧,他一直令我生惧,我站在他的阴影下,准备闪避,消失,尽可能地衬托他。我跟随他的每一次举动,传递延绳钓的重木桶令我踉跄,往每个桶上挂个放置石块的包,系在一起,缚上一根下后角索①,他总要检查,不发一言,不露一丝微笑。

我梦想一切重启。再体验一回寒冷,靴子里的水,捕鱼的夜。昏暗而激烈的海,如同一座黑色火山,我沾血的脸庞,被砍杀的鱼儿发白的光滑肚皮,较之夜色更黑的"叛逆者"怒吼着,陷入冰冷的天鹅绒,鱼肚肠布满甲板。时辰溜走,时光再不愿发一言。

---

① 航海用语,即在船的下后角系上的绳索。

大个儿水手吼叫着,永远站立,独自面对大洋。而我决定永远如此前进,在墨黑的夜里和天鹅绒般的水面上,我们身后是鸟儿留下的痕迹,白花花的海鸟叫嚷着,我决定再也不回去,再也不见大地,直至精疲力竭——留下来,与吼叫的男人一起,为了永远可以看到他,听到他,跟随他踏上疯狂之途,但永远不触碰他,甚至想都不想。

兴许有一天,渔季完结,所有人离开船。但这一点我已经遗忘。

尼基弗洛斯朝着外海游去。今晚将在酒吧举办他的葬礼。一位东正教神甫将前来。我们都会带些吃的，也会喝到很晚。

他们与"黑月亮"的水手布莱恩一起，吸上几卷可卡因。他们坐在海堤上。太阳隐匿于他们的背上。尼基弗洛斯通过指间的力量摁灭香烟，转向布莱恩。

"我累了，"他说，"我觉得我真的太累。我走了。回自己家。"

于是他滑入水里。布莱恩未能阻止他。尼基弗洛斯朝着天际线笔直游去。布莱恩也跳下水，想抓住他，力图带他回来。

"让我去，"尼基弗洛斯说，"如果你算我的朋友，让我去。"

布莱恩便放他离开。前者火红色的头发悬着环绕脸庞，脸色衰弱而迟钝。三天以来，他不断地喝酒，不愿再回"黑月亮"。他大叫，哭泣，怒骂。

瑞恩，疲惫的男人，曾于一个夏日在他老旧的船上穿诱饵，彼时，披头士唱着"带上我，航行到远方……"，我走出酒吧，被他援救。

"你上哪儿？"

我喝了太多。我站在码头边上，注视着黑色的海水，自问尼基弗洛斯是否已回到家，抑或还在游。

"我不知道,"我又回答,"我害怕回'活力六月'。兴许我得试试找回尼基弗洛斯……"

于是,他握住我的手。

"来,"他说,"你累了。"

我们随着浮桥走,我松开他的手。他跨过"命运"的舷墙,一只海鸟从桅杆上飞走。翅翼的抖动也令我震颤。瑞恩向我伸出手臂。我跟着他。船舱昏暗且脏。电波悄悄运作。在黑暗之中一动不动,我犹豫着。

"脱下你的靴子……"

瑞恩友善地让我躺在塞满旧线头的床垫上。他把睡袋压在我身上。他脱下衣服,躺在我身旁。我的心剧烈跳动。我害怕独自死去,如同一只老鼠,葬在一张寒冷床铺的凹陷处。我听见"阿尔尼"在夜里启航,渡轮召唤着我。我贴近他。漆黑之中,我把手放在那张疲惫的脸上。他有着柔软光滑的胸膛,他的金色毛发于半明半暗之中闪耀。他没有碰我。

"睡吧,现在。"他说。

我握住他的手。他转身,我也转过来,对着他宽厚的背。我用力抓着他,弯曲的小腿探入他的腿肚间隙,紧拥他厚实的身躯。有什么东西掉落在甲板上。风再起。

"风刮得很猛,"我低语,"你觉得会影响他吗?你觉得他到自己家了吗?"

"谁?"

"尼基弗洛斯。"我叹息。

"一切都好。"他说,"只是你不必再听风声。"

他又转身,探出一只手臂到我身上,抚摸我的耳朵。我唉声叹气。床铺对于两个人而言太狭窄了。他有些压着我。我热得喘不过气来。

我以羞涩的声音说:"瑞恩,我又叫醒你了……我的胃有重物感……我觉得我要吐了。"

"你不想在这儿吐吧?"

"哦,不。"

"那你出去吧。你伸两根手指到喉咙,往船外吐。"

我重新支起身体。以半昏沉的状态坐在床铺边缘,任凭自己的目光游走。船坞的光线穿过脏乎乎的木质旧窗,很漂亮。我自觉十分孤单。我站起身,在一片昏暗中摸索着寻到靴子。

我来到船坞尽头。我把双脚悬在黑色水面上,又浸入水中,以期清爽。一些海鸥在堤坝上构成白色斑点。它们在睡觉吗?我想念大个儿水手。世界赤裸,我们身处其中。无事,无人,无处……我低语。可我尚在中央,也还活着,一直活着。有力地,十分有力地活着。港口的阳光在昏暗的水面上跳舞。

我重起身,沿着浮桥走,经过栈桥,顺着码头。城里无人。我继续走,直至渡轮站台。"特斯特米纳"又已出发。我沿着塔古拉公路走。那些船沉睡于船舶工地,倚靠着它们的支墩,仿佛在古老支柱上。月光下,大洋闪耀。波涛的规律声响填满世界。我继续着,经过海岸,直至"救世军"。从公路的另一端,可见"海滨拾荒者"字样。暴露于月光下的高楼,然而面朝大海,墙上的硕大壁画此刻看来更为狂野。船只与波浪似乎正在前行。它们令我想起尼基弗洛斯的刺青，当他鼓起皮下的肌肉。老旧的废弃平板车也未移动。我拉开第一辆的车门。门打开前还抵抗了一会儿。窗玻璃已碎。我蜷缩在里头。能闻到霉味。整排横座坑洼而又潮湿。我很冷，想着瑞德，想着还在游泳的尼基弗洛斯——他如今在哪儿，想着我失事的小刀般的马诺斯克。我听见大海叹息。他们这会儿都在哪里？

白日将至。我失眠很久。盘成一团，手保持暖和，抵着肚子，我哆嗦着。一束橘黄色的光线遁入平板车。我又直起身。一只激昂的浮筒令大洋连轴转，后者似乎想要留下它。它上升，上升，脱离大洋。巨大的球体悬于海平线，随后蹦得更高，循环往复。壁画似乎活过来了，被水面反射的浅黄褐色的光芒映红。我站起身，红色与黑色的斑点在我的眼皮底下跃动。海潮已离开。它也是。一阵轻盈的微风令短促的波浪起伏，远至海湾。波涛消逝在海滩上，我听到其规律的声响，仿若轻柔的喘气，传至很远处，又如一种召唤，一只咕哒叫的鸟儿飞入黑白蛎鹬群，后者生着红色的腿，闪耀于白色沙子上。我抖动身子，躯体已僵硬。我饿了。我走到城里。马路上重现生气。我在码头开张的咖啡铺买了一杯咖啡、一块松饼。坐在我的长椅上。一只乌鸦飞来。随后是另一只。它们等着松饼。一个身影躺在海上遇难水手纪念碑下。西德？蕾娜？他们或许回来了……或是脸上有伤口的印第安人？某个人。有那么一刻，我想到尼基弗洛斯。我不敢上前看。

我收拾自己在"活力六月"上的若干物件,重新打包。巴罗角或夏威夷,如今已无所谓。其中一处总会把我带往另一处。"特斯特米纳"两天后来此。我想要在站台上等它。我坐上码头。时辰漫长。我饿得想吃爆米花。

我朝着莫纳斯卡湾①走去,走了很久。随后是阿贝尔科隆比,公路的尽头。我继续。我走上峭壁。我迎风行走,希望被风带走。一队剪水鹱飞来,几乎擦到我。它们生硬的叫声包裹着我,随后迷失于呼啸的狂风中,高涨的潮水猛击岩壁,又激烈地喘息。我望向远方。眼前是大洋。自天际线开始震颤,海洋前行至世界的边境。我希望被它淹没。我到达路边。如今该做出选择。

我等了很久。夜幕降临。城里有酒吧,温暖的红色光线,一些男人和女人生活着,喝着酒……我还想靠近海水,我的脚如同一棵松树的根部,衰弱而痛苦的松树。我那么想飞,下坠的冲动却也如此强烈。我终于触到大地。膝盖的痛苦,恐惧的冲击,如同一支火矛穿透我的身体。离我几米远,便是虚空。我蹲下来,弯曲的膝盖抵着胸脯,围拢双臂,我的额头压着大腿,不愿再看。浪花冲刷岩礁的声响塞满我的脑袋。我想着大个儿水手,他在尘土里等我,在他那座被阳光灼烧的岛屿上,或已经上船,扎营于一艘船的甲板上,吼叫着发出指令,身前是疯狂探入波涛的钓鱼绳,白色海鸟呜咽着在他额头四周盘旋,如同一道光圈,野生的光圈。

---

① 阿拉斯加州科迪亚克群岛附近海湾。

浪花撞上峭壁，粉身碎骨，无休无止。我缩在岩礁一角，正是瑞德某个晚上待过的地方，喝着他的朗姆酒——阿贝尔科隆比之夜。身上裹着我的睡袋，我想着水流带来的鱼儿。此刻，做一条鱼是多么棒。而我们杀鱼。为什么？我闭上眼。眼皮底下浮现瑞德。他正走着，步履不稳，皮肤受着灼烧，脸庞部分地藏于脏乎乎的发绺下，美丽的黄色眸子投向人群之上，越过这些等着一碗番椒的男人和女人——越过大地，他发红的宽额头转向外海，转向南太平洋，有一天，他将上那儿捕鱼……随后，他进入一个昏暗的酒吧。一些滞重的半裸女人，固定于一台红色聚光灯射出的光圈中，如同一群可怜的畸形蝴蝶，摇动她们肥厚的髋部，抖动她们裸露的大屁股，假意示爱——他疯狂地喝酒，一杯糟糕的朗姆酒举到唇边。他还记得我们的冰激凌宝宝吗？

大洋前涌。这片大张的天空。世界无垠。重逢之处。眩晕令我难以呼吸。一些影子环绕着我，随风摆动。一些死去的树。我害怕。大洋的轰隆声似乎也随着夜色扩大。张开的天空如同一个漩涡。我感觉自己听到水鸥的痛苦叫声，它正穿越夜色。叫声来自很远的地方……一切逃逸。一切变得无度，想要将我碾碎。我孤单而又赤裸。海鸟的疯狂笑声回荡着，应和着世界的咆哮，仿佛它才是中心。我找到了我要找的。我终于与之重逢，夜色中水鸥的叫声。我睡着了。

我做梦。某样东西平卧在地。兴许是一根树枝。我弯腰去捡。又像一只野鸟的脖颈。兴许是水鸥的。抑或一座沙雕？我试着抓起。它在我的指间碎为细屑。再无实体,无法握住,毫无办法。我手中解体之物,正像生命本身,也像海上遇难,像尼基弗洛斯之死,像有一天大个儿水手也将经历的死亡。